致青春 124

折月亮

（中）

竹已 著

高寶書版集團

目錄
CONTENTS

第十一章　謠言

澈底冷靜下來的雲匣回想自己剛才的話，意識到自己衝動了，便支吾著道：「我沒有想凶你。」

「嗯。」

傅識則沒有在意。

雲匣暗自鬆了口氣，想起方才他俐落地扔掉啤酒的模樣，她咬了咬唇，試探性地問道：「你扔啤酒，是因為我……生氣了嗎？」

她留意著傅識則臉上的神情，他把勺子放碗裡，沒有否認：「可能被嚇到了吧。」

他一副事不關己的模樣，沒有多餘的表情，就連抬眼看她的時候，雙眸都乾淨得讀不出其他含義。

似乎不是她想像的那樣，他沒有別的意思。

坐了一下，雲匣想起他今天中午胃疼的模樣，忍不住輕聲說道：「我不想過多干涉你的生活，但是你的胃不好，喝酒很傷胃的。」

「如果你心情不好，可以和朋友說，如果你沒有朋友，我可以勉強當你的朋友……」

傅識則：「妳看起來不太勉強。」

雲厘乾脆而直接：「我想當的不是朋友。」

「……」

也不知道為什麼，被傅識則那麼果斷無情地拒絕後，雲厘說起話來反而有些放飛自我。她這麼說話的時候，傅識則並沒有生氣。

兩個人待在一起久了，她不必像剛認識時那樣凡事小心翼翼。

雲厘：「你怎麼坐車上來了。」

傅識則：「說一下明天的事。」

一聽是工作的事，雲厘收起其餘的心思：「你說。」

傅識則將東西收拾乾淨，便坐在一旁玩手機，草率地交代了下明天的流程。

雲厘盯著他的側臉，他自若地在手機上點擊滑動，玩了一陣子才客氣道：「我坐一下，不能中途退出。」

雲厘：「喔，不著急的，我現在沒什麼事情。」

傅識則沒有問她為什麼在他住的酒店前方，他不是傻子，更何況雲厘完全不隱藏自己的動機和目的。

坐在這裡，好像比待在酒店裡舒服。

在車上玩了一個多小時二〇四八，兩人簡單地聊了聊天，傅識則便下了車。

回家後，雲厘傳了則訊息給傅識則報平安，對面沒過幾分鐘便回了，螢幕上只有一個簡單的『嗯』字，也足以令她竊喜。

翌日，雲厘提前四十分鐘開車抵達西科大對面的影印店取了宣傳冊，將車停在控制學院內，便提著冊子走到一樓邊角的咖啡廳。

雲厘在前檯點好餐品，挑了個靠外的位子坐下。

舉辦會議的教室在咖啡廳隔壁，離會議還有一刻鐘，陸續有教師和學生到咖啡廳裡，雲厘翹首以盼，見到傅識則跟在人群後進了門，便朝他招了招手。

傅識則走了過來。

雲厘將旁邊的椅子稍微往外拉：「你等一下坐這裡？」

傅識則沒直接回答：「我去點單。」

雲厘的視線追隨著傅識則，他停在點單處，在那站了一下便有四五個年長的人過去和他聊天，幾人看似認識了許久。

「Hi，又見面了。」

似曾相識的聲音，雲厘抬頭，看見前天見過的眼鏡男，他自來熟地將包掛在椅背上，拉開椅子坐下。

雲厘：「……這個位子有人了。」

「現在不是還沒有嘛！」眼鏡男似乎認為雲厘的話是推託之辭，一副玩世不恭的模樣：「要不然妳再考慮考慮加我的好友？」

雲厘搖搖頭：「不了。」

被拒絕了，眼鏡男也沒放心上：「雖然妳說是傅識則的女朋友，但是全學院的人都知道他是gay，妳是個漂亮的女孩，不要被騙了。」

雲匣：「……」

「我在西科大待了八年，知道不少傅識則的事情。如果妳想知道的話，我可以告訴妳，我們以後可以經常見面。」

這人來者不善，雲厘本來不打算過多糾纏。但他剛才的話打在她的心坎上，她幾乎沒有獲取傅識則過往資訊的機會。

眼鏡男見她遲疑了，便掏出自己的手機：「妳掃我。」

雲厘還在猶豫，傅識則拿著餐盤走了過來，站在眼鏡男旁邊，面無表情道：「這是我的座位。」

眼鏡男沒再繼續掰扯，反應迅速地站起來讓出座位，朝傅識則客氣地點點頭：「傅學長你好，我是陳厲榮，是史老師和向老師的聯合培養博士。」

「……」

這人，他媽的，變臉也太快了。

陳厲榮表現得非常圓滑，客套地恭維了傅識則兩句後，盯著這張桌子上的最後一個座位：「這裡還有個位子，傅學長你看我坐這……」

傅識則將那張多餘的椅子往外一拉，直接推到隔壁桌旁。

他漠然地坐下，拆開吐司袋，宛若旁邊的人不存在。

雲厘到了教室以後，傅識則指了指放在門口的一箱水，讓她幫每個座位放一瓶。以及把列印的資料每個位子放一份。

把教室布置好之後，雲厘手頭終於閒下來。

掙扎許久，她走到傅識則面前：「明天就結束了，你訂了幾號回去的票啊？」

「週三。」傅識則沒打算隱瞞。

「我也訂好了，訂了週四的。」雲厘開了瓶水，裝作不經意地問道：「你訂幾點的啊？」

傅識則垂眸，根據記憶裡的資訊說了具體的時間：「六點一十五分。」

「哦。這邊離機場比較遠，要不然到時候我送你過去？」

「……」傅識則用眼神表示了拒絕。

等傅識則上臺演講後，雲厘坐在最後一排，偷偷用訂票軟體搜尋週三下午六點十五回南蕪的飛機。比較幸運的是，那個時間點恰好只有一班飛機，不用擔心訂的是不同航班。

見經濟艙只剩最後一張，雲厘立刻下了單。

訂好了機票，雲厘做賊心虛地抬頭，傅識則還在和前排人員介紹這幾款VR設備的追蹤精度。

她點開相機，趁傅識則沒留意這邊，偷偷拍了張照。

「為實現精確追蹤，這款虛擬實境產品使用了實時差分GPS技術……」

雲厘不太理解傅識則現在介紹的內容，卻還是打起十二分精神聽。介紹的全過程，他輕鬆自在，語言流暢，即便是說到生僻的學術詞彙，他也保持的從一而終的自如。

這就是他應該有的樣子。

旁邊的椅子響了下，雲厘回過頭，發現又是那個眼鏡男，她嚇了一跳，往旁邊挪了一格。

臺上，傅識則驟然卡頓了一下。

他繼續：「戶內戶外的體感定位……」

陳厲榮毫無自覺，又往雲厘的方向挪了一個位子。

傅識則的視線移到教室最後一排，好幾秒的時間，他說不出話。

此時陳厲榮給雲厘看了張照片，這張照片是從走廊對面拍的，傅識則和另外一個男生趴在欄杆上，兩人手裡都拎著杯飲料，看似在聊天。

雲厘還想進一步看清楚，陳厲榮又切換到他的好友條碼。進退兩難，雲厘還是加了他。

「不好意思，記不太清產品明細，我取一下資料。」

傅識則狀若無事地走下臺，走到最後一排，抬眸和陳厲容視線接觸時，停留在他身上好幾秒。

他伸手拿走雲厘桌上那本宣傳冊，手撥到雲厘身上，她因此又往隔壁坐了一格。

宣傳冊碰到了陳厲榮，傅識則低了低眼，等了一陣子，語調漠然：「不好意思。」

等傅識則回到臺上，雲厘也不知道為什麼，陳厲榮沒有再堅持坐在她旁邊，而是起身換了個座位。

會議結束後，教室內留了幾個教授和學生，中間一個頭髮半白的老教授走到傅識則面前，在他耳邊說了很多話，最後拍了拍他的肩膀。

他也無不耐，全程安靜地聽著。

收拾好多餘的宣傳冊，雲厘便跟著傅識則出了門，他雙手插在口袋裡，行走的步調緩慢。

「剛才那位是你的導師嗎？史、史向哲？」

「嗯。」

「那剛才那個戴眼鏡的人，他是不是你的，學弟……」

雲厘不確定陳厲榮的話有幾分可信，如果他是傅識則的學弟，那應該不至於太離譜。

雲厘不想下次被拒絕的理由，是傅識則來一句：我喜歡男的。

聽到她的問話，傅識則停下腳步，冷著張臉掏出手機叫車：「我走了。」

這次立刻有人接單，車就在西科大內，沒多久便到控制學院的門口，雲厘見他打開車門，甚至都沒回頭看一眼。

「你等一下。」

雲厘失落的情緒沒維持多久，她往傅識則手裡再塞了本宣傳冊，紅著臉後退了一步，等他上車。

傅識則心情不佳，上車後直接扣上安全帶，冷著臉將宣傳冊扔包裡。

半晌。

他又把那個宣傳冊拿出來，打開，裡面放著個紙摺的月亮，表面撫得平整，附著張便利貼——

「見到你，我就好像見到了月亮。」

週二晚上，雲厘事先收拾帶回南蕪的行李，她坐在地毯上，裹著毛絨睡袍，邊看著手機備忘錄，邊核對著行李箱裡的東西。冷不防被風一吹，她停下動作，抬頭。

窗戶又開了。

房門在此時傳來輕叩聲。

安靜三秒。把手下壓，門被打開一條縫。雲厘看了過去，不出所料地瞧見家裡唯一一個進她房間會敲門的生物。

少年眉目清澈，笑出顆跟她同款的虎牙。一看就知道是帶了目的性來的。

哪知出師不利，話沒出口就被兜頭蓋臉的風擋回去。雲野的俊臉有了瞬間的扭曲，冷到跳腳，青澀的尾音炸開：「我靠，雲厘妳房間怎麼這麼冷！」

雲厘繼續收拾：「幫我把窗關了。」

雲野十分聽話，連跳帶竄地過去把窗戶關上。他試了兩次，沒扣上，納悶道：「雲厘，妳的窗戶壞了嗎？」

「好像是，」雲厘說，「關不上，風一吹就開了。」

雲野點點頭，沒太在意。坐到她床上，他欲言又止，沒多久就站起來，來回走了幾步，又坐下。

又站起來。

坐下。

站起來，再走兩步。

像屁股長了刺。

因他的舉動分心，雲厘關切道：「長痔瘡了？」

雲野炸毛：「不是！」

「不是就行。」雲厘思考了下，安撫般地說，「你這個年齡，成天坐在椅子上讀書，得這毛病也不是什麼稀奇的事情。以後多出去走走，多喝點水，別吃太多熱氣的東西——」

雲野打斷她：「我沒長！」

「我知道呀。」雲厘笑了下，絲毫不受干擾，繼續說，「你這幾天正常上廁所，如果實在不行，也別逼迫自己上廁所。」

「……」

「先觀察下情況，不行再去醫院。」

很快，雲野鎖上房門，搞出一副祕密會談的模樣。

雲厘動作稍頓，默不作聲地把放在最上方的錢包塞到衣服下面，先聲奪人：「別想了，我沒錢。」

「……」雲野剛做完心理建設，被這話梗了回去，「妳把我想成什麼人了！」

「哦，是姐姐小人之心了，」雲厘提醒，「你還欠我三百零兩塊五毛錢，記得嗎？」

「我剛轉了兩百五十二給妳⋯⋯」雲野深吸口氣，抱著有求於人的態度沒跟她吵，甚至一直作為欠錢是大爺的那一方，他還主動掏出手機，發了個紅包給她。

「喏，還妳。」

雲厘覺得稀罕，猶疑點開。看到螢幕上的兩塊五，她唇角抽了下，火都來了：「你這叫還了？」

「我沒錢嘛，只能分期付款。」雲野理直氣壯，「接下來每個月我固定一號還妳兩塊五，遲早能還清。」

雲厘算了下：「三百塊你要還五十年？」

雲野正想應下，又怕惹怒了她，只好勉強地說：「也不一定，等我以後經濟條件寬鬆了，一次性付清也不是不行。」

「行了，」雲厘想早點收拾好行李，「你有什麼事？」

雲野又開始來回踱步。

雲厘不耐：「快點。」

雲野這才吞吞吐吐開口道：「我想讓妳幫我帶個東西給人。」

「給誰？我明天就回南蕪了。」

雲野為難地解釋道：「我同學，她哥哥從南理工畢業後留南蕪工作了，就全家一起搬過去了。」

雲厘覺得麻煩，直接拒絕：「哦，你寄快遞。」

「東西是我黏好的，寄過去怕散了。」雲野語氣討好，連稱呼都換了，「姐，拜託妳了。」

雲厘沒再推脫，反而問道：「男的女的？」

「……」

雲野小聲回答：「是女生。」

雲厘狐疑地瞅他：「你早戀？」

雲野這下說不出話了，憋了好一陣子，勉強說道：「沒有，就是很好的朋友，但是妳別跟爸媽說，不然爸會打死我。」

雲厘思考了一下，依舊拒絕：「那我要和她見面嗎？我不想去。」

「求妳了雲厘。」雲野急了，「我熬了好幾個晚上才做好的，她馬上要過生日了，我之前答應過要送她禮物的。」

雲野愣頭青的模樣讓雲厘想起了追傅識則的自己，她勉強點頭：「好吧，你把東西給我。」

雲野眉眼彎起，驚喜道：「真的？」而後立刻溜回房間，又快速溜回來，給雲厘一個已經包好的小盒子，叮囑道：「這面朝上，千萬不要晃壞了。」

雲厘拍了拍桌子：「放這。」

雲野不放心：「妳要親手交給她。」

「……」

雲厘難得覺得雲野這麼麻煩：「好。」

送走雲野，雲厘好奇地端詳著盒子。

盒子用粉色的磨砂紙嚴嚴實實地包裹著，看不出裡面是什麼，聽了雲野的絮絮叨叨，她也不敢嘗試晃盒子。

轉了個方向，雲厘看見盒子背面寫著雋秀的四個字──「給尹雲禕」。

第二天下午，雲永昌主動提出要送雲厘到機場。雲厘想早點到，兩人便提前出了門。一路上，父女一直沒說話，臨近機場，雲永昌才說道：「在南蕪要自己照顧自己，不要去危險的地方。」

「知道了。」

雲厘心情複雜。下車後，她低聲說了一句「我走了」，便匆匆進了航廈。

航空公司在航站大廳的F排櫃檯，雲厘找了個位子坐下，現在離起飛還有兩個小時，她等了四十多分鐘，見到傅識則拉著行李箱進門，四處搜尋一下便朝F排的第一個窗口走去。

雲厘騰地跳起來，快走到第一個窗口的黃線外，傅識則報到後，轉身便見到雲厘不太自然地笑著。

雲厘說出事先編好的理由：「我訂的航班取消了，所以我改成了今天的飛機。能等我一下嗎？我也去取票。」

他似乎並不意外，拉著行李到人群外等她。

「剛才那位先生，他叫傅識則，是我朋友。我可以和他坐一起嗎？」雲厘取出自己的證件。

報到櫃檯的工作人員有些懷疑，但也沒說太多：「那位先生乘坐的是商務艙，您的是經濟艙。」

「……」

雲厘的唇角抽了抽，她記得公司只有經濟艙可以報銷啊。

心裡滴著血，雲厘問：「那升艙呢……」

升艙五百元，在雲厘的承受範圍內。

一擲千金換來和傅識則多待兩個小時，雲厘感覺自己被抽了魂魄。

心裡淌著血往外走，雲厘看見傅識則站在來來往往的人流中，氣質引人注目，在等她。

雲厘意識到，其實也挺值得的。

進到候機區，兩人去買了咖啡，在登機口附近找了個位子坐下。

傅識則將風衣的帽子一套，腰靠著椅背，低著頭。

感覺他在睡覺，雲厘也沒吵他。

自顧自地玩起了手機。

隔了幾分鐘，雲厘把手機螢幕關上。

手機放在腿上，躡手躡腳地調整角度，透過反光偷看傅識則。

螢幕中的人忽然看了過來。

雲厘呼吸一滯，收回手機，假裝無事發生。

傅識則：「妳看得見的話，我也能看見。」聲音有些低啞。

她到底是為什麼覺得傅識則不會拆臺。

雲厘辯解道：「我想想看看你有沒有在睡覺。」

「沒有。」回覆很乾脆。

傅識則不打算繼續睡覺，雲厘打開E站放了幾個影片，他不甚上心地應著。兩人靠得近，雲厘想起前幾天幫他準備的小驚喜，咬著下唇問：「你有看見我塞給你的那個東西嗎？」

見傅識則沒什麼表情，她有不詳的預感：「就是有個月亮然後我還塞了張便利貼。」

「寫了什麼？」傅識則垂著眼喝咖啡，看不出在想什麼，見雲厘遲遲不語，他又抬眼，

「說說看。」

「……」

雲厘焦急得想原地跺腳，她問：「宣傳冊你扔了嗎？」

傅識則：「扔了。」

「算了……」雲厘懊惱地滑著手機，鞋跟一下下地敲在地上。

登機後，雲厘如願以償坐在傅識則旁邊。

飛機遇到氣流連續顛簸，廣播裡空服員說了好幾次話，雲厘的右耳由於氣壓原因，聽不清廣播裡的聲音。

雲厘看見機艙外深灰厚重的雲層，電閃雷鳴彷若直接落在機上，閃爍的時候驚得她閉眼。她的第一個反應是，這次坐飛機，她沒有買意外險。

雲厘坐立不安，再加上聽不清廣播裡的聲音，她瞅了窗外一眼，還是猶豫著戳了戳傅識則的手臂。

傅識則動了動，將眼罩往上扯了點，露出眼睛的一角。

視野中大部分被黑色占據，她不安的臉占據了另一半。傅識則往下瞟了一眼，頓在她的手指上。

雲厘沒察覺到他的視線，問他：「飛機是不是遇上什麼事了？」

傅識則側過身，開口說了幾個字，雲厘只能看見他的唇動了動，卻聽不清楚。

傅識則重複了幾次，見雲厘一臉困惑，只好直接貼著她的耳朵。

雲厘沒有聽清楚話，卻感受到撲在耳上的濕潤。

從脖頸往上都在發熱。

機艙中的燈暗了下來，座位震顫起伏，轟鳴聲在耳廓環繞。在所有感官都單一的情況下，雲厘感覺那溫熱濕潤的氣息屢次撲到她右耳上。

撲通、撲通。

心跳加速到它能承受的極致，雲厘忍不住別開臉，小聲道：「我還是聽不見你講話。」

傅識則：「……」

她失措地背過身，冷靜了許久才回過身，摸摸自己的右耳，似乎沒那麼燙了。

坐正身子，雲厘轉頭，傅識則已經摘掉眼罩，他靠著機艙，百無聊賴地看向窗外，眸子倒映驟現的雷電，並不受影響。

雲厘：「你一點都不怕嗎？」

傅識則搖搖頭。

雲厘：「我有點怕，你可以和我說說話嗎？說了我就不怕了。」

傅識則打開和她的聊天畫面，輸了句『妳聽不見』傳送後遞給她看。

手機開了飛航模式，沒有訊號，畫面上一個驚嘆號提示訊息沒有傳送成功。

雲厘：「那我們就用手機聊天。」

一個人講話有些奇怪，雲厘接過傅識則的手機，在同一個畫面輸入『飛機晃得好厲害，總感覺要掉下去了。』

她往上看，傅識則給自己的備註是「雲厘厘」。

三個字串在一起，像賣萌一樣。

雲厘：『我叫雲厘，你是不是一直記錯我名字？』

傅識則接過手機：『嗯。』

卻沒有修改備註的意思。

雲厘：『那留著這個名字吧，也挺好聽的。』

傅識則：『嗯。』

雲厘：『等等可以一起回去嗎？我想拚個車，有點晚了一個人搭車貴貴的。』

接過手機後，傅識則沒有立刻回答。

雲厘盯著他，隔了幾秒，他又拿起手機打了幾下，遞回給她。

傅識則：『徐青宋來接，載妳回去。』

難得他沒有拒絕，雲厘心裡一陣激動，即便努力掩飾自己的情緒，她還是不自覺地彎起唇角。

也許是無聊，兩人來來回回遞著手機，他眸中的睡意褪去，將眼罩往上拉，垂著眸在螢幕上鍵入文字。

黑色的眼罩壓著他微蓬的髮，露出光潔的額頭，雲厘能清楚地看見他近乎完美的五官比例。

也許是光線的原因，瞥向她時，墨黑的眸子並不似往日鋒利，而像烏雲散盡後的雨後黃昏，寧謐柔和。

飛機落地時，徐青宋已經在停車場了，他穿著天藍色襯衫，見到他們，閒散地笑了笑，依舊是那副翩翩公子的模樣，慢悠悠地幫雲厘開了車門。

剛上車，徐青宋便說道：「這一趟感覺怎麼樣？」

見傅識則沒說話，他語氣上揚：「怎麼？」

傅識則語氣裡有睡意：「還可以。」

見他睏得厲害，徐青宋沒再多問，先送雲厘回了七里香都。

車門關上，雲厘看著坐在裡面的那個人，形影單薄。

近距離接觸的幾天戛然而止，雲厘拉著行李箱，默默地轉過身，心底泛起淡淡的失落。

耳畔蟲鳴風囂，雲厘用鞋尖踢著地上的石頭，想起這幾天的相處，鬼使神差地拿出手機，傳了則訊息給傅識則。

『這幾天在西伏開心嗎？』

想起傅識則靠在副駕上昏昏欲睡的模樣，應該要回去了才會看到訊息，雲厘便將手機揣進口袋裡，回公寓洗了個澡。

擦頭髮時，她打開訊息，留意到傅識則秒回了她的訊息。頭髮還未乾，雲厘看著那個回覆，激動得直接倒在床上。

他回了一個字——『嗯。』

好像，傅識則也沒有那麼排斥她的存在，或是厭倦她的出現。

人事部門幾乎攬了全公司的瑣碎雜事，回南蕪後，雲厘在工作上和傅識則碰面的機會不多。

在西伏時期的相處給了雲厘一劑強心劑。

每天的茶歇時間，傅識則會定時收到雲厘傳來的訊息。

雲厘厘：『今晚一起吃飯嗎？』

傅識則手指頓了頓，慢慢輸入道：『不了。』

回覆後，他卻沒有如往常直接關掉聊天畫面，而是等了一下，對方來回輸入訊息許久，最後只傳了個中規中矩的貼圖過來，是隻執行命令的警官貓——『（收到）。』

他看了幾秒，逐漸覺得這隻貓的五官和雲厘的有些相像。

偶爾也可能是——

雲厘厘：『我帶了一份小蛋糕給你，現在拿過去給你。』

傅識則習慣性地拒絕：『不了。』

繼續工作的時候，卻有些心不在焉，他掃了手機螢幕幾眼，雲厘沒有回覆訊息，恰好有人敲門，以為是徐青宋，他過去打開，卻撞上那雙眸子。

雲厘根本不給他拒絕的機會，直接掛在他手指上，轉身就跑。

傅識則盯著她逃跑的背影默了默，沒再掙扎，直接將門帶上，把抹茶蛋糕擱在桌角。

徐青宋來這裡晃的時候，瞥見蛋糕，自然地伸手去拿：「哪裡來的，我可以吃一點嗎？」

傅識則動作一頓，沒吭聲。

徐青宋當他默許，將蛋糕從袋子中拿出。

聽到袋子的窸窣聲，傅識則望向徐青宋，蛋糕盒子精美，能看出雲厘花費的心思。徐青宋笑了聲：「怎麼買這形狀的？」

聞言，傅識則的視線投過去，是愛心形狀的，他敲了敲鍵盤，隨口道：「給我爸的。」

徐青宋將蛋糕放回盒子裡，語氣帶著遺憾和譴責：「怎麼等我拆了才說？」

傅識則：「……」

又或者是——

雲厘：『一起去小築買杯咖啡嗎？』

傅識則：『不了。』

對於她的邀約，他給了一樣的答案，似乎是為了測試他是否是自動回覆，雲厘換了個問法：『我們晚飯分開吃嗎？』

傅識則本能地想輸入『不了』，回過神，他眉眼一鬆，猶豫了一下，還是輸入道：『嗯。』

敲傅識則辦公室門次數多了，傅識則覺得應門費勁。

終於在某次雲厘過來送咖啡的時候，傅識則拉開門讓她進去，破天荒地說道：「以後直接進來，不用敲門。」

週六早晨，鄧初琦傳來訊息：『我今天能去妳家玩嗎？』

鄧初琦：『夏夏回家了。』

雲厘直接回覆：『好啊，妳直接過來就行。』

接近吃飯時間，雲厘抓好了時間，鄧初琦一到就做好了兩碗餛飩麵。

「厘厘真好，不如直接嫁給我。」鄧初琦進門先洗了個手，便直接來餐桌前坐下。

雲厘故作冷漠：「心有所屬，請另尋佳人。」

「狠心的女人。」鄧初琦撅了噘嘴。

兩人聊了一陣子的天，都集中在雲厘追傅識則的事情上，瞞不下去，雲厘乾脆坦白之前被拒絕的事情。

像被架在絞刑臺上，雲厘描述了那天的全過程。

鄧初琦表情先是呆了好幾秒，才大喊了一聲「我靠」，她滿臉震驚：「厘厘，相當於妳在他面前承認喜歡他了？」

雲厘點點頭。

鄧初琦：「他拒絕妳了？」

雲厘又點點頭。

「我靠，他居然拒絕妳？」鄧初琦義憤填膺，見雲厘露出不滿，便控制一下情緒，繼續說：「我沒想到妳能這麼大膽。」

雲厘不覺得她在誇自己：「確實膽大包天。」

鄧初琦沉默地吃了幾口麵，又有些為難地開口：「厘厘，其實夏夏跟我說了些她小舅的事情。」

雲厘有些懵：「怎麼了嗎？」

「就是……他好像在大學裡發生了一些不好的事情，然後就從學校裡退學了。」

雲厘說：「他是休學不是退學，我知道這件事，但不知道原因。」

「聽夏夏的意思，傅識則以前的性格不是這樣的，但從那之後就墮落下去了，現在的工作是他爸媽安排的虛職。」

雲厘點點頭，有些不好意思地笑道：「這種又閒又有錢的工作還挺讓人羡慕。」

鄧初琦嫌棄地「嘖」了一聲，見雲厘不受影響，又誠懇地勸說道：「不知道他這個狀態還要持續多久，厘厘，我們第一次戀愛還是不要吃這麼大苦頭。」

雲厘反駁道：「還沒戀愛。」

知道鄧初琦是在為她著想，雲厘也真心地解釋道：「沒關係的，從很多細節上我能感覺到，他是一個很好的人。」

見雲厘雷打不動，鄧初琦覺得好笑：「當初我勸妳主動，妳不理我，現在我勸妳放棄，妳也不理我。」

雲厘吐槽道：「這說明妳不懂察言觀色。」

鄧初琦知道雲厘固執，也沒再多勸，和她聊了一下後，突然提到換工作的事情：「我打算辭職了。」

鄧初琦滿臉不爽：「公司主管有點腦殘，有老婆孩子了還在辦公室裡撩我，把我噁心到不行，我那天直接去掀了那老色鬼的桌子，我爸讓我回西伏找個工作，我想著申請個國外的碩士。」

雲厘也沒想到是這麼嚴重的事情，捏了捏她的掌心安撫道：「妳還好嗎？」

鄧初琦搖搖頭，繼續和她吐槽工作上的事情，雲厘蹙緊眉頭安靜地聽著，瞅見她這麼認真的模樣，鄧初琦忍不住笑道：「傅識則真的拒絕妳了啊？」

雲厘：「難不成還是假的。」

鄧初琦：「妳看起來好像並不傷心？」

雲厘：「……」

雲厘察覺到，這段時間，她並沒有被傅識則的拒絕打敗，甚至說有點「死皮賴臉」地將邀請他變成日常習慣。

她想起在EAW實習的時候，午飯時她拿著便當小心地問傅識則能否坐在他旁邊。

他會隨意地點點頭。

而他身邊總是有個空位。

或許是一種暗暗的直覺——在相知相識的過程中，他會逐漸對她產生好感，而她也會變成，一直在他身邊的那個人。

在回家前，雲厘拜託了同寢室的唐琳領冬學期的課本。唐琳和雲厘鮮少住校，兩人只在訊息上溝通過幾次，都是交水電費和幫忙拿快遞的事情。

幫她拿了課本後，唐琳直接放到自己的實驗室，讓雲厘抽空自己去取。

前兩週上課，雲厘沒有帶書，處於完全聽不懂的狀態。

週五下班後寫作業到十點半，對著一堆完全看不懂的公式，雲厘強烈地意識到不能再這麼糊弄下去，便通知唐琳自己要去取書。

入冬前，南蕪連下了一週的雨。

夜晚的空氣潮濕，愈發刺骨寒冷。雲厘揹了個空書包，穿了件厚毛呢外套，出門後冷風一吹，又覺雙頰冰涼，便上樓加了條羊絨圍巾。

從七里香都到南理工的這條路上燈火齊明，暖色的燈光穿破瀰漫的水霧，帶來一片明亮。十一點多了，實驗大樓附近經過的人屈指可數。就連一樓大廳也見不到保全，空蕩的大廳裡只剩下冷白的燈光。

電梯靜靜地停在一樓，雲厘走了進去，按了三樓。

趁著這空檔，雲厘拿出手機打算瞅一眼。

哐啷——

雲厘：「……」

她上課的時候聽其他同學說過，學院E棟的這臺電梯，時不時會故障。雲厘來得少，也沒把這些事情放在心上。

無端又需要與人接觸，雲厘嘆了口氣，按了電梯內的二十四小時警鈴。

而後焦慮地在手機上搜尋「被困電梯該怎麼辦」，她還在相關搜尋裡看到了不少電梯事故。

警鈴並沒有回應，可能是值班的人去了洗手間，她等了一陣子，點開與傅識則的對話欄，分享了方才看見的新聞：『B市一名男子被困電梯，等待救援時電梯突然衝頂，當場死亡。』

雲厘：『C市一住戶被困電梯，救援過程中誤落電梯井內墜亡。』

兩則沒頭沒尾的訊息傳出去後，傅識則只回了三個字：『什麼事？』

雲厘：『我被困在電梯裡了qaq。』

傅識則：『按警鈴。』

雲厘：『我剛剛按了，沒有人來。』

傅識則：『電梯有個牌子，上面有緊急聯絡電話。』

雲厘抬頭找了找，撥了出去。

沒有人接。

雲厘又撥了幾次，得到了同樣的結果。

雲厘：『沒有人接。』

她糾結著要不要報警，傅識則直接問道：『妳在哪？』

雲厘沒多想，把位置傳給他：『南理工控制學院E棟一樓的電梯。』

等了幾分鐘，沒等到傅識則的回覆，她這才後知後覺地擔憂起來，不知道什麼時候能等到人。

雲厘又去按了一次警鈴，繼續撥打緊急聯絡電話。

徒勞掙扎了幾次，雲厘輸入一一〇打算報警，通知欄卻提示傅識則新傳來的訊息：『我現在過去。』

知道傅識則會過來以後，雲厘遲疑了下，將數字一一刪除。

她收起手機，靠在電梯角落裡靜靜等待。

此刻的感覺不像是被困在電梯裡，更像是和別人約好了一起吃飯。

只不過，她是早到的那個。

又過了一刻鐘。

電梯裡的對講機終於響了：『有人嗎？』

雲厘連忙答應：「有，我被關在電梯裡了。」

『妳不要緊張，儘量不要動，我們已經派維修人員過去了。』

雲厘：「好的。」

電梯門再次打開時，維修人員和值班的警衛都在門外。值班的警衛不停和雲厘道歉，解釋說自己去上廁所了，沒聽見電梯的報警鈴，希望雲厘不要和上頭檢舉。

雲厘沒這麼打算，但被困半個鐘才有人來，這也確實是對方的失職，說道：「沒關係，下次不要這樣就好了。」

經過警衛大叔，雲厘看見傅識則站在後面，像是匆忙趕過來的，頭髮被風吹得凌亂，風衣拉鍊未拉上，虛靠著身後的牆。

雲厘有些心虛地走了過去。

她其實沒想過傅識則會過來，剛剛意識到被困在電梯裡時，她也並不覺得會發生危險。在理解了電梯的構造和運行原理後，她覺得出事故的機率比出車禍還小。

她傳訊息給傅識則，僅僅是想分享給他她的新鮮事。

雲厘難為情地開口：「不好意思…這麼晚了還麻煩你過來。」

傅識則看了她一眼：「我自己過來的。」

不是妳拜託的，我自己決定過來的。

「……」

生怕被人搶了功勞似的。

雲厘：「不管怎麼說，還是謝謝你今晚過來。」突然想起來這裡的目的，她又說道：「我要去三樓拿書，你可以陪我一起去嗎？」

傅識則沒說話，直接往樓梯走。雲厘趕緊走到前面帶路。

樓梯間和樓道的燈都熄了，剛剛電梯停在二樓，再走一層樓就到了。

到了唐琳的實驗室，雲厘根據她說的從一旁的消防栓上拿出他們藏好的門卡，刷開後找到右側第二個櫃子，把放在最上層的幾本新書拿了出來。並拍了張照片傳給唐琳：『我拿走了。』

唐琳回了個：『ＯＫ。』

雲厘才把書放進書包裡。

傅識則在門口等，雲厘從辦公室出來時，把辦公室的燈也關了。整層樓又陷入一片黑暗。

沉默在黑暗中被放大，電流的聲音消失以後，只能聽見兩人腳步的窸窣聲。

意識到兩人正在單獨相處後，雲厘的呼吸又不規律起來。

像是一時興起，又像是渴望已久。

她很想很想，再更加靠近身邊這個熱源。

這種靠近的欲望，更甚於冬日早晨起床後對被窩的眷戀。

雲厘走在傅識則身側，一點一點靠近，一點一點。

勇氣不斷地燃起又熄滅，直到觸及傅識則的袖角。

感受到身旁人身形一滯，雲厘慌忙解釋道：「這裡太黑了，我看不清路，而且等一下還要下樓梯。」

傅識則「嗯」了聲，沒戳破她的藉口。

雲厘不主動遠離，捏著那一小塊布料。

黑暗中，僅聽見兩人的腳步聲。雲厘垂頭，不自覺地彎了彎唇角。

一樓大廳的燈還開著，看見前方有光，雲厘往旁邊移了一步，欲蓋彌彰地和傅識則保持一定的距離。

雲厘：「你的車停在學校門口嗎？」

傅識則：「嗯。」

雲厘：「那我送你到車上。」

到了室外，雲厘再看向傅識則，他來得著急，風衣的釦子沒扣，涼風往裡灌，修長的脖頸沒有任何遮擋。

「你等一下。」雲厘喊住他。

傅識則腳步停下。

雲厘摘下自己的圍巾：「這個給你。」

見傅識則沒反應，她走近一步，踮起腳，伸手將圍巾圍在傅識則的頸上。

傅識則沒動身體，皺眉道：「不用。」

「你是因為我才出來受涼的，你不接受我會良心不安的。而且我穿的比你多。」雲厘一臉認真：「你再拒絕我把我的外套脫了。」

頓了頓，接著道：「也讓你披上。」

傅識則沒說話，把外套的釦子隨意地扣上了兩顆。

兩人走在校園道路上，忽然覺得這個場景很奇妙，雲厘小心翼翼地試探道：「你怎麼過來了？」

傅識則側過頭，看了她一眼：「妳傳了求救訊息給我。」

雲厘反應過來，是在說她傳的那幾則電梯事故的新聞，她不太好意思道：「那不是求救，我被困住了，來找你尋求安慰，不是讓你特地來一趟的意思。況且最後警衛也過來了。」

傅識則：「……」

傅識則：「我去其他大樓找來的。」

這話的意思是，如果他不來，保全也不會來。那她還得在裡面被關著，所以確實是傅識則幫了她一把。

再說下去有些恩將仇報的意味，雲厘看向他：「那為了表示我的感謝，我請你吃個宵夜。」

傅識則看了她一眼：「不了，外面冷。」

雲厘接著問：「那去有暖氣的店？」

「太悶。」

雲厘不死心：「要不然買了打包帶回去？」

傅識則：「難收拾。」

雲厘繼續爭取：「那要不然我去幫你收拾？」

傅識則看了她一眼，沒有說話。

走到車附近，傅識則拉開副駕駛座的門，問她：「回宿舍還是七里香都？」

雲厘坐上副駕駛座：「七里香都。」

等傅識則上車後，雲厘湊過去，抿著唇笑道：「你要送我回去啊？」

傅識則：「……」

傅識則：「怎麼？」

「沒什麼。」雲厘靠回椅背。

雲厘：「真好。」

送雲厘到七裡香都後，開回北山楓林的路上，手機響了兩聲，傅識則在等紅綠燈的時候解鎖看了一眼，是雲厘的訊息。

『你到家了？』

他不自覺地回了：『沒到。』

汽車在路上緩慢行駛，傅識則回想起剛才的畫面，她紅著臉，幫他圍上圍巾，手指似乎擦到他的臉一下。

差點闖了紅燈。

傅識則心神不寧地將車停在路側，圍脖柔軟地掛在他的脖間，他伸手摸了摸，毛茸茸的觸感，還能聞到一絲淺淡的花果香。

他翻開錢包，從卡夾裡取出雲厘在西伏時給他的紙月亮。

——見到你，我就好像見到了月亮。

用指腹撫了撫，胸腔瞬間湧出溫熱後，餘熱未持續多久，只剩難以填補的空落。

他打開E站，還未待他輸字，搜尋欄的歷史記錄便提示了「閒雲滴答醬」。

搖下車窗，傅識則點了根菸，翻到雲厘最早的動態，是她二〇一二年上傳的，那時候她剛上大學，稚氣未脫的笑容帶著一絲緊張，說起話來慢吞吞的，偶爾還低頭看臺詞。

枯樹的最後幾片落葉飄落，初冬的風嗖嗖作響。

家裡打了好幾通電話，傅識則都草草應付，乾脆說自己回了江南苑。

三個小時過去，播到最後一個影片的時候，他按了暫停，目光停留在影片中的臉上。

直到螢幕熄滅。

傅識則滅了菸，無奈地笑了聲。

「你真是瘋了。」

臨近ＥＡＷ動態宣傳的交稿時間，週末兩天，雲厘打算窩在公寓剪影片。雲野週六一大早便打來電話，掩著聲音說話：『雲厘，妳送禮物了嗎？』

雲厘想起這件事情，停下手裡的工作：「我想先問你件事，你們是雙向奔赴嗎？」

『就、就只是好朋友。』雲野底氣不足。

「哦，那看來是郎有情妾無意。」雲厘接著說：「她名字裡也有個『雲』字，如果你入贅了，就可以在你名字前加她的姓。」

雲野：「……」

雲野沒心思和她爭吵，主動示弱，說起話來語氣乖巧：『姐，能明天送嗎？我把她的手機號碼和地址再傳給妳一次。』

「嗯。」雲厘理解雲野的心思萌動，但避免事後東窗事發雲永昌暴怒，她還是撇清了關係：「雲野，我是不支持早戀的，影響成績。」

雲野不滿：『我可以和妳一樣，追到大學裡再談戀愛。』

雲厘覺得心上被扎了一針：「你說你的別扯到我，反正你別影響成績。」

雲野安靜了一下：『尹雲褘成績很好，她應該能考上西科大。』

雲厘沒把他說的話放心上，八卦道：「照片。」料定雲野會拒絕，她威脅：「不給看不送禮物。」

雲野：『妳怎麼說話不守信用。』

雲厘毫不在乎的口吻：「我一直都這樣啊，你第一天認識我嗎？」

雲野：『……』

沒轍，雲野傳了張照片給雲厘，照片從走廊側面拍的，女孩身材高挑，綁著高馬尾，鵝蛋臉，正回頭對著後方的人笑。雲厘沒想到雲野喜歡這個類型的，多瞟了幾眼：「這角度看起來像偷拍。」

雲野：『……』

雲厘：「沒想到我弟也是個變態。」

雲野語氣不善：『說得妳好像沒偷拍過。』

雲厘笑了聲，並不否認：「所以我說的是『也』呀。」

雲厘不想去陌生人的家裡也不太願意和陌生人打電話，便擬了則簡訊傳給尹雲褘，對面秒回。

尹雲禕告訴雲厘她明天會在天啟廣場附近上補習班，她傳了幾則訊息，堅持要讓她哥哥開車送到雲厘附近，避免雲厘特地過去一趟。

天啟廣場是南蕪最大的商業中心之一，離海天商都半小時車程。

兩人約定了週六下午六點在海天商都一樓的咖啡廳見面。雲厘化了個淡妝，帶上雲野的禮物出了門。

在咖啡廳外，雲厘輕易認出坐在露天餐桌的尹雲禕，她一身淺綠碎花連身裙，杏眼紅唇，長髮及腰，低頭在本子上寫東西。

一旁站著個身材修長的男人，五官偏歐美人士，髮色和瞳色都偏淺，穿著黑色休閒外套。他剛拉開椅子坐下，笑著和尹雲禕說了什麼，忽然抬頭，注意到雲厘的目光。

男人又站了起來，主動走到雲厘面前。

尹雲禕留意到他的動作，也起身跟著男人。

男人笑了笑：「妳是雲野的姐姐嗎？」

雲厘點點頭。

「妳好，我是雲禕的哥哥，我叫尹昱呈。」尹昱呈幫雲厘拉開椅子，尹雲禕跟在他旁邊，害羞地喊了聲：「姐姐好。」

雲厘有一段時間沒認識陌生人了，她露出靦腆的笑容，簡單地自我介紹了下，便把雲野的禮物放到桌上。

雲厘：「這是雲野讓我帶過來的。」

尹昱呈：「還麻煩妳特地跑一趟了。」

「沒事，就在我公司旁邊。」

尹雲禕盯著箱子看了一陣子，笑容率真：「雲野說班裡同學花了好長時間才做好的禮物，怕碰壞了，就找姐姐您幫忙帶過來，謝謝您。」

雲厘懷疑自己聽錯了：「哦……班裡同學一起做的？」

尹雲禕沒多想點點頭。

「怎麼了嗎？」尹昱呈敏銳地問道。

雲厘藏住臉上的尷尬，搖了搖頭。

她真是高估了雲野，居然送個禮物都不敢承認是自己準備的。

尹昱呈沒強留雲厘吃晚飯，卻堅持要送她回去。

只是幾步路的事情。

雲厘不擅長拒絕，便點點頭。

「哥哥幫妳帶車上？」尹昱呈拿起那個禮物盒，摸了摸尹雲禕的頭，「妳在這和姐姐等一下。」

語畢，他朝雲厘溫和地笑了笑。

車停在商場的停車場，尹昱呈開到她們所處位置旁，雲厘上車後，不過幾分鐘就開到了樓下。

下車前，尹昱呈問她：「聽雲禕說過，妳是南理工的？」

雲厘點點頭。

「我也是南理工的，前年畢業的。」

雲野先前提起過，雲厘沒有太驚訝。

尹昱呈下了車，走到副駕駛座旁幫雲厘開了車門。

「謝謝妳帶禮物過來，早點休息。」尹昱呈溫聲道。

雲厘在原地站著，副駕駛座的車窗緩緩搖下，尹昱呈朝她點點頭，目光停留在她身上好幾秒，才駛離社區。

總算解決了這件事。

心中一塊大石頭放下，從昨天開始，雲厘便焦慮這次會面會不會毀了雲野的初次懷春，好在一切順利。

晚風中漂浮著菸草味，雲厘警覺性地回頭，樹影稀疏，遮蔽處若隱若現稀薄的火光，一個瘦高的身影倚在那。

那個身影動了動，雲厘聽到鞋子踩到樹枝上的響聲，路燈照亮了他的五官。

雲厘不敢相信自己的眼睛：「你怎麼在我家樓下？」

傅識則沒正面回答，平靜道：「打了電話給妳。」

雲厘看了手機一眼，傅識則確實在半個多小時前打了兩通電話給她，她沒有接到。

螢幕上顯示的陌生號碼，是他的主動來電，雲厘覺得稀奇。

她彎彎眉眼：「剛才有事情，沒有接到。你一直在這裡等著嗎？」

傅識則沒回答，往下，雲厘看見他的脖間圍著她的羊絨圍巾，遮住一部分下巴，手裡提著個鏤空花紋手提袋，裡面裝著幾盒小巧的蛋糕。

雲厘心下一動，抬眼望向傅識則：「那個圍巾……」

「還妳。」

猝不及防的，傅識則將脖子上的圍巾扯下來，放在雲厘的面前。順著圍巾，她看見他深不見底的眸子，雲厘默默地接過，與之迎面而來的是上面淺淺的菸草味。

雲厘感覺出他的不悅。

原以為他可能也有想法了，那些小蛋糕是給她的，見到他漠然的臉，雲厘短暫的幻想破滅。

他迫切地想還給她。

似乎是不想有瓜葛。

她有些緊張：「你可以戴著……」

「不了。」傅識則：「謝謝妳的圍巾。」

說完後，他邁步離開。

雲厘站在原處發了下呆，心裡沉甸甸的，拉開門的時候，「砰」一聲，似乎是什麼東西扔到了鐵製的垃圾桶裡。

回到公寓後，雲厘花了一陣子才讓自己緩過來。

不安的情緒在心中蔓延，雲厘試圖讓自己分心，洗了個地瓜扔到烤箱裡，橘黃色的燈光亮起的時候，她盯著地瓜紫紅色表面的凹痕出神。

他主動找她，卻不是因為喜歡她。

他把圍巾給她，不知是不是她的錯覺，動作帶有一絲不耐煩。

再聯想到他剛才冷漠的態度，雲厘的心情跌落到谷底。

她不得不去想，他可能一直以來都覺得她是個麻煩。

剛才來找她，可能是想要再次拒絕她。

烤箱沒有關緊，嘀嘀的警報聲將雲厘拉回現實。

雲厘急切地想讓自己從這種消極的情緒中解脫出來，她打開電腦，繼續剪輯動態宣傳的影片。之前沒注意，在ＥＡＷ錄的影片記錄了傅識則拒絕她的全過程，她重複看了好幾遍。

屋子裡靜謐至極。

雲厘關掉這段影片，心中的憂鬱讓她不打算使用中間的任何素材。

肝到凌晨三點鐘，雲厘才剪輯好給ＥＡＷ動態宣傳的短片，接下來幾天只需要修一修細枝末節的東西，給何佳夢確定後就能定稿了。

過了睡覺的時間，雲厘也沒什麼睡意。朝窗外看，因為寒流，樹幹上結了層薄霜，她坐回位子上，翻出了以前手工製作的材料。

對著網路上的教學，她通宵拚湊了個紙板無人機，用顏料簡單地上了色，影片隨意地裁剪了下，只在開頭和結尾配上文案。

──「……這個手工無人機，我打算送給一個很重要的人。」

便將這個手工類影片上傳到E站。

上次和傅識則見面，幾乎可以算是這段時間內，最不順利的一次。接下來的幾天，雲厘有意識地沒再找他。

無人機製作的影片發表了幾天，反響平平，陳厲榮卻將這個影片分享給她，對此雲厘也不訝異，她現在已經算E站小有名氣的網紅，大部分認識的人都知道這件事情。

自從兩人加了好友後，陳厲榮就像銷聲匿跡了般，沒有和雲厘說過話，也沒發過動態。

雲厘：『？』

陳厲榮：『這個東西妳是打算送給 fsz 嗎？（奸笑）。』

雲厘覺得這人講起話來挺猥瑣的，便不打算回覆。過了一兩個小時，陳厲榮又傳了訊息：『妳不能送他這個，fsz 休學就是因為這個。』

雲厘：『什麼意思？』

陳厲榮：『當面說（奸笑）。』

同時陳厲榮還傳了很多傅識則的照片給她，都是偷拍的照片，裡面無一例外都有另一個男生的身影。

陳厲榮：『他真的是gay，小妹妹妳不要被騙了（奸笑）。我可以當面告訴妳他發生的事情。』

雲厘：『請你不要造謠。』

雲厘：『不用了。』

雲厘覺得陳厲榮說起來話讓人雞皮疙瘩起一身，她反駁回去後，對方沒有再回覆。

好幾天的時間沒有見到傅識則，在雲厘不再主動後，他們兩個的接觸果然變為了零。

雲厘有點沮喪。

傅正初在他之前新建的小群組裡又傳送了打球邀請，這次不等雲厘回答，傅識則直接回覆：『不去了。』

連原因都沒有給。

傅正初：『？？？』

傅正初：『小舅，你這麼不合群，我就把你踢出去。』

一小時後，等雲厘再看，群組裡只剩她和傅正初兩個人了。

雲厘沒想到傅正初這麼有魄力。

到公司後，雲厘屢次去休息室倒水，都沒見到期盼許久的身影。在座位上躊躇許久，雲厘還是到休息室煮了杯咖啡。

之前傅識則說過她不用敲門。

雲厘沒有這個膽量，還是叩響了門，沒有人應。她推門進去，房間裡沒開燈，空氣浮著股潮味，應該有幾天沒人了。

將咖啡拿回休息室，雲厘喝了一口，入口苦澀，她連加了幾包糖。

她突然想到，他不會在躲她吧。

訊息上何佳夢約她看宣傳短片的成品，雲厘提前將影片拷貝到隨身碟，在何佳夢的座位上播放了一遍。

這一分多鐘的短片由七個場景組成，均是使用VR設備嘗試不同的行為，雲厘給每個場景賦予了意義，構成整個片段的主題。

何佳夢看的過程中連連稱讚，雲厘卻有些心不在焉。

「這個主題也太好了吧，我也要嘗試著向老闆發起進攻，世界上沒有什麼不可能的事情！」何佳夢比了個勝利的手勢，「更何況連傅識則都鐵樹開花了。」

雲厘按播放鍵的手頓了一下，抬頭看向何佳夢：「鐵樹開花？」

「昨天老闆給我看了好幾家店，問我女生喜歡什麼地方，我還以為他心有所屬，我當時心都碎了。」何佳夢笑道：「後來我問老闆好久，他才說是傅識則問他約會的地方，在那之前我一直覺得他性冷感啊。不過連他都開竅了，老闆怎麼還不開竅……」

雲厘沒聽進去何佳夢的後半段話，她的拇指在食指上滑了滑，忍著顫意，小心地問道：「他那麼冷，會喜歡什麼樣的女生啊？」

「欸，我也不知道耶，老闆就說是個認識了很多年的女生。」

何佳夢還說了很多東西，雲厘卻感覺瞬間失聰了，連右耳都聽不見了。

她愣在原地。

不……可能吧？

「閒雲老師、閒雲老師？」

失焦的視野中重新浮現何佳夢的五官，她的聲音彷彿來自另一個空間：「就發這一版影片吧。」

「哦，好。」雲厘行屍走肉一般回到座位上，感覺渾身的力氣都被抽空了，只剩下耳邊反覆迴盪著剛才何佳夢說的話。

鼻尖一酸，視線逐漸變得模糊。

理智告訴她，她應該先去求證這件事，她不能這麼不明不白地沮喪。

雲厘打開兩個人的聊天畫面，落入視線的依舊是那幾句『不了』。她一直向上滑，直到到達頂端，幾乎都是她的單向邀請，而他的回應冷到了螢幕之外。

她抱著最後一絲希望，一字一字地輸入『聽說你約了一個女生？』，點擊傳送前，手指卻僵在那。

她想要什麼答案。

確認了，然後呢？

能不能為自己留一點尊嚴。

是啊，原來這麼長時間的追求。

早就耗盡了她的勇氣。

在今天之前，她還可以幻想，總有一天傅識則會心動。甚至到剛剛為止，她仍然抱有希望，以為自己看見了曙光。

幻想擊潰的瞬間，面對現實時，才發現——

從頭到尾，都是她的一廂情願。

『你是個很好的人，謝謝你一直以來對我的照顧。』

『可能我沒有資格說這些話，但我希望你能對自己好一點，你是我見過最好的人，也值得最好的東西。』

『聽說你遇到了喜歡的人。』

『謝謝你的出現。』

『我不會再打擾你了。』

雲厘紅著眼睛打下這些句子，又逐句刪掉。

最後說這些又有什麼意義呢？

一切都變得荒唐可笑。

他可能根本不想看到。

他不想她去打擾自己的生活。

雲厘趴在桌上，眼淚砸落在手機螢幕上，已經看不清他的大頭照了，也看不清她給他備註的名字，她忍住嗚咽聲，點開右上角的三個點。

接著，點擊了刪除。

這是她做過的最勇敢的嘗試。

她明明是一個和陌生人說話都不順暢的人，她不敢打電話給陌生人，在車上不敢與朋友對話只是因為司機的存在。這樣的她，為了他做了那麼多不可能的事情。

可做再多，她也只是一個過客。

她沒有辦法和他繼續當朋友。

她更不想，在知道他心有所屬的情況下，還恬不知恥地去破壞別人的感情。

那就再見吧。

我最喜歡的人。

緩了許久，雲厘抬起頭。

在幫這個和傅識則一起錄的影片撰寫文案的時候，雲厘意識到——

這個以「嘗試」為主題的視頻，承載了她這段時間的角逐與不切實際的幻想，在它發表的時候，她最勇敢的嘗試也結束了。

第十二章　接近

下班到家，屋裡的擺設和出門時沒有差別，但又像什麼都變了。雲厘把包扔在沙發上，前幾天拚好的紙板無人機還放在茶几上。

大概也送不出去了。

紙板做的東西比較脆弱，沒辦法放到箱子裡，放在桌上又太占位置，雲厘拿在手裡掂量了許久。

還是捨不得丟。

她找了個高一些的架子，騰了個位置放上去。也好，眼不見為淨。

頂著哭腫的眼睛坐在電腦前，雲厘滑著今天發表的EAW宣傳短片的留言，大多說著要預約EAW體驗館。

動態宣傳片的目的實現了，雲厘的心情卻糟糕到不行。

看著粉絲們充滿愛意的留言，大都喊著「老婆好棒棒」「老婆科技達人」一類。

雲厘一掃而過一個空白大頭照，名字是幾個字母，只寫了「好看」兩個字，留言瞬間被新湧上的淹沒。

連著三天，雲厘鬱鬱寡歡，入睡也變得困難。

按部就班地上課，雲厘依舊會經常拿起手機，只不過往日常翻的聊天畫面，現在已經點不出來了。

傅正初還嘗試著邀請她打遊戲，打算幫她喊上傅識則一起組隊。傅正初如此熱忱地幫忙，雲厘卻沒有勇氣告訴他自己已經落敗的事情，只是找了個藉口婉拒。

在樓下的那次見面後，她至今還未見過傅識則。

兩個人就像兩條平行線不再有交集，直到現在，即使是她單方面的放棄，傅識則那邊可能依舊毫不知情。

她好像沒有存在過。

週二早上，雲厘賴在床上不起床。

她總覺得，再次去ＥＡＷ是一件需要克服諸多障礙的事情。原先來實習的其中一個原因已經沒有了，如果再在ＥＡＷ見到傅識則，雲厘想像不到自己會有什麼反應。

掙扎了一陣子，雲厘拖著一對黑眼圈起身刷牙。她已經進行了三天的心理建設——沒必要因為戀愛上的失敗，就放棄自己的第一份實習。

到了公司，雲厘照舊拿著麵包牛奶到休息室吃早餐。剛坐下沒多久，就聽見身後的沙發傳來一陣動靜。

雲厘有些僵住，抬起頭，看見傅識則邁著腳步走近，有幾天沒見了？六、七、八？

雲厘記不清楚。

傅識則似乎也缺覺，看起來不太有精神。

他停在咖啡機前，豆子碾碎聲充斥了整個空間，隨後，雲厘聽到他問。

「喝咖啡嗎？」

確認四周無人，傅識則只能是在問自己。

雲厘低頭：「不了。」

這個場景她幻想過很多次，此時被問起，她只覺得不知所措。雲厘拿起沒喝完的牛奶，匆匆起身離開。

此刻，雲厘的表現就像傅識則是洪水猛獸，他偏過頭，表情有些困惑。

傅識則想起幾天前的事情。

那天晚上將雲厘送回七里香都後，凌晨三點他才從路邊開回江南苑。

睡前，傅識則將手機鈴聲調至最大，避免雲厘早上找不到他，等他醒過來已經週六中午了。

草草解凍了兩塊三明治，他坐在陽臺上，將雲厘每個影片下的留言又看了一遍。

薄暮初降，傅識則意識到，一整天的時間，雲厘都沒找他。

從冰箱裡拿了瓶冰水，他看了眼時間，五點半，一整瓶冰水灌了一半，冰涼勾回一絲理智，卻沒有撫平心中的躁動。

想見到她。

拿上外套出門前，傅識則瞥見放在沙發上的圍巾，伸手拿過，對著鏡子，認真地圍了兩圈。

開車到海天商都，買了些小蛋糕。

到樓下的時候，傅識則打了兩通電話，雲厘沒接。

他沒什麼事，就在原處等。

在暗處，傅識則看見雲厘下了車，她化了淡妝，一襲碧綠的裙子，裙擺還在晃動。

送她回來的是尹昱呈。

兩人是各自學校的風雲人物，或多或少有過交集。

尹昱呈特地下了車到副駕駛座幫雲厘開門。回到車上後，車後座有另一個人的身影，尹昱呈搖下了副駕駛座的車窗，灼灼的目光看了雲厘好幾秒。

都是男人。

這點行為背後的心思無需多言。

傅識則陷入一瞬間的迷茫。

他低頭看著指間的菸，掌心的傷已經結疤了，回想過去一年半自己沒幾個清醒的日子，瞬間恢復了理智。

——他的到來，可能是對她的糟蹋。

只是有人比他不理智。

過了一天手機通知欄提示閒雲滴答醬的更新，內容是製作紙板無人機，影片的最後，她說——送給一個重要的人。

不知為什麼，他鬆了口氣。

他自我放棄了，卻還有人沒有放棄他。

而他也意識到，他並不希望她放棄。

本打算從早到晚待在ＥＡＷ的，家裡老人生病，傅識則去陪了幾天床，徐青宋來探望的時候，兩人在走廊聊了下天。

和徐青宋瞭解了些吃飯的地方，走之前，傅識則問他：「我桌上有東西嗎？」

徐青宋：「走之前瞅了一眼，就幾本書和電腦。」

傅識則陷入沉默。

回到現實中，雲厘的舉止中帶著抗拒，已經走到門口。傅識則低下頭，重複地用食指輕敲著杯柄。

「那個無人機，不是給我的嗎？」

雲厘頓在原處，沒回頭：「不是。」

見傅識則沒再說話，她直接帶上了門。

回到座位後，雲厘將牛奶放在桌上，盯著上面的文字出神。剛才只是想從休息室逃離，她後知後覺地發現，胸口悶得像堵了塊大石頭。

她闔上眼。

可能因為她是追求然後放棄的那個，雲厘頗有種上演一齣獨角戲的感覺。聽起來傅識則看了她的影片，而且還認為她要把無人機送給他，和雲厘想像的一樣——傅識則完全沒發現她刪了他的好友。

雲厘驀然間心生委屈，這整個過程就是表白不順、追人不順，連放棄追求也是一廂情願。

雲厘想傳訊息告訴傅識則，她已經放棄追求了，祝他幸福。

可是她已經刪了傅識則了。

午間，雲厘意外接到了尹昱呈的電話。

電話裡對方的聲音低沉又溫和：『妳好，我是尹雲禕的哥哥尹昱呈。』

雲厘在記憶中摸索了一下，才想起這個是雲野的同學。

『因為雲禕住校，寄到家裡的信都是我去拿的。我發現以前的班級寄了明信片給她，大概一週兩張，有三個月了。』

雲厘不太理解：「雲禕還挺受歡迎的。」

尹昱呈輕笑一聲：『是的呢。雖然落款都是高二十五班，但我比對了字跡，發現都是一樣的。』

雲厘：「哦……」

尹昱呈：『唔，和當時禮物盒上的字是一樣的。』

雲厘：「……」

尹昱呈：『家裡有點擔心雲禕在這個階段談戀愛，我在海天商都附近，方便出來聊一下嗎？』

和尹昱呈約好時間後，雲厘傳訊息給雲野：『雲野，我對你一萬個服氣！』

這個時間雲野在學校，無暇看手機。

雲厘不得不懷疑之前每次電話裡雲野催她回去，就是為了讓她帶禮物給尹雲禕。

還是在上次那家咖啡館，雲厘到的時候尹昱呈已經在等了。見到雲厘，他伸手將菜單遞給她。

雲厘：「不用了，我等一下還要上班。」

尹昱呈蓋上菜單，：「妳在附近哪家公司實習？」

雲厘：「EAW，就是那個VR體驗館。」

尹昱呈托著下巴想了想，還打算追問的時候，雲厘主動發話：「你之前的意思是我弟和你妹妹早戀了嗎？」

沒想到雲厘這麼緊張，他笑著從公事包中取出一疊明信片，是簡單的牛皮卡紙，其中摻著幾張西伏實驗中學的紀念明信片。

「我們家管雲禕管得比較嚴，平時只讓她用智慧手環，可能是這個原因，妳弟弟才會寄明信片。」尹昱呈說這話的語氣像是在看戲，似乎在等下一步會發生什麼。

「可能不是你想像的那樣……」雲厘話沒說完，一見到明信片後面的字，陡然陷入沉默。

這一疊明信片，看起來有二十張，進入雲厘眼中都是熟悉的筆跡，但和平時潦草亂塗不同，每一張明信片上的字都工工整整。

雲厘把明信片還了回去：「你們是怎麼想的？」

她只簡單地掃了一眼，尹昱呈有些意外：「妳不看看內容嗎？」

雲厘：「算了，看起來是我弟寫的，不太敢偷看他的信件。」

聽到她的話尹昱呈笑了聲：「不太敢？」

雲厘愣愣的，不知道自己的話有什麼問題。

尹昱呈盯著眼前顯得青澀的女生，沒有為難：「我只是來和妳確認一下，是不是妳弟弟的字跡，心中有個數。」

雲厘看著面前的明信片，心情複雜地問道：「這些信件，雲禕同意你帶出來嗎？」

「雲禕比較單純，應該只認為這是原本的班級寄來的。」

雲厘聽懂了他的話，是雲野單相思，現在對方擔心影響尹雲禕的成績。

這還是雲厘第一次幫雲野處理這種事情，她的語氣帶了些歉意：「那我回去和雲野談談。」

尹昱呈想了一下，又說：「我們也沒想好，如果不影響成績的話，我們其實不打算插手的。如果妳那邊有什麼消息，打電話給我就好了。」

尹昱呈再次留雲厘吃飯，雲厘拒絕了，考慮再三，她忍不住問：「那個，我可以問你一件事嗎？」

尹昱呈：「妳說。」

雲厘：「雲禕會回信給雲野嗎？」

尹昱呈沉吟了會：「應該沒有，就我所知，她沒有零用錢買。」

雲厘：「哦……」

想起雲野每天毛毛躁躁，不是寫題目就是打遊戲，一副還未開化的少年模樣。居然堅持了三個月，寄著沒有回應的信。

雲厘不由自主地代入自己，對雲野產生了極強的同情。

尹昱呈穿上外套，跟上她，客氣道：「我送妳到公司門口吧，剛好我也可以瞭解一下雲野姐姐工作的地方。」

雲厘剛想拒絕，尹昱呈聲音上揚，半開玩笑道：「以後說不定是一家人。」

雲厘：「……」

一路上兩人沒有交流，尹昱呈低頭看身邊的女生，她似乎不太善於和陌生人交際，他能明顯感覺到她的不自在。

到ＥＡＷ門口後，尹昱呈沒進去，笑著和她說：「這件事，妳不用太緊張。有什麼消息我們再溝通吧。」

雲厘點點頭，轉身刷卡，玻璃門上倒映著尹昱呈的身影，他還沒離開。她當作沒看見，低頭直接走回休息室。

現在十二點四十五分，她的便當還在那。休息室沒人，便當放在桌上的保溫袋裡，還剩兩盒，湯汁漏到袋子裡。

房門還未闔上便被後面的人抵住，傅識則推開門，站在她身邊，雲厘的視野中能瞥見他的鞋尖和褲腳。

雲厘只想取了便當立即離開，身旁的人動了動，將她剛伸出去的手輕撥開。

「別弄髒手。」

傅識則拿紙巾擦淨飯盒邊緣的湯汁，將兩盒一起取出放到微波爐裡加熱。

暖氣開到三十度，房間內燥熱氣悶，他開了半扇窗，冷風對衝後，雲厘才感覺到呼吸稍微舒暢一些。

熟悉的身影在眼前走動，她的雙腿卻像黏在原地無法移動。

叮的一聲。

傅識則打開微波爐，墊了兩張紙，將兩份便當並排放在相鄰的位子上，逐個拆開，再將筷子也一一拆開。

他拉開椅子，抬眼望向那站在原處一動也不動的人。

「坐這？」

這頓飯已經準備周全，只等雲厘坐下來吃。

第一次面臨這種處境，對面坐著自己已經放棄追求的人，雲厘心裡尷尬，不知如何相處。

傅識則安靜地望著她，光影掠到他臉上。

雲厘知道，對他而言，這只是和同事吃一頓飯，是再稀鬆平常不過的事。

她咽咽口水，以極慢的速度挪動，隨著那張清冷寡情的臉逐漸靠近，時間彷彿被裝上減速器，流逝得愈發緩慢。

她走到傅識則斜對面的位子，將原本在他旁邊的便當拉到面前。

「我坐這就可以了。」雲厘小聲道，拉開椅子坐下。

雲厘低頭吃著飯。

身旁的人動靜不大，兩個人默契地沒有說話。

他們如往常一般相處。

只要她一抬頭，就能看見他墨黑的眉眼。

雲厘如坐針氈，這幾天的情緒在此刻湧上來，她動了動筷子，裝模作樣地拿出手機，「同事找我，我回辦公室吃。」

氣氛有些僵硬。

傅識則默了一下，也站了起來，沒有直接拆穿她的謊言：「你們在這吧，我吃完了。」

他的便當幾乎沒動過，蓋上蓋子，沒說什麼就離開了休息室。

他看出了她的不自然。

他在照顧她的情緒。

雲厘心裡有些愧疚，畢竟這整件事情，只是她放棄了追求，傅識則從頭到尾並沒有做錯什麼。

她無法做到像傅識則那樣坦然相處，但她也不想自己是個小肚雞腸的人，導致他不得不為了她的情緒而處處退讓。

門剛闔上，她便在網路上尋求答案。

『都是成年人了，追求失敗就失敗啦，豁達一點啦！』

『對方不喜歡妳是很正常的事情，沒必要太放心上，當同事相處就好了，公司裡總有不順眼的同事吧？』

『PO主設身處地想像啊，妳的同事可能也想正常社交和工作啊。』

果然啊。

大部分的人都這麼認為，這不過是一件很平凡的事情。

傅識則和她不同。他身邊不乏追求者，對他而言，自己拒絕追求，亦或是其他人放棄追求，都是再正常不過的事情。

只是她太在乎了。

接近年底，EAW的瑣事多了起來，許多工作都到了年終考核的時候。雲厘聽何佳夢吐槽過近期近乎瘋狂的加班情況，作為實習生的她也要借用到其他部門整理資料。

技術部明天需要上交一份報告，要雲厘完成資料的最終整合、校對和排版。資料由不同的同事負責，等同事傳給她時，已經接近下班的時間了。

何佳夢下班前來雲厘座位看了看：「妳是不是要整合這個報告，妳要加班嗎？」

雲厘坐了一天，疲乏道：「是……」

何佳夢幫她打氣：「加油哦！」

「對了，」走前她不忘提醒雲厘，「聽別人說，周圍住宅區好像有變態，妳是不是就住在這附近。」

雲厘聽著有些緊張：「什麼樣的變態啊？」

「就那種只穿著一件厚外套的，走到妳面前，然後——」

「好了好了別講了。」雲厘迅速搖頭。

何佳夢挽了挽包，叮囑道：「那妳記得別太晚了，實在不行的話叫人來接妳。」

「好。」

除了雲厘以外，人事部其他人收拾東西準備下班，雲厘應付不來其他人下班前的問候，提前溜到休息室泡茶。

推開門，雲厘看見傅識則坐在懶人沙發上，手機上似乎在播放影片，留言文字的的顏色與E站的有些相似。

沒有等雲厘看清播放內容，傅識則不慌不忙地關上螢幕。

雲厘不想要重蹈吃飯時的尷尬，主動道：「你還不下班嗎？」

傅識則：「妳呢？」

雲厘：「沒那麼快。」

不想延續對話，雲厘裝完熱水就離開了。

熬了三個小時，雲厘把已經收到的資料按照要求處理了一遍。還有一個同事說還沒做完，等到家了再傳給她，到現在雲厘也還沒收到。

已經盯了很久的螢幕，雲厘趴在桌子上閉目養神，想著再等一下。

九點出頭，傅識則才從休息室出來。

人事部的燈還亮著，他過去敲了敲門，沒有人應。

開了門，辦公室內看起來空無一人，卻能聽見輕微的呼吸聲。

傅識則走近，發現雲厘此刻正趴在桌上，臉朝著另一個方向，電腦鍵盤被她推到一旁。

她看起很小一個，只占據了辦公椅的一小部分。

她的另外一隻手還半握著滑鼠，左耳的耳機因為趴著掉到她耳朵和肘部中間的桌面上，而另一隻還戴在她的右耳上。

傅識則伸手拎起雲厘肘間的那個耳機，戴到自己的左耳上。

耳機裡傳出輕柔的鋼琴曲。

傅識則垂眸，看著雲厘，她的臉很小，緊密的眼睛睫毛輕顫著，看起來乖巧無害。

他靜靜地站在那裡，過了一陣子，才把耳機拿下來，放回桌上。

傅識則輕聲開口，「雲厘。」

雲厘一動也不動。

傅識則抿抿唇，又開口：「雲厘。」

雲厘依舊一動不動。

沒辦法，傅識則只好伸手拿掉她右耳的耳機，喊了一聲：「雲厘厘。」

雲厘還是一動也不動。

辦公室內沒有其他聲音，只有他有意降低音量喊她的那幾聲。

傅識則並不想嚇醒她，他俯下身子，靠近她的右耳。

還沒開口，雲厘突然睜開眼睛，一副睡意未醒的模樣，見到面前傅識則的臉，她瞇了瞇眼。

傅識則愣了一下，默不作聲地直起身子。

雲厘沒反應過來：「你剛才在喊我嗎？」

傅識則的失神一閃而過，現在已經恢復了平日的平靜：「妳睡著了。」

雲厘一聽，臉又燒起來：「哦……」

「有什麼事嗎？」雲厘坐直。

傅識則坦誠道：「看見這裡開著燈。」

「走嗎？」傅識則把耳機還給她。

雲厘有些錯愕：「你要跟我一起走嗎？」

傅識則點點頭。

雲厘覺得不自在：「我自己回去就好了……」

傅識則：「最近不太安全。」

聽他這麼說，雲厘又有些猶豫，畢竟人身安全是最重要的，她低頭想了想：「可我還要等同事的文件，要不然你還是先走吧。」

傅識則：「等妳一起。」

他的語氣沒有多餘的情緒，似乎覺得這件事情理所應當，不過是舉手之勞。

雲厘儘量讓自己不要多想，心裡卻亂成一團麻。

傅識則在旁邊站了一下就走了。

等雲厘處理完文件離開的時候，剛關燈，就看見傅識則從對面徐青宋辦公室走出來。

傅識則：「走吧。」

「嗯……」

經過傅識則辦公室的時候，他說了一句「等一下」，回頭從門口的實木衣帽架上拿了兩個鴨舌帽，款式和形狀都差不多，只不過一個是黑色的一個是藍色的。

他自己將藍色鴨舌帽一戴，壓了壓。他的頭髮不長，戴上帽子後五官更為清晰。

「降溫了。」傅識則把帽子遞給雲厘。

帽子對雲厘而言有些大，她戴上後調整一下大小，看見玻璃上倒映著他們的身影，兩個人差了將近一個頭，看起來像兩個中二少年。

夜間，南蕪的氣溫降到了三四度，雨後的高濕度加劇了冬日的寒意。

雲厘跟在傅識則身後，他的手放口袋裡，能看出來步伐輕鬆。也許是受他影響，她的心情好了許多。

令人眷戀的時間沒有維持多久，等雲厘回過神，已經到樓下了，傅識則朝公寓頷首，示意她回去。

雲厘輕聲說了句：「你也早點休息。」

便逃離似的往回走。

最忙碌的一段時間過後，EAW迎來年終旅行，今年定的場地是偷閒把酒民宿，幾個部門錯峰出行，人事部安排的時間是聖誕後那週的週一和週二。

剛得知這個消息沒多久，鄧初琦便來了電話。

『夏夏說你們下週一二要去他們家的民宿，讓我們週五晚上提前過去。』鄧初琦語氣歡樂，『剛好我提了辭職了，夏夏他們打算幫我慶祝逃離苦海。』

雲厘攪動鍋裡的麵條，「夏夏小舅會去嗎？」

『我問了夏夏有誰，她小舅好像不一定有空，年底了事情比較多。』鄧初琦開玩笑道，『怎麼，夏夏小舅不去，妳就不幫我慶祝啦？』

「不是這個意思……」雲厘磨磨蹭蹭，關了瓦斯爐的火，幫自己倒了杯溫水，一切準備就緒後，才將之前發生的事情如數告知。

雲厘有先見地將手機離自己遠了點，不出幾秒，鄧初琦的聲音放大了幾倍：『厘厘！妳在開玩笑嗎！妳有當面問過他嗎？萬一他想約的是妳呢！』

雲厘：「因為那是個認識了好幾年的女孩，肯定不是我了。」

鄧初琦不認同：『不是啊，這不是別人說的嗎，妳應該當面問他。』

鄧初琦的性子向來直來直往，雲厘一下子底氣不足，直白道：「我追了這麼久了，他一直都在拒絕我，我所有的邀約他都拒絕。」

雲厘語氣低落：「而且這都是兩週以前的事情了，這兩週他也沒主動找我，可能都不知道我刪了他好友。」

『我靠。』鄧初琦脫口而出：『妳刪了他好友？』

雲厘：「嗯……」

鄧初琦：『你們還在同一個公司呢，生活上偶爾也有交集吧，這樣見面，不就是大型尷尬演出劇。』

雲厘：「其實我現在也有點後悔……要不然我偷偷加回來？」

鄧初琦：『……』

雲厘自言自語：「他可能還沒發現……」

鄧初琦沒吭聲。

雲厘想了片刻，又說道：「萬一他已經發現了，豈不是更尷尬了。算了。」

鄧初琦陷入長時間的默然，過了一下，她安撫雲厘：『和他劃清界限也好，妳不想來的話就別來了，沒多大事。』

雲厘誠實道：「是劃清界限了……但我在南蕪只有你們幾個朋友，我也不想這件事影響我正常的生活。」

『沒事厘厘。』鄧初琦試圖緩解她焦慮的情緒，開玩笑道，『讓夏夏找兩個單身同事一起來……』

聞言，雲厘的語氣輕鬆起來：「不能找，找了我就不去了。」

兩人的氣氛和緩了許多，鄧初琦開了擴音，加上夏從聲一起確認了下那天的安排。

雲厘回到廚房將火點燃，麵條已經軟趴趴纏成一堆，她用筷子撥了撥。

想起前幾天傅識則送她回家的場景。

她最後還是忍不住回了頭。

傅識則還站在原處，修長的軀幹與冬夜融為一體。她回頭的瞬間，措不及防地撞進他平靜柔和的眸裡。

那是她的錯覺嗎？

雲厘不得而知。

雲厘接到楊芳的電話。

『妳弟弟最近晚上回來也不怎麼玩手機，每天一回來就坐在書桌前。他是不是受什麼刺激了？』

雲厘一下子想起雲野早戀這件事，乾巴巴地說道：「不會吧。媽，妳別瞎操心了。」

楊芳擔憂地說：『妳幫我問問妳弟最近怎麼樣，是不是讀書壓力太大了，這麼下去我擔心他熬不住。』

雲厘：「……」

應該和讀書沒什麼關係。

不敢隨便解釋，雲厘應下來道：「好，我去問問他。」

雲厘也覺得是時候跟雲野聊一下這件事，就打了個視訊電話過去。

電話接通的時候，少年俊朗的面容出現在螢幕上，他垂下嘴角：『妳都不看我傳給妳訊息。』

雲厘：「哦，是嗎？」

翻了下聊天記錄，上次傳給雲野：『雲野，我對你一萬個佩服！』後，他確實連續幾天傳了訊息。

雲野：『？』

一天後。

雲野：『？？』

兩天後。

雲野：『？？？』

之前雲厘被自己的感情問題弄得焦頭爛額，也沒在意雲野這幾句沒有訊息量的回話。

想起尹昱呈那天還特地跑了一趟，雲匣撇撇嘴：「哦，我一忙就忘了這件事。我傳訊息給你時，尹同學的哥哥找上門了，說你每週寄兩張明信片給尹同學——」雲匣挖苦道，「應該忙到不需要你姐姐回訊息？」

雲野：『……』

雲野：『他怎麼知道是我寄的？』

雲匣覺得無語：「雲野，你追人能多一點技巧嗎？二十多張明信片一眼看過去都是一樣的筆跡，對方哥哥都找上門來了！」

雲野憋了許久，冒出了句：『我靠，她哥偷看我的信。』

「……」

雲匣：「好吧，我也覺得可能偷看了。」

雲野怒道：『靠，太不要臉了。』

雲匣想了想，附和道：「靠，確實有點。」

雲野很快接受現實，不滿道：『這麼大事妳怎麼現在才和我說。』

「我不是告訴你我忘了。」雲匣絲毫不覺得抱歉，反而苦口婆心道：「你這麼做，萬一影響別人小女生的成績不太好，雲野，我們還是要收斂一點。」

雲野：『不是，雲匣！妳弟弟的信被人偷看了！妳都不幫忙主持公道嗎？』

「哦。」雲匣沒接過他的話，換了個角度：「還有，原來你是以全班同學名義送的，我之前還以為你這麼大膽，誤會你了。」

雲野轉頭，不肯看鏡頭，語氣有點不耐煩：『妳管我。』

沒被他的語氣嚇到，雲厘計算了下這雲野這付出型行為的收益，提醒道：「你寄了這麼多封明信片，她以為是別人寄的怎麼辦？」

他一副無所謂的模樣：『能收到就行。』

看著他刀槍不入的樣子，雲厘又聯想到自己，感傷道：「雲野，一味地付出最後受傷的是自己，你要多愛自己知道嗎？」

雲野：『……』

雲野：『妳怎麼突然說這種話？』

雲厘：「……」

雲厘：「我是以過來人的經驗給你些建議……」

雲野：『那個哥哥不喜歡妳嗎？』

沉默了一陣子，雲厘直接忽略這個問題：「我們繼續說你的事。她們家好像不打算干涉，不影響成績就好，只是來找我確認一下這件事。」

最大的擔憂解決了，雲野鬆了一口氣，露出少年獨有的笑容：『那妳說，我以後還能寄給她嗎？』

雲厘立刻撇清關係：「我是不支持早戀的，我也不會給你錢寄。」

她突然想起打這通電話的原因：「對了，媽剛剛打電話給我了，說你每天不玩手機一回家就坐在書桌前。」

雲野嘟囔道：『不玩手機還不好，她是怎麼想的。』

「行了，我就給你提個醒，你自己注意一下。」

『哦。』

雲厘掛了電話以後，看見楊芳又傳了兩則訊息給她。

一則是雲野的成績單照片。

另一則是：『你弟弟熬壞了怎麼辦啊？（哭泣）。』

雲厘點開來看了成績單一眼。

還真的完全沒影響。

雲厘又點開雲野的對話欄，發了個兩百元的紅包給他。想了想，在底下備註：『飯錢。』

隨著去民宿的日子接近，雲厘難以控制地焦慮起來。

雲厘事先和傅正初約好，週五她從ＥＡＷ下班後，徐青宋會到公寓接她到附近的超市採購後再開車到民宿。

沒有人告訴她傅識則會不會去。

下班後，雲厘回公寓提上行李。

桌面還放著那頂傅識則給的鴨舌帽，這幾天她偶爾在休息室碰見傅識則，回去辦公室後又不想特地再去找他一次，拉扯這麼久，一直沒還回去。

說不定他也會去。

雲厘把鴨舌帽收進包裡，等她下樓，徐青宋的車已經停在外面，車窗搖下來，駕駛座上是徐青宋，副駕駛座上是傅正初。

雲厘鬆了口氣，剛打算拉開車門，車門便從內向外徐徐打開。雲厘一低頭，便望見傅識則的身影，他旁邊只有一個黑色的包，放置在車門那側。

傅識則往裡挪了一小段，將原先的位子讓給她。

「……」

雲厘故作鎮定，彎腰鑽了進去，座椅上還殘餘他的溫度，雲厘把包放置在兩人之間的空位。

徐青宋側過身和雲厘打了個招呼，他今天穿著件棉麻碎花襯衫，由米色和磚紅色拼接而成，外面套著件純色西裝版式的外套。

留意到雲厘停留的目光，他也不避諱，問道：「怎麼了？」

雲厘收回目光：「感覺徐總你的襯衫都挺明亮的，很少見到人穿。」她不太擅長誇人，便含糊道，「還蠻好看的。」

聞言，徐青宋笑了，吊兒郎當道：「是嗎，之前我覺得阿則的衣服太單調了，想送他幾件，都被拒絕了。」

話題和傅識則有關，雲厘探究的語氣便變得不太自然：「哦，為什麼呀……」

徐青宋從後視鏡看了傅識則一眼，調侃道：「不知道，可能嫌醜吧。」

作為議論的中心，傅識則本身並沒有對此發表什麼意見，只有在被提及的時候抬抬眼皮。藉此機會，雲厘才看向他。他穿了白襯衫和淺灰色休閒褲，搭了件黑色大衣。

開了兩三公里，車子到了附近的大型超市。

剛上電梯，雲厘忙不迭說道：「傅正初，我和你一起。」便扔下後面兩人，直接拉了個推車給傅正初，兩人直奔零食區。

望著琳琅滿目的零食，傅正初丟了好幾大包洋芋片到推車裡，見徐青宋和傅識則有些距離，便湊到雲厘旁：「厘厘姐，今天我特地坐在副駕駛座上！」

「……」

難怪傅識則今天坐在後座，正常情況下他都在副駕駛座上幫徐青宋留意路況。

傅正初始終沒有忘記自己助攻的使命，「厘厘姐，我看妳最新那期影片有個無人機，是送給小舅的嗎？」

眼前的人雙眸澄澈，是對於朋友純粹的關心，雲厘不想撒謊，便直白道：「對……」她頓了下：「但我不打算送了。」

傅正初沒有很意外，口氣輕鬆道：「為什麼呀厘厘姐，你們是吵架了嗎？妳好像不怎麼理小舅了。」

「沒有……就是不送了。」雲厘即刻否認，心事重重地盯著手裡的巧克力棒。

傅正初明面上還在挑零食，實際上心急火燎。

他在群組裡約了幾次，兩人都拒絕了，上車後兩人連招呼都沒打，到超市了雲厘也不肯和傅識則走一起。

傅正初再遲鈍，也知道兩人的情況不對勁。

雲厘不是小孩子了，並不想這件事情鬧大，小心問道：「我看起來像不理他了嗎？」

傅正初實誠道：「像。」他加重了語氣：「而且還挺明顯的。」

「……」

傅正初：「小舅是做了什麼讓妳不開心的事情嗎？」

雲厘糾結了許久，對著傅正初說不出那些放棄的話。她低著眼問道：「你小舅有沒有認識了很久，關係比較好的女生。」

傅正初震驚道：「厘厘姐，妳是擔心小舅有別人了嗎？」

「……」

這說得她在抓小三一樣。

「那是不可能的。」傅正初絞盡腦汁也沒想出半個人來，斷定道：「和小舅認識了很久的異性都是親戚，都有血緣關係的，小舅家教很好，不可能的不可能的。」

傅正初一口咬定，雲厘聽了也心生困惑，嘀咕道：「沒有嗎？」

「……」

回到車上，雲厘的思緒還停留在和傅正初的對話中。

所以，之前說傅識則約人可能是個誤會？雲厘偷看了傅識則一眼，他低頭玩手機，在和人聊天。

接近高速公路路口，徐青宋提醒道：「等一下要上高速公路，繫一下安全帶。」

雲厘的思緒被打斷，她摸索著右側的安全帶，拉到腿側的鎖釦，傅識則垂眸看著她連扣了幾次均以失敗告終。

傅識則：「我來。」

眼見要上高速公路，雲厘也沒拒絕：「哦好……」

傅識則鬆開自己的安全帶，俯身靠近雲厘，氣息逼近的時候，雲厘反覆在心底默念靜心經。

然而，當他真正用手接過安全帶時，觸及的皮膚宛若有電流快速穿過。

雲厘身體繃得直直的，傅識則低著頭，蓬鬆的碎髮隨著汽車的顛簸搖曳，骨節分明的手捏著卡釦，與她穿著緊身牛仔褲的腿近在咫尺，又恰好留兩分間隙。

他輕易地扣上了。

慢慢地移回原位，傅識則將安全帶扣好，閉上眼休息。

剩下這一路無事，雲厘打開E站，近期留言漲得很快，雲厘點開動態提醒往下滑。有連續幾十則留言提示，除了中間的幾條外，都是同一個人的留言。空白的大頭照，名字是efe，留言的內容都是『好看。』。

這人還送了好多禮物給她，應該是有錢的新粉，雲厘私訊對方，說了句：『謝謝。』

雲厘幾人到的時候，夏從聲一行人已經到了一個小時了，除了夏從聲和鄧初琦之外，還有兩個她們共同認識的男同事，分別叫陳任然和盧宇。

夏從聲家裡幫這幾人安排了棟自建的小別墅轟趴館，裡面有四間房，房間內有露天溫泉，三個女生住到親子房，其餘兩人住一間。

小別墅沒有電梯，傅正初幫忙提行李到樓上，傅識則直接拎起雲厘的手提包，走到樓梯口等她。

其餘幾人聊的火熱，雲厘和傅識則卻像外來者，兩人都沒有說話。

上樓後，幾人相互打招呼，傅識則把手提包遞給雲厘。

「謝謝……對了，這個帽子還給你。」雲厘打開拉鍊，從裡面搜出那頂黑色的鴨舌帽。

「不用。」傅識則沒接，鬆了鬆右肩的背包，拉開給雲厘看了一眼，裡面放在另外一頂藍色的，「我自己有。」

雲厘不明所以：「我也有……」

傅識則沒說話，轉身走回自己的房間，他和雲厘所在房間相鄰，都在走廊盡頭。徐青宋已經走到沙發處坐下，悠閒地滑著平板。

「妳怎麼沒說還帶了同事來。」雲厘湊到鄧初琦身邊埋怨道。

她沒忘記上次電話裡鄧初琦說的帶兩個單身同事，總覺得那兩人看她的眼神虎視眈眈。

「我沒想到夏夏小舅會來，一開始夏夏說他不來的！」鄧初琦也低聲道，卻沒有隱瞞自己意圖的意思，「原本我這兩個同事還看得過去吧，和他們三個舅甥一對比，也是有點不好意思了，但是人帥靠上天，人好靠後天。」

雲厘撓了撓她：「妳私底下沒和他們說什麼吧？」

「呃……」鄧初琦笑嘻嘻地討好：「就說了妳是單身的。」

雲厘：「……」

見她的表情逐漸凝重，鄧初琦舉起雙手求饒：「我們不能吊死在一棵樹上呀，多接觸別的男人，妳可能就不那麼在意和夏夏小舅的這件事了，妳也不要因為同事長得樸素嫌棄他們。」

知道她是好意，雲厘嘆了口氣。

她不想承認，她心裡暫時只能容下一個人。

一刻鐘後幾人回到客廳會面。

小別墅的客廳以娛樂為主，客廳中央是個橢圓的透明燈，環著一圈大理石桌板，可以用來打桌遊。客廳其餘位置安放了撞球桌、遊戲機和小型ＫＴＶ設備。

開了暖氣，幾人只穿了件單衣。陳任然和盧宇坐在圓圈的一側，接著是鄧初琦夏從聲和傅正初，傅正初和陳任然之間隔了幾個座位。

見到雲厘，陳任然殷勤地拉開旁邊的椅子，她當做沒看見，坐到傅正初身邊。

傅正初正全神貫注地玩著手機，雲厘瞥見傅識則那熟悉的大頭照，也是傅正初幾句話傳識則只應一句。

坐下後她也沒多問，反倒是傅正初將手機一收，動作顯得有些慌亂。他眼神飄到樓梯的方向：「我只是問一下小舅什麼時候下來。」

不知為什麼，徐青宋和傅識則都還未下樓。

幾人先拆了副ＵＮＯ，盧宇負責發牌，一旁的陳任然倒了杯柳橙汁給雲厘，又迅速地將果盤擺在她面前，示好之意毫不隱藏。

他的笑容讓雲厘頭皮發麻，甚至沒有與對方進行眼神接觸，雲厘道了謝後將果盤推到鄧初琦的位置。

雲厘之前沒玩過這個桌游，傅正初跟她簡單地講了下規則。

幾人剛準備玩一局，雲厘並不擅長，心下有些緊張，她往後靠了靠，抬眼看見傅識則從樓梯上走下來。

他罩著件寬鬆的松石綠印花襯衫，瓷白的肌膚嵌上漆黑如墨的眉眼。在襯衫的加成下，寡情倦怠的臉顯得妖冶。

雲厘心裡只有一個字。

靠。

第十三章　告白

傅識則下樓後，坐在雲厘的左手邊，徐青宋相繼坐在旁邊。

雲厘覺得左邊人的存在感太強，不由自主地往傅正初那邊靠了靠。

傅正初：「厘厘姐妳怎麼靠得這麼近？」

雲厘小聲回道：「跟你坐一起我心裡踏實。」

夏從聲見到傅識則後，一臉震驚：「小舅舅，你今天也穿得太帥了吧。以前不知道青宋的衣服居然還挺適合你。」

雲厘雖覺得適合，但也疑惑他怎麼突然這樣穿。

傅識則給了個合理的理由：「沒帶換洗衣服。」

「我也覺得合適，」徐青宋笑道，「你們決定玩什麼了嗎？」

夏從聲回道：「我們剛拆了一副UNO。」

徐青宋：「好。」

陳任然提議道：「我們玩搶零吧，刺激一些。」

除了雲厘以外的人看似都瞭解規則，紛紛答道：「可以。」

「我沒意見。」

見雲厘茫然的眼神，陳任然解釋道：「就是在有人出了『零』牌後，大家要迅速把手蓋在牌上，最後一個蓋上的人要摸兩張牌。」

遊戲進行地井然有序，雲厘上手後發現還挺簡單的，跟著她的上家出相同花色或相同數位的牌。

直到有人出了第一張「零」牌後，大家迅速把手蓋下，疊在一起。雲厘沒反應過來，意識到的時候已經要摸兩張牌了。

摸了兩次以後，雲厘開始警惕起來，一直關注著別人出的牌，直到第二輪遊戲裡有人出「零」，雲厘機警地迅速蓋手，其餘人也紛紛蓋下。

盧宇反應速度和雲厘差不多，後她一步，手蓋在她手上。

這次傅識則是最後一個。

雲厘在心裡為自己極快的反應速度偷偷鼓掌。

再一次，雲厘自己出的「零」牌，她迅速蓋下手，傅識則緊隨其後。直到分出最後一人之前，兩人手心手背都靠在一起。

雲厘能感覺到傅識則的手是虛放在她手背上的，儘管如此，接觸到的部分也直讓她心臟砰砰亂跳。

她偷偷看向傅識則，依舊是那淡如水的面色。

這局遊戲後來兩次，傅識則都在雲厘後一個將手蓋下。

雲厘覺得心臟有些承受不住，這一局遊戲結束後，她便想說自己不玩了。

不等她開口，傅識則說道：「換個遊戲。」

雲厘怔怔地看著他。

在場關係好的幾人尊重他的提議，直接同意了。

陳任然玩得不盡興，問道：「為什麼啊？大家不是玩的好好的。」

傅識則單手托著腮，語氣隨意：「習慣記牌，贏得太快。」

陳任然：「……」

其餘人：「……」

陳任然：「既然不玩UNO了，要玩什麼？」

鄧初琦提議道：「玩抽大小吧，抽到最大的牌的人可以問在場任意人一個問題。」大家紛紛表示沒問題。

「對了，」陳任然說道：「既然玩這個，還是喝點酒盡興。我帶了兩瓶酒來，我去拿過來。」

陳任然拿酒來，遞了一瓶給盧宇，然後幫坐在他這一邊的人都倒上。到傅識則的位子時，他開口道：「我不用，謝謝。」

雲厘聽到他的拒絕，有些意外，在她的印象中傅識則和酒幾乎是綁在一起的。

遊戲開始，大家抽了牌後紛紛亮出來。雲厘摸到的牌不太大，暗自鬆了口氣。她不想問人，也不想被問。

陳任然看了牌後，叫喊道：「我肯定最大！」隨後他把牌亮出來。

黑桃K。
確實沒有更大的了。
夏從聲：「那你挑個人問。」
陳任然目的性很明確，對著雲厘說道：「在場有妳有好感的人嗎？」
一下子，所有人都看向雲厘。
雲厘耐不住眾人的視線，回答道：「沒有。」
陳任然緊接著問道：「那如果硬讓妳選一個呢？」
雲厘：「……」
夏從聲打斷道：「不行哦，只能問一個。」
陳任然攤手：「好吧。」
接下來陸陸續續其餘人也摸到最大，但問的問題普遍是一些以前的糗事。
直到盧宇摸到了最大，他想幫陳任然一把，思考了一下，問道：「妳覺得在場的人誰最帥？」
陳任然：「……」
他倍感無語，私底下踩了盧宇一腳。
雲厘沒想到他們會窮追不捨，無力地掙扎了一下，將視線鎖定在傅正初身上：「傅正初。」
傅正初睜大眼睛，不太好意思道：「真的嗎？」

雲厘忽然覺得對不起他：「當然了。」

回答完問題，雲厘心中的大石落地，想拿起飲料喝一口，原先的柳橙汁卻已見了底。她看著旁邊剛倒的那杯酒，有些猶豫。

忽然，視線中多出一隻手。

傅識則將她的酒挪走，把自己沒喝過的柳橙汁放到她面前。

他將那杯酒一飲而盡：「你們先玩。我去抽根菸。」

傅識則走後，雲厘玩得心不在焉。

她看著面前的柳橙汁，覺得大腦一片空白。

鄧初琦注意到她的異常，打圓場道：「已經這麼晚了，要不然我們先休息一下？」

夏從聲附和道：「確實，而且房間裡有溫泉，大家早點回去放鬆一下吧。」

一行人便散了場。

夏從聲要找她父母。雲厘回到房間後，先到陽臺幫露天溫泉池加水。氣溫低，水淌到池裡冒著騰騰熱氣。

鄧初琦在鏡子前卸妝，感慨道：「今天高嶺之花穿上花襯衫，乍看居然還像個公子爺，之前還以為只有徐青宋有這氣質。」

雲厘搬了張椅子坐在她旁邊，也跟著卸妝。

見她心事重重的模樣，鄧初琦輕推了下她：「欸，不會他換個衣服妳又著迷到不行吧？」

「我哪是那麼見色起意的人。」雲厘瞅她一眼，抱著浴衣往陽臺走。

兩人脫了衣物進到池子裡。

身體迅速被溫熱充盈，雲厘舀了水淋在肩上，瀰漫的霧氣打在隔檔的木板上，讓雲厘的思緒有些飄忽。

她靠近鄧初琦，小聲道：「之前我不是和妳說，他打算和一個認識很多年的女生約會。」

鄧初琦：「是這樣沒錯……」

雲厘仰頭靠著邊緣的大理石，迷茫道：「但我問傅正初，他說認識久的都有血緣關係……」

「……」

沒理解她的意思，鄧初琦想了半天：「夏夏小舅喜歡這種嗎？」

不知道鄧初琦在亂想什麼，雲厘否認：「不是這個意思。」她不太自信地問：「就是，妳說我會不會誤會他了。」

鄧初琦拿了條毛巾墊在自己身後，避免接觸到池子邊緣冰冷的角落，她不認同道：「即便這是誤會，但他一直拒絕妳這是事實。」

鄧初琦：「厘厘，我那個同事很喜歡妳，妳要知道自己是很受歡迎的人。」

雲厘：「別提妳那同事了……」

鄧初琦：「要不然妳直接問他？總是猜來猜去，難受的是自己。」

雲厘把枕巾覆在眼睛上：「都被拒絕那麼多次了，我哪還敢問。」她喃喃：「不是自取其辱嗎。」

浸泡在溫熱的水中，毛孔受熱舒張，雲匣全身放鬆，短暫地遺忘了近一個月的煩心事。

眼前浮現出傅識則的影子，雲匣回過神。她雙手撐著大理石邊緣，往上一用力坐到池邊，伸手拿旁邊的毛巾。

一到外頭冷氣逼人，咚的一聲雲匣又進到池子裡。

鄧初琦不懷好意地盯著她：「匣匣妳這幾年身材……」

話未說完，木板上突然咚咚的兩聲。

「……」

兩人陷入沉默。

鄧初琦：「妳剛才有聽到聲音嗎？」

雲匣：「……」

兩人默契地直接爬出溫泉池，穿上浴衣衝回房間裡，將陽臺窗戶緊緊關上。

雲匣覺得毛骨悚然：「我們隔壁是……」

鄧初琦：「我靠……」

徐青宋回房間的時候，傅識則正趴在池子邊玩手機，見他心情不佳，徐青宋好笑地舀了水直接淋在他頭上。

「你要戒一下菸，這才玩到一半。」

傅識則用毛巾擦擦眼睛處的水，不吱聲，挪到旁邊繼續玩手機。

過了一陣子，他問道：「以前不是都說我比傅正初好看嗎？」

「……」

「原來是這樣啊。」徐青宋明白他忽然離場的原因，若有所指地問道：「什麼時候你也這麼在乎別人的看法了？」

「……」

見他不吭聲，徐青宋配合地沒多問。他脫了衣服泡在溫泉池裡，疲憊了一天，沒兩分鐘就有些睏意。

隔壁房間放水的時候，隔著一塊木板，什麼聲音都一清二楚。

兩人的寧靜被突然闖入的聊天聲打破。

是雲厘和鄧初琦的聲音。

傅識則偏了下頭，往聲音的來源望去，他動了動，往聲音來源方向挪去，敲了敲木板。

隨即是雲厘和鄧初琦離開水池逃回房間裡的聲音

徐青宋清醒了，倚在池邊，好整以暇地盯著傅識則。

雲厘和鄧初琦沒有指名道姓，徐青宋聽得不太認真，但大概也能猜到是什麼事情，他彎彎唇角，沒多問。

見他像碰到什麼趣事般，傅識則睨他一眼，聲音略帶譴責：「我之前問你餐廳的事情……」

徐青宋剛才沒想到這個問題，愣了下：「小何告訴雲厘了？」

他撩了撩水，笑道：「不是剛好替你擋一擋桃花嗎。」

傅識則閉閉眼，沒再理他。

心裡卻在想今天傅正初和他說的事情，以及剛才雲厘和鄧初琦的對話，才明白他陪床回來後雲厘疏遠他的原因。

真是荒唐的誤會。

回到房間後，雲厘整個人處於崩潰狀態。

她絕望地擦著濕漉漉的頭髮，鄧初琦安慰道：「妳別想那麼多，可能什麼都沒聽到……就算真的聽到了，也沒事……」

真的沒聽到就不會敲木板提醒她們了。

雲厘懊惱地垂下頭：「殺了我吧。」

安慰了雲厘一陣子，鄧初琦說陳任然喊她們一起下去打麻將，雲厘極度自閉地窩在床上盯著手機，沮喪道：「我不去了。」

翌日，雲厘八點鐘起床，打算喊夏從聲和鄧初琦去吃早飯。兩人昨晚玩到凌晨一兩點才回來，喝了不少酒，此刻在床上睡得正酣。

雲厘只好自己出門。闔上門沒多久，她聽到後頭的關門聲，轉身一看，傅識則從房間裡走出來。

傅識則：「去吃早飯？」

雲厘：「嗯……」

傅識則：「一起。」

餐廳在另一棟，自助服務的早餐簡易地備了吐司機和煎蛋器，其餘便是幾個保溫盤裡裝著些中式早點。

「要吐司嗎？」傅識則站在她身旁，雲厘點點頭，他拿過她手裡的夾子，夾了兩片吐司到吐司機裡。

雲厘還在旁邊等，傅識則撇頭看了她一眼，道：「先去位子上。」

將早餐放在桌上，雲厘坐下，屁股還沒坐熱，陳任然和盧宇端著餐盤從另一個桌子轉移到雲厘這一桌，問：「我們可以坐這嗎？」

雲厘點點頭：「傅識則在那邊等吐司……」

她抬頭盯著那個背影，他在那邊等了一下，將烤好的吐司轉移到盤裡。

陳任然試探道：「哦，你們是曖昧期嗎？」

雲厘瞬間噎住，連忙搖頭：「沒有……」

這個回答讓陳任然覺得自己仍有希望，他把盤子擺到雲厘對面，見她餐盤上沒什麼東西，便問：「妳沒拿喝的？我去幫妳拿，妳想要喝什麼？」

雲厘還沒拒絕，傅識則已經端著餐盤回來，他坐到雲厘隔壁，替她回答：「不用，我拿了。」

坐下後，傅識則從自己的盤裡夾了兩片吐司到她盤裡，還另外夾了個荷包蛋給她。傅識則將牛奶盒上的吸管塑封拆開，用吸管戳破封口的鋁箔紙後才遞給雲厘。牛奶是溫的。

他淡道：「拿開水泡了一下，耽誤了點時間。」

他自己的早餐只有兩片吐司和一杯美式。

陳任然看著兩人的親密舉動，想想雲厘剛才的否認，表情有些古怪。

早餐的全程幾人只聊了幾句話，吃完飯後，走到外頭雲厘才發現自己的小包落在位子上，傅識則讓她在原處等一下，自己轉身回了餐廳。

從昨天開始，陳任然就覺得雲厘被傅識則護得密不透風，雖然鄧初琦反覆和他強調兩人沒有情感上的瓜葛，他卻忍不住懷疑。

趁此機會，他再次問雲厘：「妳和從聲小舅真的不是在曖昧期嗎？或者你們已經在談戀愛了？」

雲厘搖了搖頭。

陳任然心裡有些不舒服，也不顧盧宇在場，坦誠道：「雲厘，其實我對妳是有好感的。如果妳沒有發展的意願可以直言，不用找從聲小舅幫忙讓我知難而退。」

這幾句話讓雲厘茫然，她木愣道：「什麼？」

「妳和從聲小舅看起來並不是普通朋友，如果妳和他在我面前表現得曖昧是為了拒絕我，那實在是沒有這個必要。」

雲厘已經放棄追求傅識則一段時間了，不清楚是不是自己和傅識則相處的過程中還殘留她自己意識不到的餘念，導致陳任然會有這樣的想法。頓了一下，問道：「為什麼說我們不是普通朋友？」

陳任然愈發覺得雲厘想要掩飾自己的意圖，氣笑了：「哪有普通朋友這麼相處的。」

傅識則恰好回來，他並不清楚兩人的聊天主題，低頭和雲厘道：「走吧。」

昨晚因為泡溫泉的事情輾轉難眠，這時又趕上陳任然說的話，雲厘滿腹心事。

傅識則看了她一眼：「在想什麼？」

雲厘一怔，隨口道：「在想普通朋友應該怎麼相處……」

這句話在傅識則聽來卻有別的含義。

他沒吭聲，指了個方向：「今晚平安夜，那邊裝了燈飾。」

樹上隱約有些燈條和聖誕裝飾，傅識則停頓了一下，繼續道：「九點後會開燈。」

雲厘魂不守舍地點了點頭。

鄧初琦和夏從聲一覺睡到了下午，雲厘乾脆也沒出門。等她們醒來後雲厘才知道昨天深夜傅正初也喝多了。

幾人清醒後又商議今晚到樓下打牌，雲厘不太能融入這種酒局，與陳任然的相處也不太愉快，便推脫自己今晚要剪影片。

鄧初琦應該從陳任然那邊聽到了什麼，也沒有勉強。

在房間裡窩到十點鐘，雲厘閒得發黴。樓下時不時傳來幾人的歡笑聲，她也無法提前入睡，想起傅識則今天說的話，雲厘起身換了衣服，揹起相機。

看了下外面只有一度，雲厘將熱水袋灌上開水，用絨布裹好後兩手捂著出了門。

在門口能聽到傅識則房間傳出的古典音樂聲。

不確定是誰在。

雲厘下樓，幾個人在打牌聊天，傅識則和徐青宋都不在。避開陳任然的視線，雲厘打了聲招呼，以拍別墅外景為藉口出了門。時間不長，她拒絕了傅正初陪同的想法。

出門後，雲厘往白天傅識則所說的方向走。

燈飾在餐廳附近，離他們所住的小別墅有幾百公尺。靠近樹林時，雲厘已經看見若隱若現的暖黃色燈條，蜿蜒盤旋在樹梢上。

更遠處能看見天穹灰藍一片，雲層似染料點綴。

她打開相機，遠遠地拍了張照。

雲厘攏了攏外套，捂著暖手球靠近。

粗壯的樹枝上懸掛著個吊床，離地面大概半公尺高。雲厘往前走，吊床輕微地動了動。

她頓住腳步。

吊床上躺著的人亮了下手機螢幕，又放到旁邊。時間雖然短暫，雲厘也能認出那是傅識則。

她猶豫了一下，慢慢走近。

他蜷在吊床上睡覺，旁邊放著瓶酒和個玻璃杯，瓶裡的酒只剩一半。

這麼低的溫度，他穿得並不多，唇色發白。

心裡有些難受。

雲厘蹲下靠近，戳了戳他的肩膀。

傅識則睜開眼睛看向她，眼神惺忪，他坐起身，輕聲道：「妳來了。」

妳來了？

聽起來彷彿兩人提前約好今晚要見面。

外界氣溫極低，雲厘感覺樹幹上已經結霜。傅識則抬頭看她，雙目澄淨，和平日裡的神態不同，眼角失了鋒利，反而像少年一般。

他垂眸看身邊的空處，輕聲道：「坐一下。」

雲厘站在原處沒動。

片刻，她開口：「你喝多了。」

雲厘把熱水袋遞給他，傅識則盯著看了好一陣子，伸手接過，原本已經冷到失去知覺的手稍微有了點感覺，他堅持：「坐一下。」

不想和酒鬼掰扯，雲厘無奈地坐在他旁邊。

吊床在重力的作用下呈倒三角，兩人的距離被迫拉近。

傅識則低眸，拉過她的手腕，將熱水袋放回她手心。掌心的暖意和手腕處的寒涼形成巨大反差，雲厘的注意力卻全部集中在那冰涼的觸感上。

傅識則沒有鬆手。

他將雲釐的另一隻手拉過來，覆在熱水袋上。

時間像定格在這一齣畫面。

她看見七年前初次見到的少年望向她。

他慢慢地靠近，唇貼在她的右耳旁。

「妳不追我了嗎？」

風停歇了，只有燈束偶爾閃爍。雲釐屏住呼吸，不可置信地盯著傅識則。

不是因為他說的話，而是他的語氣。

帶著心甘情願的示弱，又有些撒嬌似的委屈。

雲釐僵著身體目視前方，絲毫不敢與他有眼神接觸，不自覺地捏緊了熱水袋。

「……」

見她沒回答，傅識則又督促似地輕喃了聲：「嗯？」

雲釐的腦袋澈澈底底一片空白。

撲在右耳上的氣息帶有不具攻擊性的侵略，似乎是將這一夜所有的溫度傾注在這幾次呼吸中。

她不覺產生了錯覺，他看似落魄落寞的狼狗，搖尾乞憐。

雲釐所有的心理防線瞬間被攻陷。

她不受控地回答：「沒……」

話剛落下，雲厘便想給自己來一搥。

啊啊啊啊啊啊她回答了什麼啊！

明明已經放棄了啊！

旁邊的人聽到她的回答後，不語，輕輕鬆開雲厘的手腕。

原先貼臉的距離驟然拉開，人體熱源遠離。

雲厘還未從口不從心的震驚和懊惱中緩過來，懷疑是不是自己的回答不妥，抬眼看他。

「怎麼了嗎？」

傅識則不自然地撇開目光，神色晦暗不明：「可能有些緊張。」

「……」

雲厘失了分寸，卻也意識到，在傅識則面前她完全沒有抵抗之力。她認命地低下頭，小聲問：「你為什麼問我這個……」

傅識則沒應聲，並未遠離的手將她的手腕握在掌心，拇指指腹在她的手腕處摩挲。他眼瞼下垂，擋住半分眸色：「還不明白？」

他的觸碰自然，就像他們關係本應如此親密。

指尖的皮膚細膩，縱然冰涼，也撓得她心間發癢。

傅識則沒再說話，等著眼前的人進行內心的自我掙扎。

心如小鹿亂撞後，雲厘陷入極大的茫然。

重新萌生的可能性讓她心底深處湧出千絲萬縷的希望，但她同時也無法忘記放棄時的心痛以及一次次拒絕背後她隱藏起來的難熬。繼續逐夢的背面，是她的苟延殘喘。

可這是她心心念念的人。

她怕她的退縮，掐滅了燭火最後的搖曳的火光，帶來他永久的遠離。

雲厘艱難開口：「那他們說你打算約的人……」

沒有半分猶豫，傅識則說道：「是妳。」

雲厘愣住。

傅識則：「想約的人是妳。」

語氣平靜而篤定。

一直是妳。

從來沒有別人。

「哐啷。」

清脆的響聲，是傅識則碰到了玻璃杯，杯身磕到了酒瓶。雲厘處於情緒高度波動的階段，在這聲音的提醒下像拽緊救命稻草，匆匆說道：「你喝醉了。」

傅識則瞥她一眼：「我沒有。」

雲厘不由自主地堅持：「不對不對，你喝醉了。」

「……」

「好。」傅識則失笑，沒繼續反駁，往後靠著，看著她，「那等我酒醒。」

雲厘看著他上揚的唇角，覺得離奇，這是她第一次見到他的笑。

她無法忽視，他眉眼間無以名狀的情愫。

男人倚著吊床，後腦直接靠著繩索，並不害怕它的晃動，耐心又平靜地看著她。

雲厘難以承受此刻心臟臨近爆炸的狀態，她把熱水袋直接塞到傅識則懷裡，忙亂起身：「我要回去了，你也回去可以嗎？」

傅識則：「嗯。」

他剛要起身，雲厘說道：「你能晚一兩分鐘嗎？因為我出來的時候是一個人。」

「……」

傅識則又躺回去，面無表情地「嗯」了聲。

雲厘走了沒幾步，又轉身折回。

從她離去時，傅識則的視線一直停留在她身上，兩人目光交匯，雲厘不確定地問：「等你酒醒了，今晚說的話還算數嗎？」

話裡帶著不自信的謹小慎微。

傅識則簡明扼要：「算數。」

雲厘抿了抿唇：「那你剩下這半瓶先別喝了。」

就能早點醒過來。

傅識則用鼻音輕「嗯」了聲。

雲厘覺得不放心：「我幫你帶走。」

「……」

往回走的路上，凜冽的風讓雲厘找回一些理智。腦中深藏的想法在今晚得到了印證——那些她懷疑過的細節，可能都不是錯覺。

他今天穿的毛衣是純黑色的，昨天未曾見到。

他並非沒有換洗衣物。只是因為她覺得好看，他才嘗試不曾嘗試的事物。

他是穿給她看的。

在這段感情中，雲厘處於弱勢的一方，卑微得不敢揣測他所有行為背後的動機。

他剛才說的話……算是承認了嗎？

雲厘克制不住地彎起唇角，心裡像打翻了一罐蜜糖。她攏緊外套，接近屋子時，她往回看，傅識則離她一百公尺遠，停下腳步。

雲厘手插口袋磨蹭了一下，忍不住走過去：「要不然……我們還是一起走吧，被問了就說在路上遇到的就好了。」

傅識則點點頭，跟在她身側。

在別墅門口便聽見裡面的叫嚷聲，雲厘開門進去，陳任然脖子以上紅成一片，應該喝了不少酒。幾人見到他們後不約而同地收了聲音。

雲厘朝他們打了個招呼，傅正初攔下傅識則，猶豫一下，雲厘沒跟著，上樓後將酒瓶放在傅識則房間門口，房間裡頭還在放著音樂。

進了房間，雲厘背靠著門，等了好一陣子，聽到隔壁的關門聲。

他也回去了。

躲在門後的她好似看見他徐徐走來的身影，光是幻想的場景都足以讓她心跳加速。僅僅是剛才的半個小時，雲厘過去兩週的鬱鬱不安瞬間消逝。

雲厘未曾想過，這段連她自己都不看好的角逐，最終也可能得償所願。

在深海上飄蕩了幾個月的帆船，最終看見了岸邊的礁石。

她奔到床邊，呈大字型直接倒下，心裡仍覺得不敢相信。

傅識則盯著雲厘的房門，靜待了一下，才刷門卡回房間。

房間內光線暖和，書桌上的木質音響傳出上世紀的民謠音樂。徐青宋靠著窗臺，手裡翻著本老舊的英文原著，紙張泛黃。

傅識則將酒瓶和酒杯隨手放在入門的置物處，徐青宋瞟了一眼，酒喝不到一半，比平時收斂多了。

沒看兩行文字，他又抬頭，一年多沒見過傅識則如此放鬆的神態。

徐青宋將目光移回書上，笑道：「幹什麼去了？」

傅識則窩到沙發上，滑著手機：「告白。」

徐青宋以為自己聽錯了，翻頁的動作頓了下，側了側頭，問：「告白？」

徐青宋想了想：「雲厘？」

傅識則沒否認。

「我也是剛想明白，昨晚怎麼硬要穿我的衣服。」

更早的時候徐青宋就發現了端倪，只是用合情合理的原因地否定了這種可能性。他又笑著問：「我是不是耽誤了你們的事了？」

傅識則低頭想了下，才淡道：「這樣挺好。」

徐青宋：？

她不找他。如果他想見她，必須要自己主動。

傅識則一直覺得自己是個不會主動的人。

原來他是會的。

傅識則沒再多言，徐青宋望向他手心捧著的毛絨圓球熱水袋：「那手裡的是定情信物？」

傅識則「嗯」了聲。

將書一收，徐青宋起身，好奇道：「看看？」

傅識則瞥他一眼，不理，把熱水袋往腹部那邊藏了藏。

見他無意分享，徐青宋也不多問，傳了兩張動物園的電子門票給他：「明天耶誕節，你可以帶她去動物園玩玩。」

傅識則沒拒絕。

徐青宋不忘叮囑：「準備個小禮物。」

傅識則「嗯」了聲。

他打開和雲厘的聊天畫面，上次的聊天記錄已經是兩個多星期前的，他輸入：『明天去動物園嗎』直接傳送。

「上次和你說的摩天餐廳，我打過電話了，到時候我這邊買單。」

徐青宋做事本就隨心，昨晚聽說何佳夢把傅識則約會的消息洩露了，散漫自由的人破天荒地心生內疚。

「嗯，知道了。」傅識則心不在焉，低頭看雲厘的回覆。

剛才傳的訊息框前是個紅色的驚嘆號，傅識則往下看。

『clouds開啟了朋友驗證，你還不是他（她）的朋友。請先傳送朋友驗證請求，對方驗證通過後，才能聊天。』

「……」

傅識則沒反應過來，一陣錯愕。

他被刪了？

生平第一次被人刪好友，他眨兩下眼睛，將這句話從頭到尾再看了一遍，確定自己沒有理解錯。

徐青宋見傅識則冷漠的面具出現裂痕，像木偶般在沙發上發了下呆。

片刻，徐青宋聽見傅識則無奈地笑了聲，在手機上點了幾下，打電話給雲厘。

傅識則：「是我。」

雲厘緊張道：『怎麼了？』

傅識則這次不帶疑問：「明天去動物園。」

過了好一陣子，雲厘才結巴道：『哦……哦，是要一起去嗎？』

傅識則：「嗯。」
雲厘：『好。』
兩人沒有再聊其他的東西，雲厘輕聲道：『早點休息，晚安。』
傅識則垂眸：「早點休息。」
傅識則掛掉電話的時候，徐青宋站在不遠處，手中持著透明茶壺，慢慢地幫自己倒了杯熱茶，臉上噙著莫名的笑。
傅識則不理解：「怎麼？」
徐青宋挑挑眉，語氣玩味：「太甜了，喝口茶解解膩。」
「……」
接完傅識則的電話，雲厘心神未定，訊息上又有人連傳了好幾則訊息給她。
傅正初：『厘厘姐，剛才桌上不太愉快，琦琦姐那個同事有些不高興，他們都喝多了。』
傅正初：『他們在說你們吃早飯的事情。』
傅正初：『說妳和小舅一點關係都沒有……』
傅正初：『我姐也在幫琦琦姐說話，我插不上話 QAQ ！』
雲厘：『……』
雲厘：『沒事。』
這是鄧初琦第一次幫她牽紅繩，沒把她的拒絕放在心上，雲厘略感不適。而且陳任然講話強勢，她也不想再去應對。

雲厘轉頭傳訊息給鄧初琦：『七七，我和妳那同事不適合。妳私底下和他說一下可以嗎？』

點到為止。

他們這幾天應該是在慶祝鄧初琦擺脫社畜的身份重獲自由，雲厘不想掃她的興。

戴上耳機，雲厘回想著剛才傅識則的邀約，臉又不自覺通紅。她把臉埋進枕頭，突然想起一件事——她、刪、了、他。

雲厘以迅雷不及掩耳之勢從床上跳起來，手忙腳亂地打開手機四處搜尋，都沒有找到添加他好友的方法，兵荒馬亂之際她才想起剛才傅識則的未接來電。

將這個號碼複製到好友添加欄。

還是那個熟悉的大頭照，昵稱是一個大寫的F。

添加後，無需驗證，兩人重新成為好友。

盯著這個畫面。

雲厘有種九死一生的僥倖感。

以防萬一，雲厘試探性地傳了訊息。

『明天幾點>>？』

傅識則：『妳決定。』

雲厘：『那我們一起吃早飯嗎？』

傅識則：『嗯。』

見到對方毫無異常的回覆，雲厘如釋重負。

有人敲門，趴在床上發呆的雲厘回過神，不自覺地猜測那是傅識則。她站起來，對著梳妝檯整理了下著裝和髮型。

打開門，是陳任然，他拿著果盤，面色是酒喝多了後的脹紅。

「今天是平安夜，我送些蘋果給妳。我們在樓下玩了很久了，妳現在拍完照了，要不要也下來玩？」陳任然態度溫和，與早上分別時截然不同。

「不了。」雲厘慢吞吞道：「謝謝你。很晚了，我想早點休息。」

陳任然似乎做好了被拒絕的打算，沒有因此產生負面情緒，將果盤往她的方向遞了點：「那也挺好的，妳作息挺健康的，我應該和妳學習。妳拿回去吃一點？」

雲厘搖了搖頭：「我刷過牙了，謝謝。你帶下去樓下和大家分了吧？」

雲厘想和他劃清界限，但她並並不擅長解釋，想了想，才說：「我想和你說件事……」

陳任然打斷她：「我剛好也想和妳說件事，這種事情還是讓男生主動。」

雲厘：「……」

他露出不好意思的笑：「我想和妳道歉，今天上午是我語氣不好。可能是因為對妳有好感吧，所以比較敏感，從聲的小舅稍微多照顧妳一下，我就想得比較多。」

雲厘：「……」

雲厘想說的並不是這件事，這時候只能接過他的話：「沒關係的，我想說的是……」

陳任然用確定的口吻說：「所以你們真的沒在曖昧對吧？」

雲厘：「……」

今晚的事情發生後，雲厘覺得自己和傅識則已經不再是這個階段了。她回答道：「沒有。我們……」

話未說完，隔壁的房門突然打開。

傅識則穿著方才見到的黑色毛衣，徐青宋套著件湖水藍毛衣，含笑靠在入門的置物架上。

這開門的時機讓雲厘一陣心虛。

傅識則和陳任然點了點頭，看向雲厘：「看電影嗎？」

剛才拒絕了陳任然，當事人還在這裡。

雲厘本不想駁了他的顏面，但對上傅識則的目光後，她有種被現場抓包的罪惡感，便不假思索地點了點頭。

傅識則身體往後側：「過來。」

徐青宋環胸看著門後呆滯的陳任然，於心不忍道：「果盤可以留下嗎？」

「……」

陳任然沉著臉把果盤遞給他，徐青宋客氣道：「謝謝。」

兩人的房間整潔明亮，被子整齊地鋪蓋在床上，房間裡沒有其餘私人物品，桌上擺放著書、音響和玻璃茶壺。

徐青宋自如道：「坐沙發上吧。」

他將原先的茶包換成花果茶，加了兩顆冰糖，室內瞬間瀰漫著花的清香。

雲厘坐到沙發的一角上。傅識則拿了兩個新的透明茶杯放到桌上，徐青宋慢悠悠地往兩個杯子裡倒上玫瑰紅的果茶，等了片刻，待溫度適當了才將杯子推到她面前。

「嚐嚐。」

雲厘道了聲謝，花果茶還有些燙舌，她小啜了一口，入口酸酸甜甜。

招待好客人了，徐青宋自覺起身：「要不然我出去一趟？」

這時雲厘才發現他湖水藍的毛衣下搭著件白色西裝褲。雲厘看過不少時尚網紅的穿搭，但能像他這樣恰如其分地展現出溫柔與矜貴的屬實少見。

「不用的。」雲厘連忙道。

雲厘不想徐青宋因為她的到來而迴避，他是傅識則比較要好的朋友，她也該試圖與他的朋友相處。

聽她這麼說，徐青宋落落大方地坐到傅識則旁邊。

沒有雲厘想像中的尷尬，徐青宋拿出平板，裡面存放了不少紀錄片，他問了雲厘的意見後挑了個麵包製作的紀錄片。

房間裡有投影機，徐青宋直接將紀錄片投到牆上。

三人安靜地坐在沙發上。

放了十幾分鐘，徐青宋將水果盤往傅識則的方向推了推，他低頭看了一眼，不動聲色地推到雲厘面前。

雲厘用叉子戳了一個。

傅識則將果盤推回給徐青宋。

徐青宋也戳了一個。

房間關了燈，只有放大的畫面清晰地在牆上放映。雲厘不在狀態內，注意力沒有在紀錄片上。

她用眼角餘光偷看旁邊的兩個人，傅識則目色清明，全無醉意，徐青宋的右腿屈起來，整個人懶散地靠著沙發。

兩人看得格外認真。

雲厘不想敗了他們興致。

強撐了半小時，睏意多次襲來，雲厘努力睜眼，只看見螢幕上揉好的麵團反覆砸到砧板上，一聲聲像催眠曲一般。

傅識則偏頭看著雲厘。

徐青宋瞟到這個場景，支著臉，笑意諧謔。也不過一瞬間，他將目光投回螢幕：「有點晚了，下次再看吧。」

雲厘睏的厲害，沒堅持繼續看。腿壓到硬邦邦的熱水袋，雲厘起身，拿著熱水袋：「那我回去了，我把這個帶回去？」

徐青宋忍不住笑了聲。

傅識則：「……」

這笑聲讓雲匣有顧慮地看了手裡的東西一眼，這確實是她自己買的熱水袋。也不清楚發生了什麼，雲匣和他們道了晚安便回了自己的房間。

已經十二點多了。

她洗漱結束後沒過多久，鄧初琦和夏從聲回了房間。趁夏從聲洗澡，鄧初琦將雲匣拉到小角落。

她語氣震驚：「剛才陳任然和我說，夏夏小舅邀請妳到房間看電影？妳還去了？」

「徐青宋也在的，不是獨處一室。」雲匣連忙解釋。

「我就說，夏夏小舅不至於那麼流氓吧。」鄧初琦明顯鬆了口氣。

雲匣遲疑了一下，說道：「我想和妳說件事。」

鄧初琦：「是關於陳任然的嗎？」

「是的，謝謝妳的好意。」雲匣直白道：「但我不打算和陳任然發展，我剛才沒找到機會和他說清楚。麻煩妳幫我說一聲。」

鄧初琦：「妳和夏夏小舅回來的時候我就該猜到了，好心做了壞事，等明天他酒醒了，我再和他說清楚。」說完，她話鋒一轉：「妳和夏夏小舅今晚發生什麼了？」

雲匣三言兩語交代了今晚發生的事情。

「我靠！」鄧初琦驚訝得嘴都合不攏，怕被夏從聲聽到，她壓低聲音道：「他摸了妳的手？」

雲匣：「嗯……」

鄧初琦：「厲害，這個變態。」

雲厘臉頰泛紅，忍不住道：「也蠻好的……」

鄧初琦：「……」

鄧初琦：「夏夏小舅看起來冷冰冰的，沒想到段位這麼高。」

雲厘為他解釋：「可能只是他忍不住……」

鄧初琦打趣道：「這麼護著他，孩子名字都想好了？」

雲厘笑道：「都想了兩個了。」

隔了一下，雲厘又不確定地問：「妳覺得他喜歡我嗎？」

鄧初琦白了一眼：「按照妳這描述，還能是別的？」

雲厘垂下眼眸：「他今晚喝了酒，但我剛才看他，好像蠻清醒的。」

鄧初琦：「這種事情還是酒醒了說清楚好點。不過妳不生氣嗎？」

雲厘愣了下：「不啊，那只是個誤會。」

鄧初琦：「我指的是妳追了那麼久他一直沒給回應。」

雲厘已經徹底忘了這件事：「我本來還想著要追個一年半載的，所以到現在都覺得自己在做夢。」

她舔了舔唇，說道：「感覺提前實現了目標，還挺開心的。但我現在有點擔心他明天說一句『對不起我昨晚喝醉了』。」

雲厘自說自話：「我今晚應該錄下來的，這樣他就不能抵賴了。」

鄧初琦：「……」

懷著七分欣忭三分擔憂入睡，雲厘做了個夢，是在ＥＡＷ的休息室，傅識則坐在沙發上，神情冷漠，雲厘試圖開口，他直接打斷她——「對不起，我昨晚喝醉了。」

破曉之時雲厘從夢中醒來，屋內昏暗，能聽到鄧初琦和夏從聲均勻的呼吸聲。瞟了手機一眼，才五點半出頭。雲厘打開和傅識則的聊天室，還是昨晚的對話。

她心裡安定下來。

昨晚開著暖氣入睡，喉嚨乾渴，雲厘在床上睜了下眼，輕悄悄地到洗手間洗漱。

雲厘輕輕帶上了房門。

樓梯間一片漆黑，她拿著手機悄聲下樓，剛走到一樓，便看到沙發處坐著個人影。

夢中的場景再度襲來。

雲厘停住腳步，不敢向前。

傅識則在她走到轉角時已經注意到，見她頓足，他倚著沙發，聲音喑啞：「厘厘。」

冷然的嗓音中夾了點偷溜進去的柔和，這聲呼喚消除了雲厘從夢境中醒來時的顧慮，她走到距他一公尺遠的地方坐下。

灰暗中勉強看清他的五官，他的氣質卻不受光線的影響。

雲厘目光停在他臉上，輕聲道：「再喊一聲。」

傅識則：？

雲厘重複：「再喊一聲。」

傅識則側頭看她，眉眼一鬆，繼續低聲喚道：「厘厘。」

寂靜無聲的客廳裡只餘他清淺的聲音。

雲厘忍住撲上去抱住他的衝動，心滿意足地問道：「你剛睡醒嗎？」

傅識則思索了一下，意有所指：「酒醒了。」

領會到他的意思，雲厘不受控制地彎起唇。

傅識則：「過來點。」

雲厘動了動，挪到他身旁，感受到自己的腿輕貼到他的腿側，隱約有些溫暖。

他的聲音聽起來有些疲倦：「陪我待一下。」

「我想先去倒杯水……」雲厘自覺有點煞風景。

「我去倒。」傅識則沒在意，起身到廚房，雲厘聽到燒水的聲音，過了幾分鐘，他坐回原先的位子，將溫水遞給她。

雲厘喝了口水，見傅識則一直看著自己，明知這光線他肯定看不清楚，她卻依舊差點嗆到。

她窘迫地將杯子放回桌上。

屋裡開著暖氣，雲厘覺得悶熱，將外套脫下。傅識則聽見昏暗中她脫衣時窸窸窣窣的聲音，視野中看不見反而助長了想像。

他不自然地拿起剛才她那杯水喝了一口。

了點。

雲厘提醒：「那杯水是我的，你拿錯杯子了。」

傅識則「嗯」了聲，起身到廚房倒了杯冷水。廚房沒開暖氣，低溫讓他僅存的思緒清晰了點。

但還是好睏。

傅識則將杯子放回雲厘面前，在黑暗中沒待多久，迷迷糊糊的，傅識則直接宕機進入睡眠狀態。

雲厘感受到肩膀上的重量時，傅識則已經睡著了，離他把杯子放下只過了一兩分鐘。

一時之間雲厘不敢輕舉妄動。

她全部的注意力都在身邊的人上，總覺得不可思議——這是她覬覦了那麼久的人。

雲厘想起他向來疲倦的雙眸，今晚他可能又失眠了。

睡不著，也不敢玩手機，雲厘只好坐在沙發上發呆。

這一覺傅識則睡了將近兩小時，刺眼的日光都沒把他晃醒，甦醒前，他皺了皺眉，緩緩睜開眼睛。

留意到他的動靜，雲厘偏頭，恰好傅識則也抬頭，動作受阻，額頭貼到她的臉頰上。

「……」

第一次在光天化日下如此近距離的的接觸，傅識則身形一頓，然後慢慢地坐直身體。

他話裡帶著睡意：「幾點了？」

雲厘看了手機一眼：「八點。」

「吃早飯？」他側頭，雲厘現在才有機會仔細看他，他穿著淺藍的絲綢睡衣，眼角垂著，睏倦的模樣看起來有些頹唐。

雲厘點點頭，站起身，兩小時沒動，她的四肢僵硬得不像自己的。

回房間後，雲厘拿上化妝包到公用的洗手間，花了半個多小時畫好妝後，她戴上綠珠寶耳飾，盯著鏡子中的自己，眼中的殷切與期待是她未曾想過的。

換了件高領毛衣，下樓前，雲厘想了想，還是帶上了圍巾。

傅識則在門口處等待，兩人剛到外頭，他的視線下移，停在她手上的圍巾上。

這視線讓雲厘紅了耳尖。

她上前一步，手抬起圍巾，動作做了一半。傅識則沒動，安靜地看著她。片刻的沉寂後，雲厘突然就不敢了，準備幫自己圍上。

傅識則：「……」

傅識則：「我有點冷。」

雲厘的手頓住，木訥地移向傅識則，他配合地俯身靠近她，等待著雲厘一圈一圈地幫他圍上。

她將臉埋進毛衣領子裡：「可以了。」

剛到餐廳門口，雲厘便一連接到雲野打的幾通視訊電話，雲厘直接掛掉。雲野鍥而不捨地繼續來電，她不由覺得是尹雲禕那邊有什麼事。

傅識則：「接吧。」

視訊接通後，雲野一臉乖巧地堵著螢幕，雲匣無意識地往前走了幾步，和傳識則拉開距離。

『姐，妳怎麼跨年啊？』

聽見這個「姐」字，雲匣警惕起來：「不知道。」

雲野好聲好氣：『姐，我元旦可不可以去南蕪啊？三十號是週五，我可以坐晚上的飛機。』

雲匣：「你來幹什麼？」

少年理所當然：『陪妳跨年。』

雲匣事不關己道：「身分證在你身上，我又不能捆著你的腿，你愛去哪去哪，我什麼都沒聽到。」

『機票好貴……』見她如此堅定，雲野的臉皺成一團：『求妳了。』

清楚他意圖的雲匣直接道：「沒錢。」

『元旦不行，寒假也行。寒假的時候可以有錢嗎？要不然妳借我，我過年拿了壓歲錢還妳可以嗎？』

雲匣還記得他上次兩塊五的分期付款，眉毛也沒抬一下：「分期還款啊？一年還一次嗎？」

雲野發誓：『這次肯定不分期！』

『要不然這樣，妳之前不是喜歡我書架上那個模型嗎？我跟妳換機票錢！』

雲厘想了想價格：「你好像虧了。」

雲野：『可不可以。』

雲厘：「那也不行。」

雲野連說了幾個想法，雲厘不為所動。他一著急：『我遠程到直播間出鏡行嗎？』

「一邊去。整天歪門邪道的，影響你的成績我要被爸打死。」想起來關心弟弟了，雲厘隨口問：「你上次考試第幾？」

『年級第八。』

「……」

同樣在西伏實驗中學，當年雲厘的月考成績長期徘徊在兩百到三百名之間。

雲厘喝了口水，故作鎮定：「如果你期末保持這個成績了，我就勉為其難為你賺個機票錢吧。」

雲野眼睛發亮：『我保證我期末還是這個成績，機票錢能提前給我嗎？』

雲厘：「……」

雲厘：「不能。」

雲野又變回平時那副樣子：『雲厘，妳真小氣。』

雲厘無語道：「你下個月別來求我。」

雲野：『那可不行。』

沒和他繼續扯，雲厘直接掛了電話。

傅識則沒打算偷聽她的電話，還站在原先的地方，卻是一直看著她，以至於她轉身的瞬間，兩人的目光直接對上。

第十四章 禮物

他的臉上沒有過多的情緒，雲厘卻感到格外的安心，淺笑著回到他身邊。

從昨晚到現在，她一直覺得自己活在夢中，現在卻在有他的細節中找到了真實感。

吃完早飯後，傅識則跟徐青宋借了車，驅車前往動物園。

「不用導航嗎？」見他直接啟動了車子，雲厘有些意外，傅識則「嗯」了聲：「小時候常來這邊。」

雲厘：「那個動物園你去過嗎？」

傅識則：「嗯。」

雲厘：「那再去一次的話，會不會覺得無聊？」

傅識則看著前方的路，頓了幾秒才道：「陪妳的話，不會。」

動物園距離民宿半個多小時車程，門口懸掛各式各樣的聖誕裝飾。停好車後，雲厘和傅識則到入口處刷了電子票。工作人員給了他們遊園地圖，園區不小，地圖上有相關標記。

兩人的心意都已經讓對方知曉。是真正意義上的約會。

因為是週末，園區的人不少，大多是家長帶著孩童以及情侶。雲厘低著頭研究地圖。

「等一下。」傅識則忽然道，轉身去了入口附近的便利商店，雲厘沒想太多，在地圖上鎖定了幾個他們可以玩的地點。

等她回神，陰影遮擋了她，她抬頭，發現傅識則拿著把新的陽傘，傘柄上的標籤還未拆。

他的膚色白，眉眼漆黑，此刻又穿著件黑外套，待在黑傘下，像在躲避陽光。

雲厘：「我有帶防曬乳，你需要嗎？」

傅識則：「……」

傅識則：「去哪個？」

雲厘隨手指了地圖上的一個地方，傅識則看了一眼便直接往一個方向走。

在傘下，兩人還是保持一定距離，避免擦到彼此。

往前走的時候，雲厘才留意到附近的小情侶，有不少也是男生幫女生撐著傘。

他是看到了，所以特地去買了把傘。

花了三個多小時，兩人逛完園區。雲厘收到鄧初琦的訊息：『妳和夏夏小舅出去了？』

雲厘：『我們在動物園。』

鄧初琦：『別光看動物，記得幹正事。』

雲厘：『？』

鄧初琦：『把這朵高嶺之花摘下來！』

雲厘：『他今天酒醒了，應該會和我說清楚？』

昨晚傅識則主動之後，雲厘心中預期今天兩人會正式地溝通一下感情的事情。

作為之前一直被拒絕的那方，雲厘不得不承認，她不想當開口的那個。

傅識則對於四周的娛樂不太感興趣，僅有雲厘想玩的時候才會配合她。

走到園區出口的時候，路邊有撈金魚的攤位。

雲厘待在旁邊，看著一個男生小心謹慎地撈起一條金魚，裝到帶水的透明塑膠袋裡給一旁等候的女生。

兩人看起來年齡都是二十出頭。

雲厘委婉暗示：「你覺得他們像不像是校園戀愛？」

傅識則：「……」

他自覺地買了十個撈網，遞了五個給雲厘，用來撈池子裡的小金魚。

雲厘以前沒玩過，低估了這遊戲的難度，接連被水衝破、被魚戳破撈網後，她更新了自己的認知，轉頭看旁邊的傅識則。

他也一樣。

他看著池子裡的魚，沒有動。

雲厘試圖安撫他：「好像有點難……」

傅識則像是沒聽進她說的話，面無表情地站起身：「老闆，再給我三十個網。」

攤主連忙轉身數網，數好後遞給傅識則，然後指著旁邊牆上的條碼說：「掃這個付款就好。」

傅識則抽了一半遞給雲厘。

雲厘有些茫然地伸手接了過來：「你想要這個魚嗎？」

傅識則拿著撈網，全神貫注地盯著水池。聽見雲厘的問題，回答道：「沒有。」

過了幾秒。

他繼續道：「只是有些難以置信。」

他居然一條都沒撈到。

雲厘理解他心中的想法，覺得有些好笑。

她拿著網，不打算繼續撈，蹲在傅識則身邊看他的動作。和平日裡不同，他面色不變，眼中卻有些情緒。

傅識則抬眼，下巴朝著她手裡的撈網抬了抬：「不玩？」

雲厘點頭。

傅識則：「那妳給我。」

雲厘：「……」

雲厘：「我以前都不知道你勝負欲挺強的。」

傅識則的視線停留在魚池裡，過了一陣子，才問：「妳不喜歡嗎？」

「……」

「還挺喜歡的……」

聽到她的回話，傅識則手一頓，漁網又破了一個。他不在意地放下，若無其事地繼續。用完三十個漁網，小桶裡有幾條金魚。他買了個小玻璃缸，將金魚倒進去，又買了些魚飼料。

離開動物園前，雲厘想了半天，才對傅識則說道：「我們一起拍張照吧。」

傅識則沒拒絕：「沒人幫忙拍。」

雲厘不計較這些：「用手機自拍模式就好了，你長得高，你來拿手機可以嗎？」

他沒抵抗，按照她的指令拿起手機按了兩下。

在動物園附近的聖誕集市逛了幾圈，接近吃飯時間的時候，傅識則問她：「今晚一起回去嗎？」

雲厘想了想，明後天是人事部的年終旅行，同樣是到這個民宿，如果她要參加的話就不必回去了。

但她週一有課。

雲厘點了點頭。

回到民宿後，其他人的行李已經收拾妥當，夏從聲先載了一車人離開。

傅識則先和雲厘上樓取了行李，下樓時，徐青宋和傅正初已經到了車上，傅識則將行李放後行李廂，兩人坐到後座。

車剛啟動，傅識則便靠近她，幫她扣上安全帶。

傅正初一直盯著後視鏡，憨笑著圍觀兩人上車後的動作。傅識則坐回原位後，雲厘抬頭，和後視鏡中傅正初的眼神對上，她瞬間窘得不行。

傅正初傳了張截圖給雲厘，是他們兩個的聊天畫面，他直接將她的備註改成了小舅媽。

「……」

徐青宋掃了後視鏡一眼：「你手上捧著什麼？」

傅識則沒多解釋：「魚。」

徐青宋沒有問他們，直接將車開到了七里香都的門口。雲厘下車後才發現傅識則也跟著。

雲厘：「你還要去EAW嗎？」

傅識則：「送妳回去。」

雲厘看了眼時間，才八點出頭。

沒料到是這個原因，畢竟車已經到了社區門口。

雲厘：「還蠻早的……要不然我們去買個炒粉條？」

傅識則沒拒絕。

上次兩人一起走這條路還是初識時，不知不覺已經過了四個月。

傅識則還記得路，和她並排走著。

雲厘買的次數多，老闆認得她，難得見她帶了個男生，便說道：「小妹妹，這位是妳男朋友？」

以往買炒粉條老闆也會和雲厘聊聊天，算是比較熟稔了，雲厘自然地否認：「不是。」

傅識則：「……」

雲厘自語道：「還不是呢。」

店主沒聽清楚，疑惑地長「啊」了聲。雲厘擺擺手，笑著表示沒事。

傅識則在一側不語。

「好了喲。」店主將打包袋遞給雲厘，在她伸手之前，傅識則直接接過，「謝謝。」

走沒兩步，傅識則停下腳步：「口袋裡有個盒子。」

雲厘愣了下，是讓她幫忙拿東西嗎？

她在他的左邊，伸手到他外套的左口袋裡，摸到個材質冰涼的盒子，她掏出來。

是個小螺鈿盒，表面用貝殼片鑲嵌成雲的形狀。雲厘猜到是什麼，但還是壓抑著語氣中的激動問：「給我的嗎？」

傅識則看見站在他面前的女生，細長濃密的睫毛微顫，一雙眼睛盈滿了笑意。他忍不住勾起唇角：「嗯，聖誕禮物。」

彼此相知的情感得以承認後，便再無法控制住苗頭的生長。

雲厘將螺鈿盒小心翼翼地放到包裡。

她還沉浸在收到第一份禮物的雀躍中，旁邊的人忽然問道：「我的呢？」

雲厘：「……」

雲厘的笑容一僵。

這……她哪有準備禮物。

她哪能想到去一趟旅遊，兩人關係能直接來個大反轉。

「我能之後補上嗎？」包裡的禮物盒放大她內心的愧疚，她瑟縮道，「我沒有準備……」

傅識則提醒道：「無人機。」

經他提示雲厘才想起那通宵做的無人機：「在公寓裡，我拿給你。」

「嗯。」

到七里香都後，傅識則自覺地停在離門幾公尺的地方。雲厘開了門，想了想，才說：「你跟我一起上去吧？」

雲厘單向追求的時候，這一句話只有字面意思，但此刻兩人的狀態給平凡無奇的話賦予了其他曖昧的義含。

傅識則沒拒絕，跟著她上了樓。

雲厘開了燈，幸虧走之前家裡還算整潔。傅識則把東西放沙發上，四處看了看，將金魚缸放在茶几中央。

這不是他第一次問起這個無人機，雲厘也不清楚他為什麼那麼想要，那天晚上時間緊張，她通宵拚接後上色，成品仍有許多瑕疵。

彼時陳厲榮「警告」她不能送給傅識則，她擔心自己踩了什麼敏感地帶便沒再考慮將它作為禮物，幾天後遇到何佳夢告訴自己傅識則要約女孩的事，也就更不可能送出去。

「無人機我放在架子上了，其實有點醜。」雲厘怕他對此有太高的預期，提前貶低了自己的成品。

傅識則隨意地「嗯」了聲，伸出雙手捧起紙板無人機，將它轉移到桌上。

傅識則垂眸看著這個紙板無人機。

用簡單的紙板黏成，顏料在表面塗了色，看起來不是很牢固。他摸了摸機翼，顏色並不均勻。

「要不然我再補一個禮物給你。」雲厘擔心他覺得自己太敷衍，畢竟他送的禮物看起來挺貴重的。

「不用。」傅識則：「這很好。」

「你要不要吃一點？」雲厘指了指桌角的炒粉條，傅識則沒拒絕。她到廚房取了筷子和小碗，又拿了兩瓶飲料。

傅識則沒讓她動手，自己將飲料瓶蓋擰開，又將炒粉條撥到碗裡給她。

他看起來胃口不佳，沒吃兩口便把碗筷放下。在桌上用面紙盒支著手機，點開E站，開始播放她之前上傳的紙板無人機影片。

影片剪得倉促，場景也並非特別流暢和連貫。傅識則完全沒注意到這些細節，靜默地看著，直至影片到了末端。

她對著鏡頭一字一句道——『這個手工無人機，我打算送給一個很重要的人。』

「……」

傅識則將影片拉回到幾秒前，將這句話再次播放了一遍。

「……」

雲厘難為情地低頭吃東西，嘀咕道：「你別逗我……」

傅識則見她緋紅的臉，更不收斂：「不是說給我聽的嗎？」

「……」

傅識則會明確拒絕的時候，雲厘的膽子還大些。現在兩人比原先親暱，她反而放不開，無法駕馭兩人當前的狀態。

她能夠在很短的時間內學會如何邀請對方、學會接受對方的拒絕，卻不懂得兩情相悅的人應該如何相處。

吃完東西已經接近十點了，雲厘送傅識則到房門。想起剛才老闆問的問題，雲厘忍不住問他：「今天，我們應該算是在約會吧？」

沒想過她會問這個問題，傅識則想了想，沒正面回答：「妳覺得呢？」

見他沒給確切的回答，雲厘也有些犯嘀咕：「應該是……吧？」

傅識則：「……」

他點了點頭。

得到肯定，雲厘注重第一次約會的儀式感，認真道：「是我的第一次約會。」

傅識則低頭看她：「我也是。」

雲厘：「你覺得怎麼樣？」

思索了一下，傅識則才緩緩道：「挺好。」

「那我們下次約會什麼時候？」雲厘努力斂了笑意，試圖讓自己的心意不要那麼明顯：「可以儘快嗎？」

「我明天要去宜荷出差。」傅識則靠著門，沉吟片刻，看向她：「等我回來？」

雲厘心中一暖：「好。」

接近尾聲，他倚在那，沒有立即離開，而是繼續看了她一陣子。兩人悄然無聲，樓梯間裡的燈熄了，她才回過神。

背著光，她的輪廓模糊了許多。明明已到歸去的時候，傅識則卻不想打破此刻的寧靜。

對雲厘的感情並不是突如其來。

偶然見到她高中照片那次，他就認出了她——多年前做機器人那個高中生。

只是他不再是當年那個他。

他並未把兩人戲劇般的重逢放在心上。從前留意過的人，他無法像對待陌生人一樣冷漠，也不會像年少時那般去關注。

對於她的心思，他看得清清楚楚。

起初他從未考慮過這件事。

他再也沒有力量，去建立一份新的羈絆。

然而，她卻像是要和他死磕到底。

明明不敢社交，卻總能有莫大的勇氣支撐著她前進。
看似柔軟，卻又莫名的堅強。
不知不覺，他心中的天秤早已傾斜了。
在知道當年她來西科大找的人是他後，一腔情動被打翻，只留下遍地的苦澀。
我早已不是妳嚮往的那個人。
即便不是我，妳依然能遇到一個，像妳一樣勇往直前的另一半。
但他不能接受，她放棄的原因是覺得自己在自取其辱。
明明沒有勇氣向前的是他自己。
她不該受到任何委屈。
既然她走了那麼多步後，依然堅定地喜歡他。
那剩下的路，就該由他來走完。

傅識則依然沒有動。
他的目光並不熾熱，雲厘甚至沒有讀出其情緒，唯一能確定的是，他一直在看她。
她低頭看了他手裡的紙板無人機一眼。
傅識則一直是個很內斂的人。
縱然是在他喝了酒的情況，他也不會多說幾句話。
雲厘卻喜歡這樣和他相處的感覺，她本身也不是特別喜歡熱鬧的人。

雲厘不由得想自己現在的穿著容貌，可能額前的髮絲略擋了眼睛，頭髮又長了些該剪了。

她在原地亂七八糟地想這些事，傅識則忽然道：「等我從宜荷回來，我們就在一起吧。」

邁出關鍵一步後，他便不能再退縮了。

他的聲音不大，隱在黑暗中。

雲厘順著他的目光望去，一時間說不出話。

過了好一陣子，他好像才想起要詢問她的意見，又補充了句：「可以嗎？」

雲厘一直沒說話，傅識則想了想，又繼續說道：「我通常不會有情緒起伏，可能妳會覺得我沒有感情。」

「我能確定地告訴妳，我喜歡妳。」

些許柔軟躥到他的語氣中。

「可能妳現在會覺得不夠，但以後會有更多的。」

幾句話撫平了雲厘心中的不踏實感。

昨晚從小樹林離開，聽出傅識則話裡的暗示，雲厘的情感衝破了理性，她不深究過去他的拒絕、他的冷淡，只覺得，他能對她有好感，就足夠了。

一整天的約會，雲厘隱藏著心底深處的不安，最早她重新翻出西科大的那個影片時，看見裡面熟悉的少年，她更多的感覺是恍惚。

因為那段只有她一個人知道的角逐。

她曾經在升學考結束後每天騎著四十分鐘的自行車到西科大，等了大半個月，終於等到

Unique 的展覽，卻沒有見到想見的人。

她沒有考上西科大，將房間裡的照片蓋起來，想的也是，她應該再也沒有機會見到他了。對她而言，是卑微的情竇初開。

兩人再次相見，追求傅識則，她的初衷也只是試試。

就算失敗了，兩人無非恢復到以前的狀態——她認識他七年，卻一直處於陌生人的狀態。即使兩人的關係沒有前進，但也沒有後退的空間了。

那種狀態，也沒有說讓人特別難以接受。

只是每當想起來總覺得缺了一角，甚至不配稱之為遺憾。

其實她從來不覺得，他有可能喜歡她。更沒想過的是，她能從他的口中聽到這句話。

從平安夜開始，她心中有很多顧慮。

他是天之驕子啊，怎麼可能會喜歡她。

雲厘自己找不到他喜歡自己的原因。

儘管如此，她此刻也不需要原因。

如果他願意承認，不需要他給出任何理由，雲厘就願意相信他。

因為她的願望很純粹。

她只是想和他在一起。

雲厘眼眶濕濕的，試圖讓自己的語氣理所應當一點：「能不能不要等到你從宜荷回來？」可不可以現在就在一起。

傅識則笑了一下：「妳很喜歡我。」

饒是他再深埋自己的內心，也不願眼前人吃盡這角逐的苦。

「我追了你好久，你也是知道的。」雲厘承認，他剛表完白，她也不用矜持地藏著自己的心意。

他想了想，語氣認真：「所以對妳不公平，有些草率。」

雲厘沒有理解他話裡的含義。她本來就是追求的那方，她直接否認了他的話：「我們兩情相悅，沒有不公平，也沒有草率。」

「所以——」雲厘話沒說完，傅識則開了口。

「我來說。」

他貼近距離。

「這話讓妳聽見還是有些難為情。」

「但是想告訴妳的話，我都會在妳右耳說。」

——「我喜歡妳。」

——「能跟我在一起嗎？」

雲厘眼眶泛紅，唇角卻彎了起來：「你知道我不會拒絕的。」

傅識則單手拿著紙板無人機，遲疑了許久，伸手揉了揉雲厘的腦袋，摩挲著她柔軟的髮絲。

而後，這隻手向前，移動到雲厘的臉上，掌心貼著她的臉頰，溫熱乾燥，像是要把熱度都傳過來。

雲厘見他垂下眸子，面上看不出情緒，小心翼翼地問道：「怎麼了？」

「在想，在西科大那天——」傅識則注視著她的臉，「妳的臉是不是凍僵了。」

雲厘不太記得他說的是哪一天，只覺得有些緊張。

氣氛旖旎到極致。

就在雲厘以為他要下一步動作的時候。

傅識則卻收回了手，他別過臉：「我先回去了。」

臉上的溫度突然降下來，雲厘感覺有些失落，啊了一聲：「好的。」

注意到她的情緒，傅識則說道：「我明天也來。」

雲厘彎唇笑：「那我們明天見。」

傅識則離開沒多久，雲厘就收到他的訊息。

傅識則：『明天幾點上課？』

雲厘看了課表一眼：『八點。』

雲厘：『路上小心。』

傅識則：『嗯。』

突然想起包裡的東西，雲厘即刻翻找出來。

盒子小巧精緻，雲厘像捧著寶物，小心翼翼地把它打開。

裡面是一對珍珠耳墜。

簡潔的金屬鏈子下方吊著一顆圓潤的純白珍珠。

感覺很適合她。

次日，雲厘剛睡醒，便收到傅識則的訊息：『醒了？』

雲厘還很睏，她昨晚太激動以至於睡不著，還是回了一句：『醒了。』

傳完訊息後，雲厘覺得自己冷淡了點，補了一則：『早安>>。』

她還沒起床，聽見有人輕叩了門。

意外這個時間有人敲門，雲厘爬起身，走到門旁沒立刻打開。

敲門聲沒繼續。

她躡手躡腳地趴在貓眼上看，看見傅識則拎著個袋子站在門口。

雲厘睡意全無，急急忙忙把門打開，欣喜道：「你怎麼來了！」

突然想起自己還沒洗臉，她趕緊跑到洗手間，留下一句：「你先在客廳坐一下！」

傅識則把袋子放到茶几上，將裡面的麵包牛奶拿了出來。自己拿了一個，坐在沙發上細細咀嚼。

雲厘不想讓他等太久，三下五除二地收拾好自己。

走到客廳，看見桌子上放的麵包牛奶，指著問道：「是給我的嗎？」

「嗯。」

雲厘緊張地走過去坐在他旁邊，傅識則順手地幫她把巧克力牛奶拆開，插好吸管，又幫她把麵包的包裝打開。

拿起巧克力牛奶，雲厘靦腆地笑了一下：「這是我喜歡喝的牌子。」

接著，她試探道：「你是知道嗎？」

傅識則手靠在沙發扶手上，支著下巴，側頭看向她：「如果妳問的是，我是不是偷偷關注妳。」

「是。」

「那我回答。」

雲厘覺得不可思議，他怎麼能這麼平淡地說出這樣讓人臉熱心跳的話。她說不出話，把臉別到另一邊去。

傅識則低眼看見她把臉轉到另一邊偷笑，也不由自主彎了彎眉眼。

「慢慢吃，吃完送妳去學校。」

「好。」雲厘想起他的行程，「你今天不是要去出差嗎？」

傅識則隨意道：「送完妳，再去機場。」

雲厘：「那你是特地來再見我一面的？」

傅識則：「嗯。」

雲厘吃完早餐，在沙發上又磨蹭了一下，才收拾好東西出門。

兩人走在路上，雲厘開口問道：「你真的是特地來見我的嗎？」

傅識則再次答道：「沒別的原因了。」似是不明白她的問題，「怎麼？」

「就覺得，」雲厘低頭看地面，小聲說，「你好像也挺喜歡我的。」

傅識則一直把雲厘送到教室門口。

站在離門口一段距離的位置，傅識則從口袋裡拿出一串車鑰匙，遞給雲厘。

雲厘接過來，不解道：「為什麼把鑰匙給我？」

傅識則：「車停公寓那裡，這段時間妳可以用。」

自己老爹是駕訓班老闆，雲厘很清楚車與女人不外借的道理，傅識則願意把車給她開，應該是很相信她，又或者是，願意承擔她可能造成的一切損失。

雲厘受寵若驚，將鑰匙收進包裡，想不出怎麼報答他，便提了個可行性最高的想法：「那你回來了，我可以去接你。」

傅識則：「不用，徐青宋會來接。」

當他的唇微啟，有不的形狀時，雲厘後背發涼，瞅了他一眼，他拒絕得心平氣和，和她追求他時一樣理所應當。

語氣甚至如一貫的平淡。

面對傅識則，雲厘不敢置氣，只是抿抿唇：「好吧。」

她一副生了悶氣不敢說的模樣，活像他惡霸般欺負了她，傅識則不大理解：「怎麼了？」

「沒有。」雲厘將背包提了提，墊腳看著周圍，裝作不在意的樣子，「剛才想起之前我追你的時候，你一直說『不用了』。」

沒想到此刻被秋後算帳，傅識則心底失笑：「那我要怎麼做？」

雲厘：「就是……」

接近上課時間，陸續有人進教室，他的出眾長相與氣質引人注目，連帶身旁的她也成為了注目焦點。回想起之前在咖啡廳被偷拍的經歷，雲厘有點不自然，話也說不出口。

傅識則環顧四周，將她拉到了樓梯間。

教室在一樓，通往地下一樓的樓梯間僅憑來自一樓的自然光線，視野清晰度下降。他的手微涼，握住她沒多久後又開始發熱。

剛談戀愛，二人相處時相當拘謹，今天在路上也靠得不近，偶爾過個馬路只是手背擦到。雲厘沒想過，牽手是這種感受，掌心熱乎乎的，還有出薄汗後的黏稠。

像是要報復他剛才的拒絕，雲厘用拇指撓了撓他的掌心，感受到握住她的手稍用力些，又克制地鬆了鬆，她心裡莫名有種痛快感。

將她拉到地下一樓樓梯口，傅識則停下來，也不在意她剛才的小動作，輕聲問她：「可以說了？」

雲厘第一個反應是說不出來。她對自己的家人和閨蜜講話時能稍微放開點，不避諱提及自己的想法和意見，對著傅識則，她還是本能的膽怯。

傅識則洞悉一切，捏了捏她的掌心，耐心地重複了一遍：「那我要怎麼做？」

這句重複給了雲厘勇氣，她想了想：「我們談戀愛後，你不能再拒絕我。」提完要求，她還不忘尊重一下他的意見：「你覺得可以嗎？」

傅識則愣了一下，答應得很快：「嗯。」他若有所思地問：「那以前的帳還要算嗎？」

仔細想想，他確實拒絕了她不少次。

雲厘側頭：「不算帳的話，我好像有點吃虧……」不清楚他問這話的意圖，她反問道：「你有什麼建議嗎？」

傅識則提了個中規中矩的建議：「那妳也拒絕我幾次，心裡舒服點。」他有樣學樣地諮詢她的意見：「妳覺得可以嗎？」

「……」

她怎麼可能同意。雲厘巴不得他多提點邀請，然後她全部應允。知道他是故意這麼說，玩不過他，雲厘搖搖頭：「那算了。」

傅識則也不管這是不是意料之中的答案，補充道：「不同意的話，妳只能吃點虧了。」

雲厘自認更喜歡他一點，也不掙扎：「吃虧就吃虧吧。」

她的樣子看起來確實並未心存芥蒂。

傅識則盯了她好幾秒，意味深長道：「所以，為什麼不同意？」

他將雲厘拉近了點。

每次都被他藉機逗弄，雲厘略有不滿：「你明明知道。」

「想聽妳說。」忽略她話語中的其他情緒，傅識則聲音低了些。

此刻的氣氛和平安夜那晚相似，他自然地貼近，兩人可以聽到彼此的心跳聲。雲厘知道自己被他拿捏得死死的，但又心甘情願。她的唇動了動，過了一下才說道：「我捨不得拒絕你。」

聽到這句話，傅識則低聲笑了下：「那妳來接我吧。」用食指關節蹭了蹭她的臉，又補充了句：「剛好可以第一時間見到妳。」

樓梯間昏暗，方正的瓷磚象徵著學園的肅穆，與此刻的旖旎暗昧形成反差，私釀出偷吃禁果的味道。

「不過也可能，」他的指腹擦著雲厘的掌心，不急不慢劃了幾下，語氣漫不經心，「就是妳來接我的目的吧。」

雲厘聽著他的話，面上溫度逐漸上升。

「我只是盡一下女朋友的職責。」雲厘被他幾句話弄得心跳不已，而他從到樓梯間開始眉目間平靜如常，幽黑的眸斂了所有心思。

兩個人都是第一次談戀愛，傅識則明顯比她上道許多。抱著不甘示弱的想法，雲厘想起自己想了整夜的事情：「那你是不是也應該盡一下男朋友的職責。」

傅識則繼續摩挲著她的掌心：「什麼職責？」

雲厘吞吞口水，直視他：「抱一抱你女朋友。」

「……」

傅識則靠著牆，看了她幾秒，沒有行動。樓梯間瓷磚是珍珠白的，牆面呈灰色，他的臉像突兀刻在牆紙上的畫，偏混血的五官有中世紀的味道。他懶懶道：「妳來抱我吧。」

「……」

雲厘懷疑他沒聽懂她的話。

也可能聽懂了故意的。

此刻鐘聲響起，是七點五十五分的預備鐘，她收了神，紅著臉轉身：「我要上課了——」手臂被他用右手輕輕抓住，他的氣息從後貼上，胸膛抵著她的後背，他的另一隻手環住她的脖頸，停留在她的右肩上。一波未平，環住她的手臂往後帶了點，將她進一步貼近他的懷中。

雲厘深吸了幾口氣。

他的右手順著她的手臂往下，勾住她的手指。

「原來談戀愛，」傅識則靠著她的右肩，側頭慢慢說道，「還滿開心的。」動作持續了一分多鐘，傅識則鬆開她，目光柔和：「去上課吧。」恰好他的手機一直在震動，雲厘提醒他：「你的電話響了。」

他不介意在她面前接電話，按了接通，對面講了一陣子，傅識則始終沒有做聲，全程只說了三句話，語氣冷淡。

「知道了。」

「嗯。」

「不用。」

便直接掛斷電話。

圍觀他接電話的全程，雲厘突然發現，以前，即便是對她最冷淡的時候，傅識則也不是這麼和她說話的。她不知道個中原因，卻因為發現的這小小的特殊性——就算是錯覺，感到開心。

到教室門口後，雲厘進門，找了個位子坐下。

沒多久，室友唐琳坐到她旁邊，和她打招呼。兩人只在冬學期上課時碰過面，她翻出課本，語氣激動：「雲厘，妳剛才有沒看到門口有個大帥哥，太他媽帥了。」

雲厘拿出書的動作一頓，小聲地「嗯」了下。

「就是那種禁欲冷豔型妳懂嗎？簡直是我的理想型啊，我剛才還試著在他面前刷臉，他居然……」

說到關鍵點上，唐琳停頓兩秒，雲厘有點著急：「居然什麼？」

唐琳攤手，一臉不可思議：「直接忽略我，繞開我走了。」她打開自拍鏡頭看了看：「今天的妝還可以吧，奇了怪了。妳說對吧？」

不知道說什麼好，雲厘尷尬地應和道：「挺好看的。」

「這種人應該表白牆上會有不少人告白吧，回頭上去摸摸名字，找到了和妳說。」唐琳笑著打開學校論壇，翻開表白牆給雲厘看。

雲厘笑了笑：「好，謝謝。」

一翻表白牆，雲厘才發現裡面有不少和傅正初告白的，唐琳見到，跟她介紹：「這個傅正初，是學校球隊的，比賽好像拿了冠軍吧。」唐琳笑咪咪道，「據說又冷又白又帥，他好像還是戶外俱樂部的，我打算參加他們的活動，妳要來嗎？」

「先不了……」雲厘連忙拒絕，但這時唐琳已經將戶外俱樂部的社群帳號傳給她，最近的活動是露營賞星，推薦人群裡寫了「情侶」。

似乎可以考慮一下。

上課期間，雲厘糾結了好一陣子要不要傳訊息給傅識則，傳了——顯得她不好好聽講，剛交往總要考慮在對方面前的形象管理。不傳的話——又顯得他們的關係過分生疏。

等她真正下定決心，最大的問題卻是她不知道要和傅識則說什麼。兩人幾乎沒有怎麼聊過天。

絞盡腦汁，雲厘傳了句：『到宜荷了和我說哦。』

傅識則：『嗯。』

傅識則：『女朋友還有其他職責嗎？』

她仔細思考一下，剛規規矩矩地輸入：『關心體貼男朋友、支持、溝通。』

句子還沒打完，傅識則繼續傳來——『想體驗一下。』

雲厘只覺得自己思想太過齷齪，這麼正經的話都能讓她產生別樣的聯想，她滿腦子都是他冷清的臉鑲嵌一雙暗含欲念的眼，想起剛才樓梯間發生的事情，她忍不住喝了口水壓驚。

往下滑，是雲野的訊息，一張明信片的照片。

下面附文字：『給我的回信（開心）。』

雲厘沒忘記雲野是以全班人名義送的明信片，回道：『是給你的，還是給高二十五班的？』

雲野：『妳少管。』

看來是寄給高二十五班。

雲厘點開圖片細看，照片只拍了有圖案那一面，看起來是聖誕賀卡。

沒想到尹雲禕會回信，難不成真的沒看出來寄信給她的是固定的人。

回家後，雲厘先找到傅識則的車。小汽車內一塵不染，儲物格內未放物品，看起來像輛新車。餘光看見駕駛座下有個東西，她伸手取出。

又是他的卡夾。

名正言順的女朋友了，雲厘也沒有太在意這件事，將卡夾拿過來翻了翻，裡面是金融卡。翻到倒數的幾張，她停了下，是西科大的學生證，大學時的證件已經舊了，照片卻還看得清，頗有點毛頭小子的樣子，對著鏡頭笑得肆無忌憚。博士生的學生證還嶄新，和現在的模樣接近，唇角上揚，眼尾神采飛揚。

卡夾最後還有一張學生證，陳舊得掉色，照片不清，名字也很模糊。

江洲？江淵？江淮？

怎麼拿著別人的學生證？

雲厘沒太在意，光顧著看前面兩張。

第十五章　圍巾

雲厘拍了照，把卡夾收到口袋裡，便啟動車子，在社區了轉了幾圈，第一次開這型號的車，踩油門的感覺和她以前駕車時截然不同。

雲厘不認得品牌，但僅憑剛才幾分鐘的駕駛體驗也知道這輛車處於中高端水準。

她一直覺得傅識則家境不錯，但夏從聲說過他父母都是西科大教授，她對他家境的判斷一直被清貧讀書人這個想法限制。

剛進屋便收到傅識則抵達宜荷的訊息。

雲厘將卡夾的照片截得只留下大頭照，傳給傅識則：『這個人好像有點好看。』

傅識則：『嗯。』

她傳了張自己的照片：『這個人呢？』

傅識則收到訊息時能想像對面的人明知故問的模樣，照片裡的她抱著滑落了一半的堆堆，半抬頭對著鏡頭笑，他將照片儲存，打了兩個字：『好看。』

和他沒說兩句話，雲厘收到一個新的好友申請，大頭照是油畫風格的山海，對方備註是尹昱呈。

直覺就是——雲野又惹事了。

添加成功後，雲匣盯著兩人的聊天畫面，陷入她是否要打招呼的糾結中，打招呼就意味著要繼續溝通……

尹昱呈沒給她機會：『Hi 雲匣。我是尹昱呈。這兩天雲禕收到妳弟弟的跨年明信片。』

同時還傳了張截圖，是明信片的一部分內容：『雲野這個寒假會去南蕪看她姐姐，到時候作為我們十五班的代表和妳見面>>。』

他還順帶評價了一下：『妳弟弟還挺會追女孩子的。』

『有點羨慕。』

「……」

雲匣無語，上次他們共同聲討了尹昱呈偷看明信片的事，雲野還敢在明信片上明目張膽寫著要到南蕪找尹雲禕的事情。

她比較擔心雲野的腦子。

這個腦子怎麼談戀愛。

尹昱呈開門見山：『在他們見面之前，方便找個時間面聊一下嗎？我最近不在南蕪，等回了再和妳說。』

聽起來沒有讓雲匣拒絕的機會。

畢竟他們家的豬要把對面的白菜拱了。

雲匣嘆了口氣，回了個『好』字。

她回到聯絡人畫面，傅識則沒傳新的訊息給她。

下午上課時，雲厘有意無意抬了好幾次手機，也沒見到他的訊息。

生活也不是說不充實，上的課並非，相反，公式圖像都很複雜。下課後她要買菜做飯，晚上要寫作業，還有些影片沒剪完。

雲厘將一天安排得滿滿的。

只不過，看著聊天畫面上次的時間停留在幾小時前，會讓她有種，雙方可有可無的失落感。

想要霸占他的世界。

雲厘果斷地傳了個沒有特殊意義的貼圖過去，三隻不同顏色的熊和諧地站成兩排，表情呆呆的。

傅識則沒回，隔了一小時，她又傳了個貼圖，同樣呆的三隻熊，不過換了位置。

過了一陣子，手機震了。

『開會。』

迫切地想得到他的資訊，雲厘時不時會傳梗圖給傅識則，都是她在網路上看到的，傅識則有空便會回她幾個字。

上完課回到公寓後，雲厘主動打了視訊電話過去。沒幾秒，傅識則接通後，畫面上出現他的臉，背景看起來像酒店房間，他將拆到一半的外送袋子推開。

剛下班回到酒店，他有些倦意，卻還是將注意力聚焦在鏡頭上。

「你晚飯吃得好晚。」雲厘知道他腸胃不好，提議道：「你回南蕪後，我們可以一起吃晚飯。」

傅識則：『嗯。什麼時候？』

雲厘想了想：「我有空的話，可以做給你吃。」

「如果你願意的話，我可以每天都做。」語畢，她覺得自己太主動了，又挽回面子似的說道，「雖然這樣我有點吃虧，不過你是我男朋友。」

「所以，你覺得可不可以？」

傅識則耐心地聽她講完，她這神態像是和他商量國家機密，他將手機放到洗手檯邊緣，閒散地應了聲：『嗯。』

這樣兩個人每天都能見面了。

也蠻好。

傅識則洗了手，回到桌旁，將手機離遠了點，讓畫面內能容納下便當盒，他拆了包裝，慢條斯理地吃著，視線再沒回到鏡頭這邊。

他放鬆的神態讓雲厘沒那麼拘束，她聊起今天唐琳說起傅正初球賽奪冠的事情，自然而然地問道：「你的體能怎麼樣？」

『……』

好一陣子，傅識則道：『妳不用擔心。』

畫面裡的人雙目單純地看著鏡頭，完全沒覺察到問題裡的其他含義。傅識則失笑，拆開湯盒，抬睫看了她一眼，又低下頭。

像是對她很無奈。

只是幾個眼神的互動，雲厘的心跳卻飛快加速，她轉移到床上，將臉靠在枕頭上，問他：「今天我同學看見你了，還和我說你好看，我下次能不能直接和她說你是我男朋友？」

傅識則抬頭，用紙巾擦了擦唇角：『不然呢？』他沒再動筷，往後靠椅子上，問：『朋友？』

對上他的視線，雲厘腦中浮現起從民宿返程那天，他並不避諱徐青宋和傅正初在場。準確點說，傅識則一直都不太在意其他人的目光。

好像是她太謹言慎行了。

『朋友也可以。』他平靜地自問自答，『妳想說什麼就說什麼，不用因為我有顧慮。』

等他吃完飯，已經過了半小時了。雲厘滑了下E站，熱搜放了個往年南蕪郊區雪山美景重播，她留意了一陣子，畢竟純種南方人沒見過雪。

傅識則起身收拾東西，雲厘見他的白襯衫塞到西裝褲裡，寬鬆的衣物和收衣處在鏡頭前晃動，恍若能看到裡面的腰身。

「……」

他的聲音傳來：『過兩天南蕪要下雪了。』

雲厘回過神，他的臉已經貼回鏡頭，交代道：『去扔垃圾。』

他短暫地消失在畫面中。

開手機看了一眼，接下來幾天南蕪將迎來大雪。雲厘沒見過雪，因為這消息激動了半天。傅識則坐回來後，她和傅識則講了很多到時候怎麼拍影片以及主題內容，他對影片製作的事情涉略不多，但安靜地盯著鏡頭，聽得很認真。

「——不過有個問題。」

傅識則偏頭：『什麼？』

她說了個和影片製作完全不相關的事：「我們的聊天頻率好像太低了。」

『……』

傅識則看她幾眼。

雲厘看起來只是突發奇想地帶過這句話，話題轉瞬切換到雲野的事情上，從送禮物講到寒假要到南蕪的事情，她有點恢復到在雲野面前話癆的模樣。

傅識則偶爾應兩句，他沒有做別的事情，只是垂著眼聽著她講。

雲厘沒發覺自己講了多少話，氣惱地笑道：「感覺我像是雲野的工具人，他這麼直接，也不怕嚇走別人女孩子。」

話一出口，傅識則瞥了她一眼。

雲厘後知後覺，雲野的追人策略和她差不多，甚至——她還更加直接，她就像繞了個彎在說自己。

正當雲厘想著怎麼幫自己圓的時候，傅識則忽然道：『他和妳一樣。』他想了想：『女生應該捨不得拒絕。』

「我弟人雖然欠揍了點，但還是挺可愛的。」雲厘順著他的話誇了下雲野，「他還不知道我談戀愛了，知道了可能會求著我發紅包給他。」

傅識則偏了偏頭。

「也可能求著你。」

『……』

上次傅識則在西伏有幸見到倆姐弟的相處模式，回想起當時的畫面，還有偷嘗的禁果，他隨口道：『回去的時候，幫我準備點草莓吧。』

雲厘應聲後，傅識則看似不經意地問道：『她哥哥叫什麼？』

她愣了下，如實道：「尹昱呈。」

『……』

見他突然沉默，雲厘問：「是不能和其他男生單獨見面嗎？」

他面不改色地說著違心話：『不礙事。』

後來雲厘才知道，這句話的含義是——不礙事，我在場就行。

第二天，雲厘收拾妥當後到公司上班，過了最忙的季節，在裡頭閒到發黴，每天她都能看見老員工秦海豐在座位上打遊戲。

休息室的儲物格還放著傅識則買的咖啡豆，已經喝了一袋半。雲厘幫自己煮了杯咖啡，香氣入鼻。

入口雖然苦澀，但她也能嘗出裡面的巧克力風味了。

是因為她，才選擇了巧克力風味。

她不受控地想，也許比她想像得更早，傳識則已經在關注她了。

在座位上閒了沒多久，方語寧安排她協助面試，作為長期恐懼面試的人，她接到這份任務的第一個反應便是覺得昏天暗地。雲厘大部分的精力花在學習如何進行面試。

她忙碌起來來，卻破天荒的，每隔一個多小時會收到傳識則的訊息。

『醒了。』

『吃早飯。』

『見人。』

『吃午飯。』

『見人。』

『回酒店。』

每則訊息都是言簡意賅的幾個字。卻比以前頻繁了不只一倍。雲厘忙的時候只能抽空回，也並不影響他傳訊息的節奏。

昨晚她提到的那一嘴——他是在乎她說的話的，雖然沒有表現出來。

雲厘不禁放肆了點，分享了一則某平臺的問答給他：『為什麼男朋友在訊息上從來不用貼圖、梗圖？他是在假裝高冷嗎？』隨手傳了後，方語寧派她去體驗館充當ＮＰＣ，今天恰好有高中生來ＶＲ體驗館。

她匆匆趕過去，一兩個小時候後才看到手機。

通知欄提示傅識則回了個梗圖。

應該是看了她分享的問答，在這之前，傅識則回覆的訊息通常是純文字。點開一看，雲厘手指頓住。

是那張她誤傳的梗圖，寫著「當我老婆」四個字，握拳的手此刻指向她，將她的心率提到最高。

她按了下手機邊緣的按鍵關上螢幕，將手機緊緊地貼到胸前，無法控制內心橫流的情感。

雲厘站在原處發了一下呆。

原本她以為，傅識則談起戀愛來應當是處於雲端遙不可及的狀態，卻沒想過，他也有很可愛的一面。

不知道用可愛這個詞合不合適。

有其他員工喊雲厘過去幫忙，她捂了捂臉頰，讓自己從剛才的情緒中脫離，隨手回了個貼圖給傅識則。

體驗館裡的高中生是南蕪一中的，據說是調整了資訊課的課程安排，讓學生到最近的虛擬實境體驗館實地感受。接下來幾天都會有南蕪一中的學校來ＥＡＷ。

快下班的時候尹昱呈找了雲厘，說他行程有變，提前回南蕪。想今晚和她見一面。

到咖啡廳的時候，尹昱呈已經在等待了，他對尹雲禕明顯比雲厘對雲野上心得多。她坐的椅子已經被提前拉開，坐下後，尹昱呈便客氣道：「工作日喊妳出來，會麻煩到妳嗎？」

雲厘搖搖頭：「沒關係，我跟你聊完再回去工作也可以的。」

想直接進入主題，雲厘開門見山：「雲野是在明信片裡說寒假會來嗎？」

「是的，」尹昱呈喝了口紅茶，「雲禕看了明信片就跟我說這件事，問我的意見。」

尹昱呈：「其實我是不太想管這事，但這明信片被我父母見到了。」他一副頭痛的模樣：「總之，讓他們一對一出去玩，等同於促進他們的早戀，所以到時候我也會跟著一起去。」

「……」

想像到他們三人同行的畫面，雲厘發自內心同情雲野。

尹昱呈繼續道：「但我一個人去摻和他們的見面，又像個巨大的電燈泡。到時候能請妳也一起去嗎？」

雲厘沒反應過來：「什麼？」

她本能地想拒絕，但一時間分不清這麼做適不適合，沒應下來：「我回去和我弟商量一下。」

聽到她的話，尹昱呈低頭笑了笑，打開包從裡面拿出個盒子放到雲厘面前：「上次妳幫雲禕帶了禮物過來，前段時間我們出去玩，她準備了禮物給妳。」

是個暗紫色的盒子，雲厘覺得自己沒做什麼，遲疑道：「要不然你拿回去給她吧？那不是什麼大事。」

尹昱呈笑道：「不貴重的，收下吧。希望妳能喜歡。」

他沒繼續耽擱她，幫她點的紅茶也是外帶杯的。雲厘收了盒子，起身和他告別。

再次因為雲野的事情奔波，雲厘回去後只想罵雲野一頓。

點開雲野的聊天室，輸入道：『多大年紀的人了，還要姐姐來幫你擦屁股。』

雲野：『（疑問）。』

雲厘只好耐著性子跟他吐槽了這件事。

雲野：『他真的說要跟我們一起？』

雲厘：『難不成是我編的？』

雲野沉默了一下：『……』

年輕人的接受能力就是比較強，隔了幾分鐘，雲野又來了：『雲厘，妳跟我們一起去嘛。』

雲厘不理解。

雲野：『來嘛來嘛。』還配上了一個「求求了」的貼圖。

雲厘：『幹什麼？』

雲野有些不好意思：『妳跟我們一起去，到時候妳幫我把她哥哥拉走。』

雲厘斬釘截鐵拒絕道：『不行。』

雲野：『求求了。』

雲厘：『不行。』

沒再回雲野訊息，回ＥＡＷ後，雲厘打開盒子看了一眼，是條淺藍色水晶手鏈。她隨手放到盒子裡，想起耶誕節自己送給傅識則的禮物。

似乎過於簡陋了。

總有種虧欠了傅識則的感覺。

「閒雲老師，妳要怎麼跨年啊？」何佳夢無聊來問她話。

已經要跨年了。

往年她都是回家和雲野打整晚遊戲。

想起昨天和傅識則的對話，雲厘不太避諱道：「應該和男朋友一起。」

聽到她的話何佳夢先安靜了幾秒，隨後驚訝地睜大了眼：「閒雲老師，妳有男朋友啊。」她想起了什麼，有些懊惱：「那我之前撮合妳和傅識則，不就是在幫人撬牆角。」

雲厘：「也沒有……」

何佳夢用肩膀頂頂她，壞笑道：「閒雲老師，這樣不好哦，有男朋友要專一哦。」

雲厘：「我在和他談戀愛……」

何佳夢沒有聽清楚，好奇道：「和誰呀？」

「傅識則。」

「……」

何佳夢臉上的震驚愈演愈誇張。她倒吸了一口氣，難以置信道：「是我認識的那個傅識則嗎？」

雲厘笑了笑：「嗯。」

何佳夢的反應，居然讓雲厘覺得有點……爽？

她的表情似乎是在說，閒雲老師，妳太強了，居然將這朵高嶺之花摘下來了！

也不知道是不是之前追傅識則受挫太多了，雲厘整個人處於輕飄飄的狀態。

剛才何佳夢說不覺得她有男朋友。

自從知道傅識則並不介意她告訴別人後，雲厘莫名的想讓全世界都知道他們是情侶。她打開聖誕那天的遊玩合照，他戴著她的圍巾，神態放鬆地看著鏡頭。

雲厘將合照傳給傅識則：『我設定成解鎖背景了。』

看著照片中的圍巾，雲厘想到自己可以織一條給他，就當做補上耶誕節的禮物。下班後，她到外頭買了些毛線。算了算時間，如果她日以夜繼地織，等他回來差不多可以完工。

她是生手，以前沒織過。從當天晚上開始，雲厘將精力都放在織圍巾上。幾乎沒有閒暇時間和傅識則講話，往往她一抬頭已經過了三四個小時，她才想起來回個貼圖。

這個狀態維持了一天半，傅識則打了視訊電話給她。

他靠著床頭，身上穿著睡衣，最上面兩顆釦子解開。玻璃杯裡裝著水，貼在唇邊，他慢慢地喝了一口。

雲厘快速地看了一眼，又低下頭織自己的圍巾，直接將他晾在一旁。

傅識則：『……』

傅識則神態自若：『很忙嗎？』

畫面裡的女生只露出了低垂的頭，脖子以下都在鏡頭之外。她的注意力完全不在視訊電話這邊，甚至沒應他的問話。

傅識則用指尖敲了敲杯子，思索了一下。他沒有多問，將鏡頭離遠了點，放在側邊。從旁邊拿了本書看，是介紹宜荷近二十年發展經驗的。他翻了一下，偶爾抬頭看看雲厘。她全神貫注，抿著唇，不知道在搗鼓什麼東西。

過了一、兩個小時，傅識則翻閱了整本書。他盯著螢幕看了一陣子，雲厘沒反應，他換了本書。

看了幾行字，思緒不寧。

傅識則闔上書，看了看雲厘。他自顧自起身倒了杯水，坐下後喝了兩口，又翻開書。又闔上。

傅識則趴在床上，拿起手機，臉湊近鏡頭：『厘厘。』

雲厘怔了怔，抬頭看向鏡頭，一副受驚了剛回魂的模樣，被她冷落了一兩天，這時能得到她的注視，傅識則靠回床頭，翻開書繼續看。

傅識則的焦點聚在書外頭的螢幕，沒幾秒，雲厘又低下頭。傅識則氣笑了，道：『說說話。』

雲厘頭都沒抬，直白道：「我今天沒空，下次可以嗎？」

傅識則：『……』

被她擱在一旁這麼久，傅識則想了想，突然問：『妳在幫我準備什麼？』

「……」

雲厘動作一頓，抬頭看螢幕：「沒、沒有。」想給他個驚喜，雲厘沒說實話：「過冬了我織條圍巾給雲野，所以比較忙。」

傅識則盯了她一陣子，輕『嗯』了聲，不知有沒有相信。

過了一段時間，他才說道：『明天回南蕪。』

他沒有事先告訴她回南蕪的時間。

「怎麼這麼突然？」雲厘以為發生什麼急事，停了手裡的針線活，畫面裡傅識則拿起手機點了點，手機上同時收到他的航班資訊。

傅識則的語氣再尋常不過：『回去看雪。』

凌晨三點，南蕪迎來近幾年最大的一場雪，僅維持兩天。次日清晨，雲厘醒來時室外的樓頂已是白茫茫一片，窗臺邊緣也積了三四公分的雪。

雲厘下樓拍了照片，興沖沖地傳給傅識則。

將照片分享給雲野，這個時間他還拿著手機，能從文字上看出他的震驚：『靠，這是雪嗎？』

花了一兩個小時的時間，雲厘下樓錄製了不少雪天的素材。回屋裡開上暖氣，雲厘坐在窗邊織圍巾，成粒的雪簌簌掉落，她想著今天傅識則要回來。

盯著窗沿上的雪，一種微妙的情緒籠罩了她。

幾日不見，她因為即將再見到他，而期待無比。

傅識則的航班下午六點多到，他傳訊息給她。

『厘厘，晚二十分鐘出門。』

『落地後到出站口要一點時間。』

『冷。』

收到訊息時飛機已經起飛了，雲厘看著這訊息，衝到房間裡挑今晚穿的衣服，選中了件修身的駝色大衣。化妝時，雲厘瞥見桌上的螺鈿盒，對著鏡子，鄭重其事地將耳飾戴上。

雲厘用傘將引擎蓋和擋風玻璃上的雪掃落。

導航到南蕪機場，距離雲厘住的地方有二十多公里。一路上，兩側道路積了十公分厚的雪，她迎面遇到幾次鏟雪車。

上次在西伏機場接傅識則的時候，她還忐忑不安，盲等了幾個小時。

她再也不用去碰運氣了。

到出站口時，他的航班已經到了一段時間。雲厘在原處等了等，成堆的人往外走時，他也在其中。不過一下子，他便遠離人群，停在她面前。

見到她，傅識則情緒上沒有太大變化。

雲厘覺察到自己過於激動，稍微克制一下自己唇角的笑，剛想說話，眼前的人忽然抬手，他的氣息輕帶過，手停在她的髮邊。

過一秒，貼近，替她撥了撥髮上的雪花。

心臟驟停了半拍，雲厘抬頭，與他視線交匯。

幾秒的時間，他克制而冷靜的表情有了點變化。幫她撥弄雪花的手頓了一下，忽然輕按住她的後腦。

雲厘還沒反應過來，便被他輕帶到懷裡。

空氣又濕又冷，寒氣滲到裸露的皮膚裡，原本臉頰已經凍得失去知覺。可此刻，雲厘卻像在溫暖的爐火旁，熱氣從緊貼的身體傳過來。

她抬起下巴，能看見他線條清晰的耳廓。

耳畔是他的心跳聲。

好像……也蠻快的。

雲厘將頭埋進他的胸膛，回抱住他。感受到她的回應，傅識則的手臂用了點力，像是擁著極為珍貴的寶物。

也沒注意過了多久，鬆開彼此時，雲厘臉頰上凍紅的部分漫到了耳後。

傅識則低眸看她，手自然地順著她的手臂往下移動。

即便是穿著厚外套，雲厘也能感受到他手指的移動，隨後，右手被他牽住。

他熟悉南蕪機場，牽著雲厘的手走到停車場，幫雲厘開了副駕駛座的門。他坐回駕駛座，順其自然地靠近她幫她繫上安全帶。

傅識則開口：「還早。」

「你要直接回家嗎？」

聽起來是準備和她待一陣子，她心情頗為愉快，坐在副駕駛座上滑著手機，動態上不少人分享了南蕪初雪的影片，大多是從自己住處拍的。

她隨口問道：「你家住在哪裡啊？」

傅識則：「我父母住北山楓林，我平時住在江南苑。」

北山楓林？

雲厘滑E站時見過北山楓林的房屋介紹，是南蕪市出了名的高檔社區。她默默地打開手機，搜了下江南苑，在南蕪市中心，是九十年代的老房子，但非凡的地段和教育醫療資源讓它價值不菲。

「……」

她默了一下，想起自己，小時候家裡經濟條件不行，雲永昌開了駕訓班後才寬裕許多。

即便如此，西伏的那間房子，也是前幾年才還清貸款。

雲厘沒有那種找了富二代的欣喜感，相反，兩個家庭的經濟條件差距給了她一點壓力。

她不想他們之間存在太大差距。

但這似乎不可避免。

她開始算她這幾年的收入，雖然不算多，但按照目前的趨勢，到畢業時她也能存下一些錢。畢業後再工作兩年，買房子時應該勉強夠一部分頭期款。不算多，但也不至於杯水車薪。

機場在比較偏僻的地方，路兩側全被皚皚白雪覆蓋。雪粒落在擋風玻璃上，又被雨刷帶去，傅識則盯著前方的路，將手機放到雲厘腿側。

「看一下明天的氣溫。」

雲厘點開自己手機上的天氣軟體，傅識則：「用我的手機。」

她有點不解，卻沒有質疑他說的話，拿起他的手機，點開螢幕。

解鎖背景是他們的合照。

原來要看的不是天氣預報。

她彎起唇角，解鎖手機。

車停在公寓樓下，傅識則和她上了樓，公寓裡熱氣撲面而來。

雲厘離開前，擔心傅識則到了後覺得冷，便將暖氣開著。此刻她覺得悶熱，鬆了鬆圍巾掛在衣帽架上。

她將貼身大衣脫掉，留下裡面修身的黑色高領連身裙。這還是她剛到南蕪時買的，她的腰細，衣服上身後腰身很合適，便買了下來。

旁邊的人安靜地看著她。

雲厘走到窗前，想打開條縫換換氣，她的手還沒碰到窗鎖，後方突然被熱源包裹。傅識則貼著她的後背，從後抱住她。

他脫了外套，裡面僅剩件單衣，比起前兩次擁抱，此刻雲厘感覺兩人褪去厚重的隔閡，她甚至能直接感受到他的肌肉線條。

她不敢動，呆呆地看著窗戶，任由心跳自然加速。

玻璃上倒映著他們半透明的身影，雪花隨風的方向斜著紛紛落下，遠處的天穹純黑，雲厘視線下移，才注意到她臨走前特別堆的兩個迷你雪人。

在窗沿上，緊靠著彼此。她編了兩條紅繩充當雪人的圍巾，雪人的附近堆積了後來落下的雪。傅識則順著她的目光望去，神色一柔，抱她的手用力了點。

他將下巴搭在她肩上，臉和她的輕觸。

雲厘覺得觸碰到的地方像觸電了般，酥酥的癢癢的，她剛想避開，旁邊的臉卻輕蹭了蹭她。

用極慢的速度。

上、下、上、下。

雪永遠不停，情動也永遠不變。

明明進屋後未曾說過一句話，在那一瞬間，雲厘卻明白了。他是回來陪她看初雪，南蕪的初雪，還有她生命中的初雪。

這個動作持續了好幾分鐘，敘舊結束，傅識則靠到沙發上，茶几上還擺著他離開時留下的魚缸，雲厘另外買了加氧泵和裝飾燈，幾條魚生龍活虎地四竄。

雲厘沒忘記他昨晚叮囑的草莓，洗淨後裝盤放到他面前。

「我在小販那買的，好像是自己有草莓園的，應該很新鮮。」雲厘坐在他旁邊。

他似乎不是特別想吃，不急不忙地看了一下，伸手拿起一個，卻只是放在另一個上。

等他把第一層的草莓都移開了，雲厘才意識到他是在看底下那一層的草莓。

沒有愛心。

看完後，他沉默了。

「你在找東西嗎？」雲厘不解，拿起一個吃掉，口感脆甜，傅識則閉了閉眼，沒再執拗，隨手拿起一個入肚。

他難得有了點心事，忽然問道：「圍巾呢？」

雲厘愣了下，她趕工了兩天，因為織得太醜了，便草草收尾成短圍巾，想著回頭帶回去給雲野，再另外找時間重織一條給傅識則。

「織好了，但有點醜，我拍給雲野看了。」雲厘到房間裡拿出圍巾，是純灰色的，織得鬆緊不齊。她遞給傅識則，他看了兩眼，便放在一旁。

她的語氣毫不意外：「他果然說醜。」

雲厘不忘把姐弟倆的聊天記錄拿給傅識則看，他的眸子上下移動一下便別開。

草莓沒吃多少，他拿了兩個吃，試圖分散自己的注意力。

家裡連打了幾通電話給他，傅識則沒在雲厘這久留，他準備離開的時候，忽然和她說道：「我想裝點草莓帶回去。」

雲厘起身到廚房拿密封袋給他，隱約聽到傅識則收拾東西的聲音。

草莓還剩大半盒，雲厘裝好後幫他放到包裡。

他離開後，雲厘收到雲野的訊息，他的語氣有點勉強：『好吧，雖然有點醜，但還是帶回來給我吧，勉強接受。』

雲厘：『愛要不要。』

熬夜織的圍巾沒有達到預期的效果，雲野又一臉嫌棄，雲厘心中有些鬱悶，想著直接扔掉算了。她起身找了找圍巾，卻沒有看到影子。

不確定剛才收哪了，雲厘又翻箱倒櫃找了一番。

過了幾分鐘，手機震了震，是傅識則的訊息——『不小心把圍巾放包裡了。』

雲厘：「……」

次日是二〇一六年最後一個工作日。雲厘到EAW後，體驗館內依舊是成群結隊來自南蕪一中的學生。

稚氣未脫的高中生將體驗館染得朝氣蓬勃，體驗館內播放的音樂聲被喧嘩聲掩蓋。

雲厘照舊被派到體驗館幫忙，她站在五樓的玻璃圍欄往下看，下方都是密密麻麻的學生，像一群區塊在不規則運動。

目光移動，雲厘看見人群中一個綁著高馬尾的女生，她長得比同齡人高，面上未施粉黛，白淨的臉出落得出眾。和一群女學生聊天，說話態度認真且專注，溫柔有禮貌。

雲厘盯著看了一下子，感覺能理解雲野的心動。偷偷拍了一張照，傳給雲野。

現在還是大白天，雲野應該還看不了手機。

也不知看了多久，身後突然傳來一道聲音：「好巧。」

雲厘回頭，發現是尹昱呈。

她愣了下：「你過來玩嗎？」

尹昱呈走到她旁邊，順著她剛剛的目光看過去：「我妹妹她們年級過來遊玩，我也來湊湊熱鬧。」

尹昱呈仔細瞧了瞧，也看到了尹雲禕那一群人：「妳在看我妹妹嗎？」

雲厘不想承認，說道：「沒有。」

尹昱呈沒有揭穿她的謊言，指了個方向：「在那。」

「確實是很可愛的女孩。」雲厘真誠道。

尹昱呈笑道：「還行吧。」他想了想說：「雲野應該也挺不錯的吧，畢竟妳長得蠻好看的。」

「……」

第一次被不太熟的男生當面稱讚，雲厘覺得無所適從。有來有往，她尬聊道：「我看見你妹妹又幫忙拿東西又幫忙排隊，很熱心的樣子。」

尹昱呈不否認：「我父母從小就教我們要做個樂於助人的人，所以我也是這樣的。」隱隱約約覺得對方在誇自己，雲厘附和道：「看來你父母教導有方。」

尹昱呈：「既然碰上了，要不然妳也去和雲禕打聲招呼吧。」

雲厘怕見了面不知道說什麼，正要拒絕。尹昱呈勸道：「沒關係的，見個面吧，她肯定很想見妳。」

「好。」雲厘只好同意。

兩人走到樓下見尹雲禕，發現她身上的外套脫了下來。剩下一件毛衣和襯衫。尹雲禕見到雲厘，微笑頷首道：「姐姐妳好。」她唇角彎起，「雲野和妳長得很像。」

雲厘：「很多人說我們長得像。」

尹昱呈看著她單薄的身影，問道：「妳怎麼不穿外套？」

尹雲禕看一下周圍，確認同學不在，小聲說道：「借給同學了。」

他皺皺眉：「妳只穿兩件，會不會冷。」

尹雲禕：「這裡室內人比較多，不太冷。」

上次收了她的手鏈，再加上對方是雲野喜歡的人，雲厘無法置之不理。主動開口道：「我休息室裡還有外套，如果妳不介意的話要不要先穿著？」

「姐姐不用了，」尹雲禕笑了笑，禮貌道：「我不介意，姐姐妳也穿得不多，自己不要著涼了。」

「沒關係的，我放在休息室備用而已。」雲厘不常有這樣的對話，擺了擺手，「我去拿給妳吧。」

回到休息室，雲厘打開自己的櫃子把衣服拿出來，仔細檢查了一遍，確認衣服是乾淨的。轉過身想回到體驗館，發現傅識則在身後。

他淡道：「去哪？」

「雲野暗戀對象是南蕪一中的，也來這了。」雲厘晃了晃手上的衣服，「她把衣服借給別人了，我怕她冷，就拿件衣服給她。」

「嗯，」傅識則靠在門邊，「她一個人？」

「沒，她哥哥也在，我先碰到她哥。然後才去跟她打招呼。」

「嗯。」

雲厘見他杵在門口擋路，她笑著拉了拉他的手：「沒事的話，我先過去了？」

「嗯。」傅識則讓了讓。

雲厘走出去後，聽見身後傳來聲音：「我和妳一起。」

第十六章　新年願望

回到ＥＡＷ體驗館三樓，尹雲禕和尹昱呈在虛擬雲霄飛車門口休息椅上坐著等待。見到雲厘，兩人同時站起來。

尹雲禕接過雲厘手上的衣服：「謝謝雲厘姐姐。」

雲厘笑了笑：「不用客氣。」

尹昱呈一眼見到了雲厘身後的人：「傅識則？」

完全沒想過他們有交集，雲厘問：「你們認識嗎？」

尹昱呈笑道：「讀書的時候參加比賽，見過幾面。」尹昱呈沒看見他們一起來的場景，瞥見傅識則掛著ＥＡＷ的工作證，只當兩人是同事。

尹雲禕把外套穿上後，尹昱呈率先開口道：「我和雲禕第一次來這裡，要不然妳帶我們在這轉轉？」

對方既已開口，雲厘也不方便拒絕：「好。」

尹昱呈見到身旁跟著的傅識則，感到疑惑：「你跟我們一起嗎？」

傅識則理所應當地把這問句當成邀請：「好。」

尹昱呈：「……」

的。」

雲厘莫名覺得尷尬，緩解氣氛道：「你們要不要先玩旁邊這個雲霄飛車？這個滿好玩

「姐姐，妳和我們一起吧？我想和妳一起玩。」尹雲褘主動邀請。

不想給尹雲褘留下雲野姐姐不好相處的印象，雲厘點點頭。

幾人正在排隊，尹昱呈和傅識則站在後面，他看著傅識則說道：「我原以為你在西科大畢業，會找個厲害的工作。」

傅識則並不在乎他話裡隱約的挖苦，平靜道：「上次聽到南理工的廣播，談了校園戀愛嗎？」

尹昱呈想起那次採訪的內容，有些無語：「現在正在努力中，你呢？」

傅識則：「剛解決。」他輕描淡寫道：「在你前面。」

前面站著兩個人，傅識則說的人不可能是他妹。

「……」

尹昱呈勉強笑了一下，他迅速轉移話題，傅識則卻不是很感興趣，目的已經達到，如非必要的回答，他均不做聲。

不多時，隊伍排到了。虛擬雲霄飛車的座位跟真實雲霄飛車一樣，一節車廂有幾排，每一排有兩個座椅。

受了情傷，尹昱呈表面沒有顯露出來，坐在尹雲褘旁時卻有些出神。傅識則幫雲厘拉開安全卡釦，順勢坐在她身邊。

這個設施雲匣已經玩過很多次了，最開始是到ＥＡＷ錄推廣影片的那次，後來是因為ＥＡＷ的實習生有員工卡可以直接進入體驗館，所以沒工作偷懶時，或者下班後偶爾會來玩一下。

次數多了，已經沒有最開始的震撼感。即使習慣了，雲匣依然會被ＶＲ眼鏡裡的高危畫面嚇到。

眼前的畫面逐漸從底端哐啷哐啷地運轉到頂端，即將從雲霄飛車的頂點衝下。

雲匣手緊握身前的橫杆，感受到另一隻手伸過來，不輕不重地將她的手包住，帶著安撫的氣息。

在雲霄飛車衝下的時刻，她分不清是雲霄飛車帶來的驚悚更多，還是蓋在手上的溫暖帶來的心動更多。

坐了兩圈虛擬雲霄飛車，尹雲禕說要回到班級，尹昱呈陪她一起回去。

尹雲禕問道：「雲匣姐姐，這件外套我什麼時候還妳比較好？」原先是可以讓她哥來還的，現在看來不太合適。

雲匣想了想：「這件衣服我平時不穿，妳讀高中也沒時間來還，等雲野來找妳的時候再給我吧。」

雲匣和傅識則一起到了電梯間，尹昱呈和尹雲禕則去坐手扶電梯。四人就此散開。

尹雲禕站在尹昱呈旁邊，睜大眼睛問道：「哥，雲匣姐姐好像有男朋友了。」

尹昱呈扯著嘴角：「應該是。」

尹雲禕明知故問，補了一刀：「你之前沒問清楚嗎？」

尹昱呈不想說話了：「是。」

另一頭的兩人進了電梯並排站著，傅識則伸出手，撓了撓她的掌心。

兩人說好不在公司內有親暱行為，今天一整天都有意識地保持著距離，現在突然拉近，怕被同事發現，心中又有奇異的想法作祟。

雲厘反守為攻，手向上抬了一些，手指伸進他微張的指縫裡，與他十指交扣。

那隻手也很配合地回扣著她。

雲厘還在思考還能如何操作，過了幾秒，傅識則說道：「沒有下一步了嗎？」

他絲毫不害臊地直接挑明，打亂了雲厘的心緒。

電梯停在地下一樓，雲厘趕緊把他的手鬆開，急忙出了電梯：「回去工作了。」

最後一個工作日，公司裡沒有人加班。雲厘是部門裡最後一個下班的，關掉燈後，她舒了一口氣。下次見ＥＡＷ，就是二〇一七年了。

傅識則在走道上等她，他套著件青藍色外套，戴著鴨舌帽，聽見她開門的聲音，抬起頭。脖頸被灰色的圍巾擋住。

是她織的那條。

雲厘湊過去，主動牽住他的手。

還下著小雪。

雪是乾的，他們沒有撐傘，傅識則將鴨舌帽摘下戴在她頭上。一樓的積雪已覆過腳踝。

門口站著個人影，撐著傘。雲厘倚在傅識則身旁，沒有留意那個人，踩著雪安靜地往外走。

「稍等一下。」

人影追上他們，雲厘才發現是尹昱呈，他手中提著個袋子，應該是在外面等了很久，髮上沾了飄雪。

他低眸看了他們扣緊的手一眼，想說什麼，卻沒開口。好幾秒後，才神色自然地把袋子遞給雲厘：「這是妳的衣服。」

「你不用特地過來的。」雲厘意外道，伸手接過。

「沒關係。」他溫聲道。

他只是來確認一下。

說了句新年快樂，尹昱呈轉身離去，車就停在路邊，頎長的身影沒多久便消失在視野中。雲厘的目光沒有多逗留，順著剛才的方向繼續走。

雲厘問：「他說你們是比賽的時候認識的。」

傅識則：「嗯。」

想起剛才尹昱呈想說不能說的樣子，雲厘困惑道：「他是不是不太喜歡你？」

她想當然地想像道：「畢竟有你的地方，他最多只能拿第二。」

「……」

她有點遲鈍。

傅識則沒說話。摘下她的帽子，揉揉她的腦袋，又幫她戴回去。

廣場上的雪被鏟出條路，鋪了茅草避免行人打滑。走到社區內，積雪遍布。

「跟在我後面。」

傅識則走在前面，他的鞋子比雲厘的大不少，幫她踩出腳印後，她的鞋子便不會陷到雪地裡。

到家時臉已經凍麻了，雲厘打開暖氣，倒了杯熱水給傅識則。接近六點了，冰箱裡有提前備好的蔬菜和肉類，雲厘將材料拿到廚房，還沒開始做菜，傅識則拿著杯子走進來。

他裝了杯水，卻沒有出去，靠著冰箱看她。

注意到他的目光，雲厘回過頭：「你先到外面坐一下。」

她穿著淡粉色的圍裙，過肩的髮被她用花色的髮圈綁成丸子，露出後頸。水順著傅識則的喉嚨往下，他垂眸盯著那個忙碌的身影，圍裙後方綁著蝴蝶結，顯出腰身。

一不留神，杯中的水見底，他把杯子放到一旁，靠近雲厘，從後抱住她。

雲厘身體一僵，用右肩頂了頂他，有些無奈道：「你先出去，這樣切不了菜。」

她的手沾了水，覆在萵筍上，正在切片。水是冰的，傅識則順著她的手腕往前，只在她手背上停了一下，便停在砧板上。

「我來幫忙。」

他沒多逗留，鬆開她，自顧自地靠到水槽前，將她放池裡的青菜沖洗乾淨。又砧板上的萵筍，按照她切的寬度整整齊齊地切好。

能看出傅識則很少做飯，替她洗菜切菜的動作略顯笨拙。

他也不覺得自己在廚房占地方，雲厘一開始怕他無聊，屢次打發他出去，傅識則都沒理。

雲厘讓他拿東西他就動一動，不需要時他就靠在一旁看著她。

她站著不動時還要湊過來抱一抱貼一貼。

一頓飯做得她面紅耳熱。

好不容易做完飯，雲厘轉身看向傅識則，對他頻繁的干擾有些不滿。

他輕鬆地倚在那。

她將雙手放到身後，打算解開圍裙，傅識則靠近她，雙手從她手臂和腰間的縫隙穿過，繞到她身後。

他自然地解開她身後的綁帶，雲厘能感覺到綁在腰間的繩子瞬間鬆掉，她的心卻因此緊了緊。

幫她鬆了綁帶，他的手卻沒收回，按住她的腰。

雲厘抬頭，兩人貼得近，他墨色的眸中帶了點情愫。

空氣快速升溫。

雲厘想開口說什麼，卻一瞬間沉淪在他的眸色裡，她不自覺地踮起腳，輕輕貼上他的唇。

只是碰了一下。

她回過神，意識到自己做了什麼之後，難以控制臉上的表情，她低下頭，試圖隱藏自己的失態。

身前的人一動也不動。

雲厘咬了咬下唇，過了片刻，聲音細若蚊鳴：「我忍不住……」

她的語氣有些委屈，像他故意誘惑她一般。

傅識則輕「嗯」了聲，用指尖蹭了蹭她的唇瓣。

這輕微的觸感讓雲厘心裡一麻，她抬眸，眼中漾著無法控制的情感，目光接觸的時候，傅識則的指尖一頓，低頭，貼住她的唇，隨後，十分克制地，輕輕咬了一下。

和他分開後，雲厘到客廳裡冷靜了一陣子才回廚房端菜，傅識則還在廚房裡，手裡抓住那件圍裙，問她：「這個我能穿？」

「……」

不知道他想幹什麼，雲厘如實回答：「應該穿不下。」

傅識則將圍裙掛回去。

他這麼問應該是有穿的意願，雲厘有點難以想像那個畫面，他一身淺粉色，她本能性地排斥道：「你別穿我的。」

傅識則掃了她凍紅的指尖一眼。

「幫我挑一件。」

半小時左右吃完飯，將碗筷收拾好後，雲厘和傅識則貓到沙發上，房間內的溫度已經升上來了，他穿著件薄毛衣，靠在她旁邊。

沒什麼其他事情做，傅識則陪雲厘看了看E站，沒有什麼新奇的東西，兩個人挑了部電影。

雲厘的手機響了。

『厘厘，明天一起跨年嗎？』是鄧初琦的電話，『明天夏夏回家，我去找妳吧。』

手機有些漏音，雲厘看向傅識則，他沒動靜，只是伸手把玩了下她耳邊的髮絲。指尖不經意間擦到她的臉頰。

雲厘紅著臉，試圖別開傅識則的手，他笑了聲。

電話對面默了一下，鄧初琦疑惑道：『我好像聽到了男人的笑聲，妳聽到了嗎？』

雲厘：「……」

雲厘：「是我這的。」

鄧初琦：『……』

雲厘乾脆從沙發上起身，想避開傅識則的干擾，腳步未邁開，卻被他拉住手拽回沙發上，她沒坐穩，上半身背對著倒到他懷裡。

手機裡傳來聲音：『那妳還方便接電話嗎？』

這話說得他們像在做什麼害臊事情。

雲厘看向傅識則，他一點澄清的欲望都沒有，她只能自己著急道：「方便，妳別亂想。」深吸一口氣，她承認：「我談戀愛了。」

『靠！誰？』

和雲厘想像中的反應一樣，沒有第一時間告知她，想必鄧初琦心裡也會不太舒服。不知道傅識則這個名字會不會給她更大刺激，雲厘猶豫了一陣子沒出聲。

擁著她的人卻沒保持一貫的沉默。

「這時不知道我的名字了？」

這話是在問雲厘，卻故意靠近手機說。

電話對面靜音了好長一段時間，然後識相地直接掛掉。

「……」

雲厘聽著那嘟的一聲，感受到擁著自己的手逐漸加緊，她側過頭，抬起下巴看他，傅識則面無表情地看著她。

像是在等待她的下文。

故作鎮定地掰開他的手指，雲厘到廚房倒了杯水，腦子一邊快速轉動。

沒有告訴閨蜜他們談戀愛的事情，鄧初琦問起的時候，她也沒有承認他的身分。

確實不大好。

他會因為這個事情生氣嗎？

雲厘從廚房探出頭，傅識則垂著眼，看不出情緒。好像是她想多了，回沙發上坐下，她喝了口水：「我們繼續看電影吧。」

傅識則把玩著遙控器，沒有按鍵的意思。

雲厘推了推他的膝蓋，若無其事地示意他快點開始。幾秒後，傅識則按了開始鍵，雲厘起身關了燈，牆上投影著畫面。

她坐回沙發的一邊，傅識則躺在沙發上，上半身靠著另一側，一隻腿收起來。

是紅遍一時的愛情片，電影中沒有曖昧或出格的鏡頭，大多是純情的怦然心動與浪漫的自然風光。看了一陣子，雲厘挪了挪身體，往傅識則的方向靠了點。

房間內僅有從投影儀上發散出的光，倒映在他臉上。雲厘側身，他盯著鏡頭，表情平靜自然，不像生氣的模樣。

手卻環著胸。

她又湊近了點，坐在他身前。

她完全沒在看電影，試探性地想讓他不要生氣。好一陣子，身後的人沒和她僵持，伸手將她攬到懷裡。

見他終於鬆動，雲厘放下心來。

電影只有一個半小時，結局圓滿，音樂響起時，雲厘仰頭回看他，卻發現他靠著沙發，闔著眼睛。

睡著了。

「……」

雲厘覺得這個電影純情了點，但似乎沒那麼無聊。

她觀察著他的睡顏，睫毛根根分明，眼尾狹長。雲厘伸出手指碰了下他的眼睫毛，他的眉間緊皺，禁閉的雙目輕顫。

又在做噩夢。

她想起第一次在ＥＡＷ的休息室見他蜷在沙發上，肩胛骨瘦削。她意識到，每當黑夜降臨時，便有無形的黑霧將他籠罩起來，讓他永無終止地待在其中無法逃離。

雲厘撫了撫他的眉間。他像獲得了安撫般眉目間緩緩地舒張開，受到了鼓舞，她手上的力道更小了些，直到他睜眼，抓住她的手指。

猝不及防。

她下意識往後退，卻被他嵌住身體，他泰然自若地將她的手放回他眉間，閉上眼，維持勻速的呼吸。

雲厘：「……」

怎麼這麼裝睡的。

臨走前，傅識則傳了摩天餐廳的地址給雲厘，他訂了跨年夜的晚餐。餐廳在天啟商城的頂樓，旋轉餐廳可以看見全市夜景。

她打了通電話給雲野，姐弟倆以往都是一起跨年，今天跨年換了個對象，她還有些不適應。雲野靠著床，正在玩平板上的遊戲，將手機放到側邊，頭也不回地問道：『幹什麼？』

雲匣自認為已經有了完美的跨年夜，好聲好氣道：「你明天怎麼跨年？」

『跨年？』雲野抬了下眼看她，不在乎道：『妳不在我跨什麼年。』

雲匣愣了一下，少年這幾年五官逐漸長開，眉眼間卻還是保留熟悉的稚氣，她習慣性挖苦道：「你還挺深情。」

她轉移話題「爸媽怎麼准你玩遊戲了。」

『這個遊戲是生物學遊戲，我把生物課上的東西重溫一遍。』雲野跟她介紹了一下，忽然，他關了平板，從床上站起來，跳到地上，穿著拖鞋往鏡頭這邊靠近。

雲匣：「你別把地板跳穿了。」

雲野：『……』

他拿起手機，又往床上一倒，臉靠近鏡頭，一如既往臭著臉：『妳明天一個人跨年嗎？』

雲匣和雲野一起的時候，習慣會幹些別的事情，比如看E站玩遊戲之類。她沒看他，隨口道：「管我啊。」

雲野反嗆：『我不管啊，就是盼著妳和我一樣慘。』

兩人互相吐槽了日常的事情，掛了電話。手機一震，是雲野傳來了一個紅包，名字很簡單『給雲匣跨年』。

「……」

有點內疚是怎麼回事。

跟雲野講完電話，雲厘撥了個電話給鄧初琦，對面的人沒立刻說話。雲厘見機迅速道歉：「七七，妳別生氣，我本來想下次見面告訴妳的。」

『好吧，我也不算太過傷心。』鄧初琦笑一笑，假裝擺了一下架子，『那聲音是夏夏小舅嗎？幾天不見你們就在一起了。』

雲厘這下不好意思了，小聲道：「是。」

鄧初琦：『你們怎麼在一起的啊？進展得怎麼樣了？』

雲厘去掉細節，粗略地說了個大概。

『之前妳追了那麼久沒下文，現在沒追了倒是跟開火車似的。』鄧初琦吐槽了一下，『不過這樣看來，他之前要約的人應該就是妳了。』

講完這些，雲厘沒忘記想問的問題：「他找我跨年夜一起吃飯，這是不是和我一起跨年的意思？」

『當然是啊。』鄧初琦冥思苦想：『猜不透傅小舅的心思，我原本以為他性冷感，現在看來又好像不是。』

雲厘不解：「這是什麼意思？」

鄧初琦突然嚴肅：『厘厘，妳要保護好自己。跨年夜只過十二點，不能過夜。』

雲厘：「……」

翌日，吃完午飯後，雲厘在梳妝檯前坐著，化了許久的妝，從衣櫃拿出駝色毛衣裙。

換上前，她傳訊息給傳識則：『能拍張你今天的全身照給我嗎？』

傳識則沒問原因，過了幾分鐘，直接傳了照片過來。

深灰毛衣和淺灰休閒褲。

雲厘：『外套呢？』

傳識則又傳了張照片過來。

黑色風衣外套。

雲厘對著他的照片，從衣櫃裡挑出了類似的深灰修身毛衣和半身裙，以及一件黑色的長款外套。

試穿上身後，雲厘拍了張照，傳給傳識則。

配字：『我們今天穿情侶裝。』

雲厘提前出門，先去海天商都看看可以送給傳識則的禮物。

在商場轉了一圈，雲厘停在香薰店前。

他睡眠不好。

雲厘挑了個岩蘭草香薰蠟燭，試聞過，帶點檸檬味和香茅味。香薰蠟燭用一個小盒子裝好，裝進精緻的紙袋裡。

在路邊，雲厘打著文字，打算讓傳識則到海天商都接她。兩個商場相隔一段距離，她站在路邊，沒有注意身後的事情。

忽然聽見有人的驚呼聲：「搶劫、搶劫啊！」

雲厘警惕地往右邊看過去，沒發現異常，又聽見身後有急促的腳步聲：「給我讓開！」

雲厘驟不及防，從左後側被撞倒在地。原先拎著的禮物袋飛了出去。

搶劫犯撞到人，踉蹌了一下，又極快地恢復姿勢繼續向前跑，順帶還把她的那袋禮物也撿走了。

事情太過突然，雲厘跪在地上，有些茫然：「我的東西……」

後方有人繼續往前追，沒幾秒，兩人跑得影子都不見了。

口袋裡的手機響了，雲厘拍了拍膝蓋上的灰，吃力地站了起來。掏出手機，來電顯示是傅識則，她輕觸接聽：「喂？」

『在哪，我去接妳。』

雲厘看了看四周：「我在海天商都北門後面那條路上。」右手傳來一陣刺痛，雲厘換了隻手舉手機，動作變得十分彆扭。她看了看右手，剛剛摔倒時，手背擦過水泥地，現在破了一大塊皮，血和塵土混在一起。

雲厘看了一眼，覺得十分血腥，移開了眼。她感到懊惱：「我可能要遲到了。」摔了一跤，禮物還丟了。

傅識則：『怎麼了？』

小時候摔跤了回家，都會被雲永昌劈頭蓋臉罵一頓，說她讓人不省心，本能性地雲厘不敢直接交代這個問題，對於雲永昌，她是出於恐懼。

傅識則耐心地又問了一遍：『怎麼了？』

語氣讓雲厘放下心來。

不想讓他太擔心，雲厘轉移話題道：「你訂的那家店好像很難約，我可能會遲到，可以延遲點嗎？」

傅識則沒理會她的問題：『海天商都北門，妳在那等我。』電話沒有斷開，雲厘聽到引擎啟動的聲音，原以為是他忘記掛電話，對面卻傳來——『不要掛電話。』

雲厘不想讓傅識則過來撲空，站在馬路旁顯眼的位置，同時輕輕吹著右手背的傷口。

傅識則的車很快就到了，雲厘坐上副駕座後，他把車開到路邊的臨時停車處。

他熄了火，目光從她的頭頂開始往下移動，沒有漏過任何一個位置，將她的皮膚一寸寸掃視。

頂著他射線似的視線，雲厘又問了一次：「那個餐廳可以推預約的時間嗎？」

身邊的人沒吭聲，他解開安全帶，俯身靠近她，雲厘愣了下，傅識則已經找到她受傷的位置，輕支著她的手背，皺起了眉，「手怎麼了？」

這麼明顯也藏不住，雲厘直白道：「我買了禮物給你，但是剛剛被人搶走了……」隨著她一字字吐出，點漆般的雙眸以肉眼可見的速度冷下來。

雲厘反過來安慰他：「那個人撞到我，我摔了一跤，沒多大事的，破了點皮。」

傅識則幫她扣好安全帶，發動車子往前開。一路上，他面色冷然，盯著前方的路況。車速極快，幾分鐘後眼前出現醫院急診的標誌。

「回家用藥處理一下就可以了。」雲厘愣了一下，這次摔得很疼，但在她印象中總是病得嚴重才需要去醫院。

他沒吭聲，將車停好，拉著雲厘到急診室，從掛號到問診，整個流程不過兩分鐘，醫生幫雲厘處理傷口的時候，傅識則靠在旁邊看著。

處理完傷口後，兩人回到走廊，坐在休息椅上，傅識則垂著頭，十指在膝蓋間交叉扣著。他已經半個小時未說話了。

雲厘將右手放在他的膝蓋上，紗布穿過虎口繞了好幾圈，傅識則側頭看著，輕捏住她的指尖。

他突然抱緊她。

很用力的擁抱。

傅識則的手臂緊緊地扣住她的肩膀，捏住她肩頭的五指力道明顯，像要把她揉進身體裡。雲厘一時間沒反應過來，幾秒後，他把臉埋到她的髮間。

脖頸能感受到他冰涼的臉頰、挺直的鼻樑。

此刻，不知道是不是雲厘過度加工，她能感受到，自己是他很重要的一部分。

抱了一陣子，傅識則鬆開她。醫生叮囑了不要沾水，並沒有其他風險。雲厘並沒有將這個傷放在心上，想起被撿走的禮物，她有些鬱悶道：「禮物都還沒捂熱呢，就被搶走了。」

「……」

傅識則勾勾她的指尖：「我幫妳找回來。」

他完全沒有開玩笑的模樣。

「不用了，那人看起來很凶，萬一傷了你，太得不償失了。」雲厘連忙道，傅識則沒應聲，她確認道：「你聽到了嗎？」

他應了聲。靜默地思考著，臉上意味不明。

急診室大門正對著南蕪摩天輪，雲厘眺望那邊的霓虹燈光，才想起今晚原本的行程，問：「我們還能去餐廳嗎？」

傅識則看了看時間：「時間過了，回家吧。」

她正要動，傅識則先她一步起身：「我揹妳吧。」

雲厘：「……」

雖然直到傅識則不太可能弄混她是哪裡受傷了，困惑之下，雲厘還是提醒道：「我是手受傷了……」

傅識則盯著她，不痛不癢地笑了下。

他沒有掩飾自己的意圖：「我想揹妳。」

雲厘看看四周，人不算多，她做了下心理建設：「也行吧，別人也不知道我是手受傷了。」

應該也不至於引起其他人關注。

「……」

聽她語氣勉強，傅識則無語，他轉身蹲下，呈現在她眼前的後背寬敞，雲厘做賊般瞅瞅四周，慢吞吞地用手勾住他的脖頸。

他的手臂擦過她的大腿下側，輕而易舉將她揹起。

沒有這麼被人揹過的印象。很少體驗這種身體失衡的感覺，雲厘抱緊他的脖子，將臉埋在在圍巾裡。

圍巾上有淡淡的菸草味，傅識則停下腳步：「有點熱，幫我摘掉。」

她順從地將他的圍巾摘下戴在自己脖子上。

傅識則：「抱緊點。」

雲厘抱緊他的脖子。

傅識則：「像剛才那樣。」

「……」

雲厘：「哪樣……」

她嘟囔道，紅著臉，慢慢地將臉埋在他的脖頸間，貼著他的皮膚，這動作不甘不願。

能感受到他的手用力了點。

被她的言行不一逗笑了，他喉間傳出笑聲，聽出戲弄的意味，雲厘瞅他，目光帶了點警告。

傅識則也側頭看她，也不知道怎麼回事，雲厘抬頭，往前碰了他的唇一下，見他愣了一下，她有種大仇得報的快感。

他的錯愕也只是一瞬間，下一秒，傅識則看著她，下蠱般說道：「過來點。」

「……」

她露出不願意的表情，臉還是靠近他。他目光明淨，鼻子像打了陰影，線條明晰，兩人近得連睫毛的影子都看得清晰。

傅識則往前碰了下她的唇。

雲厘反射性地往後，他唇角微揚，又說道：「過來點。」聲音中是無法拒絕的蠱惑，溫柔中帶點喑啞。

她覺得自己的脖子也開始發熱，失了神智般靠近他，傅識則垂眸，唇覆上去，柔軟的觸感比以往幾次都維持得更久，隨後，他探索似地輕咬她唇上的每一處位置，以極慢的節奏。

他每啃一下，目光都凝視著她，雲厘的腦海被眼前的男人充斥，連呼吸都是他的氣息，啃咬的觸感刺激了她全身的神經。

雲厘手上不自覺地用力，這一瞬，他溫熱的舌尖探入她的齒尖，與她的舌尖觸碰。

他眸中的情意攝了她的理智，雲厘被動地任他引導，將她的舌勾向他的唇內。唇齒交融間，她慢慢找回自己的呼吸，他的呼吸急促，目光中全是她。

回到家後已經七點出頭，傅識則打開冰箱看了一下，雲厘把一切物品收拾得整齊妥當，食材一目了然。

他拿了點蔬菜和凍牛排。

意識到他的意圖，雲厘端詳一下傅識則那看起來不食人間煙火的臉，實誠地問道：「你會做飯嗎？」

傅識則不回答。

雲厘也跟著站起來，想把傅識則按回沙發上：「還是我來做吧。」用力壓了壓他的肩膀，發現壓不動。

他走向廚房，將門一拉，閉門搗鼓。在E站上打開雲厘以往的兩個影片，用快轉看了一遍，她的影片講解十分詳盡，傅識則將記憶中的流程重複了一遍。

做飯只花了半個小時，等他將一切端在桌上，雲厘盯著他身上穿著的粉色圍裙，大小不合，在他身上顯得擁擠。

配上他那張略顯清冷的臉，雲厘忍笑掏出手機，打開相機。

傅識則面無表情：「做什麼？」

手機沒開靜音，空氣中清脆的哢嚓一聲。

傅識則：「……」

他盯著她，這眼神看得她發毛，沒再進一步作妖，雲厘收起手機。見她怕得很，傅識則沒脫圍裙，拉開椅子坐下。

「看看。」

他只有兩個字。

雲厘打開剛才的照片遞給他，畫面裡的人高大，冷著一張穿著著小了一號的粉色圍裙，因為是從下往上拍的，那不可一世的氣魄和乖巧可愛的穿著詭異卻毫不違和。

傅識則皮笑肉不笑：「還可以。」

「那我再拍一張？」她舉起手機。

「……」

「要不然自拍一張。」她改了口風。

傅識則沒再那麼排斥，任她靠近自己，雲厘湊到他旁邊，畫面中他神色冷峻，她用肩膀拱了拱他：「笑一個。」

他的表情沒有絲毫變化，雲厘也不強求，用臉貼著他的臉頰，將鏡頭拉遠能納入他上半身的著裝。

他沒理會她在自拍，臉頰接觸時便蹭了她幾下。

連拍了幾張。

一頓飯吃得不久，等傅識則清洗完餐具後，兩人坐到陽臺的榻榻米上，這還是雲厘租了公寓後自己布置的，透過窗戶能看見遠處摩天輪的一部分。

零點時應該能看見南蕪市的煙火。

一起看了個電影，已經接近零點了。她靠著傅識則的肩膀，兩人默默地盯著窗外。

視訊通話鈴聲打破沉默，是雲野的電話，雲厘坐正身體接了電話，他正在室外，插著耳機，身上只穿著件薄外套。

雲野切換鏡頭，繞著四周拍了一圈給雲厘看，是他們以前跨年常去的煙火許可點，他附近圍了不少人。

『我買了煙火。』雲野看著鏡頭道，『勉強放給妳看吧，就當遠程跟妳跨年了。』

雲厘：「……」

她看了傅識則一眼，他歪著頭看她。

她怎麼這麼快就要陷入兩難的境地。

見她臉上表情變幻多端，雲野不爽道：『誰讓妳不給我錢買機票，到南蕪當面跨年。』

「你真的到南蕪了能和我跨年我把手機吞下去。」雲厘將雲野那點小心思拿捏得死死的，毫不客氣地嗆回去。

少年的眉一皺，不理她說的話。

雲厘只看到畫面一黑，然後又亮起來，雲野已經點好手上兩根仙女棒，在鏡頭前晃了晃。

雲野：『雲厘，這個仙女棒漲價了，現在十塊錢兩根，我今天買了六十塊錢，AA。妳快給我紅包。』

時間一分一秒過去，離零點只差兩分鐘，雲厘毫不拖延地給他一百塊錢，雲野秒接受，見到數字後，像遇到天大的稀罕事般『哦』了聲。

雲厘：「給你了，我要去跨年了。」

雲野：？

雲厘：「拜拜。」

雲野：『……』

她直接掛了電話。一旁的傅識則看著他們的互動，並不介意：「和弟弟掛著視訊吧。」

雲厘瘋狂搖頭，兩個人第一次跨年。

怎麼容得下雲野這個大燈泡，大不了回頭給他兩個紅包。

傅識則沒多言，將她帶到懷裡，雲厘剛想說什麼，窗外響起綿延不絕的煙火聲，天空有一串串衝上去的火花爆裂開，濺射出七彩的光線。

手機上E站的動態畫面被「新年快樂」占滿。也有一些人發了自己新的一年的心願或計畫，以及上一年的完成情況。

雲厘搖了搖一旁的傅識則：「新的一年，你有什麼願望嗎？」

傅識則頭支在她肩上，懶散道：「妳有嗎？」

「我的願望——」雲厘頭偏向他，「希望你可以喜歡我久一點。」

傅識則也看向她，良久，他輕覆上她的唇，繾綣間傳來他的聲音——「會實現的。」

第十七章　星空之下

從雲厘家離開，已接近一點。傅識則站在門口朝她頷首，雲厘遲疑了一下，走到他面前，又戀戀不捨地拉了下他的手。留意到他空蕩蕩的脖子，雲厘從衣帽架取下圍巾，踮起腳幫他圍上。

做這個動作的時候，她已經不像之前那麼生疏，傅識則盯著她專注的眼，不自主地用手指碰了下她的臉。

在外頭待了幾十秒，他的手指已經發涼。

雲厘叮囑：「到家了和我說。」

江南苑離七里香都大概半小時車程，等他到家應該要兩點了，他想想：「妳先睡。」

雲厘堅持道：「不行。我要等你。」

她平時就是夜貓子，多睡或少睡這半個多小時並不會有太大區別。

有人等他回家，雖然他們時空上並不一致，但還是給他很特別的感覺。上一次，傅識則已經不記得了。

父母在西科大工作，他在南蕪長大，從小和外公外婆同住，後來兩位老人身體急轉直下，他一個人留在江南苑。

傅識則進了車，搖下車窗。掏出菸盒取出一根菸，他才留意到近幾天都和雲厘待在一起，一盒菸許久未見底。

點了跟菸，從車裡可以看見她的窗戶的燈光，他倚在視窗，能偶爾見她在屋子裡走動時的光影，歪著腦袋，他捕捉和追蹤著那抹光影，直到它在視野中消失了一段時間。

他回過神。

抖了抖菸灰，傅識則啟動了車子，從七里香都開出不遠，過兩個路口，車速放慢了些。不遠處，之前雲厘遇到的藍毛看起來喝了不少酒，一副酒勁上頭了的模樣。這時正抱著街邊的一棵樹鬼哭狼嚎，而那個壯漢在旁邊笑得癲狂，用手機錄影。

藍毛名為岑賀豐，是徐青宋的表弟，從小便和狐朋狗友日夜飲酒狂歡，人雖不壞，卻因為醉酒惹了不少禍。

二人有過交集。大半年前傅識則酩酊大醉的那幾次，藍毛厚道地將他送到了徐青宋家裡，而不是送回家。

傅識則將車停到路邊，壯漢提前和他聯絡過，讓出路來。傅識則推了推藍毛，後者迷迷糊糊看清了人，嘀咕道：「哥，哥你別每次都推我嘛。」

「人呢？」傅識則簡明扼要道。

藍毛一身酒氣，站不穩試圖撲到傅識則身上，他果斷往旁邊退了一步，藍毛撲到壯漢身上，他沒忘正事，卡頓道：「在後街打露天麻將呢。」

壯漢補充資訊：「那條街有監視器，本來已經被抓了，改口說喝醉了偷了東西，和被搶了的人協商了立馬就放出來了。」

「則哥你找這人幹什麼啊？被搶的和你有關係？」

傅識則：「……」

後街是附近的一條酒吧娛樂街，集酒吧、麻將一類休閒活動於一體。傅識則沒和他廢話，直接往後街走。

壯漢用手阻攔了下他：「則哥，你別去了，回頭叔和姨要怪我們。」

傅識則瞥他一眼，不理。

拽著藍毛這個拖油瓶，壯漢連忙跟上。後街上熙來攘往，傅識則往裡頭走，露天打麻將的不少，他的視線定在靠邊的一個麻將桌上，桌邊放著個精緻的銀白色禮盒袋，印著Aroma（香氛）幾個字母。

藍毛順著他視線看過去，打了個嗝：「是那個人。」

傅識則走過去，停在男人旁邊，他正在摸牌，大叫了一聲：「自摸！」周圍人卻沒有回應，都盯著他身邊。

男人回過頭，旁邊的傅識則將禮袋打開，裡面只裝了幾張紅鈔，他將袋子轉向抖了兩下，錢飄到桌上。

幾人的視線並沒有引起傅識則的注意，他看了看四周，才低頭盯著眼前的男人。

壓迫性的氣息，男人點了根菸，傅識則依舊毫無動靜地盯著他。

全然不怵的冷漠表情給了男人一點壓力，今晚剛肇事，他不想再去警局一次，嘟囔道：

「幹什麼呢……」

傅識則：「裡頭東西呢？」

旁邊的人和男人說了什麼，他畏畏縮縮地起身，去旁邊的抽屜將一塊透明綠的香薰翻出來，遞給他。

透明凝膠中間是個白色的愛心，聞起來帶點草香和檸檬味。傅識則將香薰放回袋子裡，直接離開。

壯漢跟著傅識則，過去一年多傅識則常來這邊，他也不清楚這個別人口中的高材生怎麼就來這混了。

他向來不在意任何事情，但真正發起脾氣來什麼都不懼而且睚眥必報。

「哥，喝一杯？」壯漢架著藍毛，輕擋了下傅識則，「我那弄了幾瓶好酒。」

傅識則將香薰放到副駕駛座上，淡淡道：「不喝了。」

他扣上安全帶，雙眸向下，螢幕亮了一下，有好幾則未讀訊息。

是雲厘傳的，問他是不是塞車了。

壯漢在車側，看著傅識則眉間的冷峻逐漸消融，只覺得太陽打西邊出來了。肩上的藍毛發起酒瘋來：「他媽的我喝多了，我有幻覺了，則哥笑了——」

壯漢直接捂住他的嘴。

傅識則瞥了他們一眼，啟動車子開回了家。沒有開燈，傅識則將香薰點燃。屋裡頭只有飄搖的火光，香氣外露。

將香薰放床頭，他坐到床上，手機亮了，本要和她說聲晚安，目光卻遲遲不願從那個解鎖畫面移開。

想起去年的最後一個吻，他說完話後，她主動地探出舌頭，緊抱住他的身子。

他喝了整杯的冷水。

手機震了震。

是雲厘的訊息，她後知後覺地想起來問：『你還沒和我說新年願望呢！』

彷彿在火光中看見她溫吞地說著這句話，傅識則心裡一暖，難以自控地彎了彎唇角。

雲厘沒等到傅識則的晚安便進入夢鄉，第二天早晨，她收到他的新年願望——『我的願望是，妳一切都好。』

大清早的睡意被這句話驅散，雲厘跳起來拉開窗簾，陽光透進來時，她才發現雪已經融化得差不多了。

期末的時間過得飛快，傅識則頻頻來她的公寓幫她補習功課，順帶做飯。和她見到的大多數人不同，他做菜的時候，只看一次教學，全憑記憶進行操作，而且記憶不會出錯。

大半個月後，雲厘再上體重機，多了兩公斤。

經歷搶劫事件沒多久，雲厘聽到搶劫犯被抓捕的消息，連帶舊帳一起至少要判個七八年。

傅識則和她待在一起的時間越來越長，上下班接送，晚上也會賴到她睡覺才離開，兩人週末幾乎全泡在一起。

最後一門課考完，因為傅識則的存在，雲厘還沒有回家的打算，只想盡可能拖延回西伏的時間。

想起上次室友唐琳說過攀高戶外俱樂部會有活動，她翻到那個社群帳號，那條星空路線的露營時間是一週後，雲厘幫她和傅識則兩人報了名。

露營地點在南蕪市郊，溫度大概在零度左右。

沒參加過這種戶外活動，也不太確定需要什麼裝備。雲厘添加了諮詢用的帳號，彈出來熟悉的大頭照，是傅正初。

略有些尷尬，她還是傳訊息通知他：『滴滴，我和你小舅打算參加露營賞星的活動。』

傅正初：『！』

傅正初：『安排！』

雲厘回了個「嘿嘿」的貼圖。

他立馬轉回正事：『這個活動在外露營，需要帶帳篷和睡袋，小舅家裡應該有。這樣妳可以不用帶，通常情侶都是用同一個。』

傅識則在江南苑備有帳篷和睡袋，只缺她的裝備。

和傅識則約了週六去南蕪市最大的戶外用品商店。下車後，他牽過雲厘的手，到店裡後，雲厘路過帳篷區，想起傅正初說的話，回頭問他：「我們睡同一個帳篷嗎？」

傅識則：「嗯。」

他看起來不太在意這個事情。

意思就是，那天過夜，要睡在同一個帳篷裡。

但她和傅識則目前只試過躺在同一個沙發上。

兩人的關係相較從前親密了許多，但最多停留在接吻的程度。雲厘臉上發熱，跟著他走到下個區域。

隔壁區域是睡袋裝備，她一眼看見正在促銷的親子睡袋和情侶睡袋，促銷的那款睡袋裡面是連通的，雲厘想像那個場景，原本放下的心又提起來，忍不住問道：「你平時穿什麼睡覺？」

傅識則：「……」

傅識則：「不穿。」

雲厘：「……」

她遐想著不禁紅了臉，傅識則注意到睡袋區，猜到她在想什麼，無奈道：「兩個睡袋。」

是她滿腦子不乾不淨。

雲厘不太好意思地「哦」了一聲，湊過去仔細研究一下這個情侶睡袋，如果是兩具身體窩在裡面，感覺是還挺享受的。

見她遲遲不離開，傅識則看向她：「想買？」

雲厘：「……」

傅識則：「那買一個？」

雲厘：「……」

她立馬轉身走向徒步鞋區，傅識則沒逗完她，在她手掌中心劃了劃，將她拉到一旁。

見這人不分場合就要湊近，雲厘往後一退，碰到置物架上，看了看四周。她用手頂住他，難為情道：「有人……」

傅識則配合地看了看四周：「沒看見。」

雲厘：「……」

店內是冷光白燈，他的五官貼近，在白光下更顯清冷，眼中的情愫毫不掩飾。雲厘也不知道他怎麼能頂著這張臉說出這些話，她認命地鬆開手，被他捏在手中。

他吻了吻她的唇角，雲厘只覺得麻麻的，心裡期待進一步的動作時——

「小舅？」

傅正初突然冒出來的聲音讓兩人都是一僵。雲厘第一反應時找條路逃跑，就當自己沒出現在這個地方。

她已經退到了角落，沒有再退的空間，只能抬眼責怪地盯著他。

「小舅，真的是你欸，我看到你和厘厘姐的報名資訊了，你來買裝備嗎？」傅正初的聲音已經到了面前，雲厘眼前是那個熟悉的胸膛，恰好將她全部擋住。

「傳訊息給你都沒回，談戀愛了，怎麼性子也沒變一下。」傅正初拍了拍傅識則的肩膀。

傅識則轉身，毫無情緒地問道：「要怎麼變？」

傅正初：「……」

見到他身後的人，傅正初收了打趣的意圖，安慰雲厘道：「厘厘姐妳不用臉紅啦，談戀愛是很正常的事情。」

雲厘：「……」

雲厘扯開話題：「你怎麼在這？」

「噢，我帶人來買東西。」他指著不遠處，幾個人恰好轉了彎過來，室友唐琳就在其中，唐琳沒注意到雲厘，直奔著傅正初而來。

「隊長，你看這幾個擋風圍脖哪個合適？」唐琳手裡拿著幾款半遮臉的紡紗圍脖，眼睛亮晶晶地盯著傅正初。

她畫了精緻的妝，鵝蛋臉上五官小巧玲瓏。

「都可以的。」對方如此熱切，傅正初仔細看了看才說話。

顯然對這回答不太滿意，唐琳追問：「小學弟，我問的是哪個比較適合女生戴啦。」

雲厘想起唐琳研一，比傅正初大了兩個年級。上次以為她說要接近傅正初只是開開玩笑，沒想到她的行動這麼果斷俐落。

見傅正初支支吾吾，唐琳毫不掩飾用意，進一步道：「這樣吧，你幫我挑一條，作為感謝我送你一條。」

「不用啦……」

傅正初的表情有些窘迫，侷促地往雲厘他們的方向看了看。

平日裡他和他們相處時活躍，話癆一個，現在卻被唐琳步步緊逼。

唐琳才注意到另外兩個人的存在，她的目光先在傅識則的臉上定了幾秒，然後下移到她和傅識則緊握的手上，眉峰聳聳，頗有深意地朝雲厘擠眉弄眼一番。

看起來是完全不記得傅識則了。

傅正初帶的其他人也聚集到這裡。

幾乎所有人都會先將目光投放到眼前的面容出眾的兩人身上，隨後落到他們的手上。

雲厘本能性地想避開這些關注，試圖將手抽回去。

往回抽了抽，傅識則力道不大，卻完全沒有給她掙脫的餘地。

在她第二次嘗試抽出手的時候，傅識則看了她一眼，雲厘有種不詳的預感，還沒反應過來，被他一用力扯到懷裡。

這動靜引起其他幾人的注意，傅正初見到這場景也不太好意思，連忙拖著其他幾人離開。

雲厘穩住身體：「原來我男朋友臉皮挺厚的。」

傅識則捏捏她的耳朵，回應道：「還不夠。」

雲厘：「……」

傅識則：「現在沒人了。」

雲厘：「……」

在店裡待了一段時間，雲厘才挑好裝備離開。沒有其他安排，兩人開車回EAW，恰好公司最近引進幾款新的遊戲，可以連線玩。

週末體驗館照常營業。傅識則到徐青宋辦公室拿設備，雲厘在休息室等著，碰到來加班的何佳夢。

「欸，閒雲老師，週末還來加班，不去約會嗎？」

雲厘笑了笑：「在約會……」

「在公司約會？」她恍然若悟地笑道：「平日裡辦公室戀情不好公開，偷偷來是不是很刺激？」

「……」

雲厘瞅她一眼，示意她別亂想。何佳夢沒有追問，滿面愁容：「本來今天老闆說要來公司，我才跟過來的，就想多點獨處機會，結果他的小表妹來了。」

「不過哦，果然是一家人，長得還挺漂亮的。」她繼續說道，自覺沒機會和徐青宋獨處，她拎起包便結束了加班之旅。

雲厘低頭看了眼時間，已經過了十分鐘了，傅識則還沒回來。

遲疑了一下，她走到徐青宋的房門前。敲了敲門，裡面徐青宋不輕不重一聲「請進」。

推開門，除了徐青宋和傅識則以外，房間裡還有個女生，頭髮黑長直，一身制服裙，她的目光只在雲厘身上停了一瞬間，覺得是公司的工作人員，完全不感興趣地移開。

這張臉，雲厘能準確地和照片上的人對上。

見她過來，傅識則朝她走去。

林晚音以為他要離開，不顧及雲厘在場，氣沖沖道：「阿則，我跨年那天也來找你了，你為什麼躲著我？」

「……」

「從聲姐說你談戀愛了，我才不信，你都不願意和我談戀愛，你怎麼可能找女朋友。」林晚音忽略他的冷漠，跟在他身後喋喋不休。

傅識則懶得理她，牽起雲厘的手。

親暱的動作才足夠引起林晚音的注視，她打量的目光在雲厘身上停留了許久：「她是你女朋友啊？」

不等對方回答，林晚音繼續不在乎地說道：「哦，那也不礙事啊，你交女朋友，我也可以和你待在一起啊。」

雲厘：「……」

三個人中只有女生睜著大眼睛說話，徐青宋頭痛地起身，勉為其難地開口：「晚音，我帶妳去周圍逛吧，妳舅舅要去談戀愛了，妳別打擾他們。」

「不行。」林晚音果斷地拒絕，「我都特地跑過來了，阿則要陪我。」

她語氣中帶著不滿和怪責：「而且我都不介意你們在一起了，難不成你女朋友還介意多一個我嗎？」

「妳介意嗎？」林晚音直直地問雲厘。

雲厘：「……」

憑自己和傅識則沾親帶故的身分，她料定雲厘不會在這種場合拒絕。

雲厘盯著她挑釁的目光，覺得辦公室裡誤入了年少氣盛的小孩，趕在傅識則介入前，平和地說了一句：「介意。」

林晚音：「……」

雲厘抬眼望向傅識則：「我想回去了。」

徐青宋對傅識則使了個眼色，趁林晚音反應過來前架住她。

雲厘並不清楚林晚音的訴求，感覺是個被嬌慣養大的孩子，兩人出門後，沒走兩步，林晚音便追了上來，不依不饒地跟在他們後面兩公尺處。

他們腳步快，她就跟緊，腳步慢，她就慢。

「……」

雲厘看向傅識則，他繃著臉，帶著點不耐。他想儘快逃離，拉著她走快了點。

見兩人完全不理她，林晚音惱怒道：「我花了整整一個小時才到這邊來的！」她乾脆豁出去道：「我還沒成年，你扔我在這，我如果出了什麼事你要負全部責任，我爸媽也不會原諒你的！」

這種威脅話語對傅識則沒起任何作用，反而雲厘聽得心驚肉跳。上車後，林晚音還往他們的方向跑，雲厘從後視鏡中看到她停在原處，將書包扔到地上。

車開出去不到兩分鐘，傅識則的手機瘋狂震動，雲厘看了一眼，幾個來電都是父母打的。

林晚音大概已經投訴到長輩那了。

傅識則打了個電話給徐青宋：「怎麼沒告訴我她來了？」

『我人身自由都被剝奪了。』徐青宋語氣無奈，『進門就搶了手機。』

「……」

傅識則掛掉電話。

「那是你外甥女嗎？」雲厘靠著椅背，望向前方：「我之前無意間看到她傳了很多訊息給你……」

傅識則：「我沒看。」

「她喜歡你嗎？」

「……」

「應該吧。」

雲厘震驚：「還真的想亂倫。」

「……」

「那你不想給她希望，是不是應該直接拒絕她？」雲厘左看看又看看，翻起舊帳，「就像之前拒絕我一樣。」

「……」

傅識則將車停在路邊，看向雲厘，她說這話時毫無慍色，他神色一軟，解開安全帶靠過去輕抱著她。

抱沒幾秒，他托著雲厘的臉，舔了舔她的唇，她一愣，迅速反應過來，摟住他的脖子。

氣都喘不上了，傅識則才鬆開她，幫她扣好安全帶。雲厘見他的手機螢幕一亮，已經十通未接來電了，遲疑地問道：「把她丟那邊是不是不太好？」

今天見到這個情況，雲厘能猜出是林晚音單方面死纏爛打，而且靠著背後的長輩，她也不顧對方的態度和情況。

不過，如果林晚音是未成年又特地跑來找傅識則的話，她出了什麼意外，他確實不可避免會遭受其他人的譴責。

雲厘不想這種事情出現。

傅識則望向她，雲厘半開玩笑：「畢竟是你的外甥女，某種程度上對你死心塌地……」

不想再談這件事，他也似是而非地半開玩笑：「沒親夠？」

「……」

到家後，雲厘被鄧初琦的驚嘆號連環轟炸。

鄧初琦：『妳和夏夏小舅同居了？』

雲厘不知道她從哪來的消息，回覆：『怎麼可能，誰和妳說的。』

鄧初琦：『那個林晚音啊，夏夏說她發動態說你們同居了。』

這話驚得雲厘從沙發上跳起來，匆匆忙忙拿著傅識則的手機到廚房，他正在洗草莓，雲厘問：「我能看看你的手機嗎？」

傅識則「嗯」了聲，不急不慢地洗了個草莓，自己咬了一半，將剩下的一半放到她唇前。聚焦到眼前的物品時時，他的臉有些模糊，雲厘輕張嘴，他將草莓推到她唇裡，指腹在她下唇上滯留著摩挲了兩下。

雲厘紅著臉推開他的手，心慌意亂地將草莓吞下去。

在好友裡搜尋林晚音，聊天欄中，最近的幾則是語音訊息，再往上全是『？』，雲厘往上一拉，均是漫無邊際的問號。

「……」

點進她的動態，最新一則：『來找小舅舅玩，小舅舅和女朋友急著回家，我是一隻可憐的單身狗嗚嗚嗚。』

他們兩個有不少好友，先是點讚了一大片，下面有幾則留言比較突出。

爸：『（偷笑）。』

媽：『（偷笑）。』

媽回覆了爸：『普天同慶（鮮花）（鮮花）。』

爸回覆了媽：『（大拇指）（大拇指）（大拇指）。』

這應該是傅識則的父母。兩人都還沒和家裡說談戀愛的事情，林晚音這一次推波助瀾直接在他親戚前官宣了兩個人的戀情。

反而讓她心裡有些開心。

回到聊天主畫面，傅識則的父母傳了不少訊息，她沒點開看，一個視訊電話打過來，是他父親。

雲厘把手機拿到廚房，傅識則皺皺眉：「不接。」

超時沒接通，視訊電話還是鍥而不捨地打過來，傅識則關了水龍頭，拿起手機，卻只是調成靜音。

「……」

「要不然還是接一下？」雲厘見他手機螢幕暗了又亮，有些不忍心。

傅識則：「他以前不會打視訊電話給我。」

雲厘：？

傅識則：「大概林晚音和他說了，他想見妳。」

見雲厘沒什麼反應，他停下手裡的動作，問：「妳想見？」

「不不，這太快了。」雲厘立刻搖頭，說了話後，她還覺得不夠，幫他將手機翻面，這樣便看不見視訊通話的提示。

她拒絕得這麼快，傅識則抬睫，目光若有所思。

水順著果籃流到水槽裡，傅識則關掉水：「妳覺得快嗎？」

肯定的回答聽起來像對感情沒太大信心。

但是，她還沒做好見家長的準備。

雲厘違心地搖搖頭，一臉為難地說道：「見面也可以。」

她一副受了驚的模樣，傅識則垂頭失笑，故意道：「將老爺子晾在一旁是不太好。」他邊說邊拿起手機，「還是接吧。」

螢幕上的接聽鍵像是放大了無數倍，眼見傅識則要直接按上去，雲厘直接反口，說了一聲「不行」，便伸手去搶他的手機。

傅識則將手機拿得很高，憑雲厘的身高根本碰不到分毫，見她原地跳了兩下，吃力地去搶他的手機，動作笨拙。

他忍不住低笑出聲。

雲厘瞪他一眼，還鍥而不捨地去搆他的手機，傅識則直接抓住她的手腕。

這力氣讓雲厘愣了幾秒。

她安靜下來。

傅識則鬆鬆眉眼，問她：「真的不行？」

雲厘故意道：「不行。」

傅識則：「住同一個帳篷呢？」

雲厘：「不行。」

傅識則：「只能答一個字。」

雲厘頓了一下，反應過來：「不。」

「那好。」傅識則神色沒變化，直接掛掉了新的來電提示。操作完後，他向後靠著檯面，不發一言地看著她。

看得雲厘心裡發毛。

她對這個場景或多或少有些猜想和期待，只是不想被他牽著鼻子。她堅持了好一陣子，認了：「你能不能穿衣服睡覺？」

「……」他彎彎唇角，「妳平時睡覺穿衣服嗎？」

「穿。」

「可以，」他側頭反問：「那妳能不能不穿衣服睡覺？」

「……」

說不過她，雲厘只能認命地等待那一天的到來，奇怪的是，隨著時間一天天接近，她心中的緊張感反而越來越少。

好幾次都在想他會不會買情侶睡袋。

到露營的那一天，傅識則開車來接她，他已經提前收拾好行李。營地離市中心三小時車程，他們單獨開車跟在巴士後。

傅識則幫她繫好安全帶，啟程出發。

營地在一個廢棄的公園裡面。

等他們下車時，先到的人已經將頭燈帶上，零零星星的光點散布在一片靜止的烏黑中。

這個活動可以向俱樂部租借帳篷和睡袋。

傅正初打開後行李廂，搬了帳篷出來：「小帳篷是兩個人一頂，大帳篷是三個人，大家組一下隊吧。」

傅識則自己帶了帳篷，他找了個角落，撐開帳篷扎地釘到土裡。

是頂橙色的雙人帳篷。

雲厘在他的斜對角，拿起一個地釘，黑暗中傳來唐琳的聲音：「這個角落很偏僻。」

唐琳滿意道：「很不錯。」

光打到雲厘臉上時，兩人看清對方。

雲厘這才留意到唐琳右手抱著帳篷包，左手扯著一臉茫然的傅正初。

傅正初沒遇過唐琳這陣勢的人，見到雲厘和傅識則後更是緊張，忙說道：「學姐，我幫妳搭帳篷。」

「哪能算幫我呢。」唐琳拍拍他的肩，「只剩一頂帳篷了，我們將就吧。」她還一副善解人意的模樣：「怕被人說閒話，我還特地找了這麼角落的位置。」

傅正初：「……」

唐琳朝雲厘眨眨眼：「這位置不錯。」

雲厘立即漲紅了臉。

「不用了，學姐，妳用這個帳篷吧。」傅正初頭都要炸了，「我喜歡當守夜人。」

見他如此抵抗，唐琳也沒再繼續逼他，轉向問雲厘：「要不然我們一個帳篷？讓妳男朋友和隊長一起睡。」

雲厘遲疑了一下。

傅識則忽地開口：「她和我睡。」

話一出口，他似乎感覺不合適，又慢慢地補充道：「一個帳篷。」

好在唐琳沒再繼續堅持，搭好後，雲厘見著大平地上的十餘頂帳篷，拍了張照片。

其他人已經坐到事先布置好的小火鍋旁，雲厘和傅識則找了個角落坐下，冷風灌到大衣裡，凍得脖子發麻，雲厘往手上哈著氣。

傅正初作為這次活動的領隊，安排同行人將手電筒聚在一起用來照明。他拿出行程表說起這次的安排，幾個俱樂部的人拆了零食和飲料，放在超市袋裡，讓大家自取。

傅識則起身往超市袋那邊走去。

雲厘以為他要去拿吃的，便坐在原處認真聽著傅正初講話。

再度感覺到旁邊有他的氣息時，絨絨的毯子披在她的肩上，他纏了兩圈，將寒冷阻擋在外。

雲厘把臉半埋進毯子裡，往旁邊偷看傅識則的側臉，他的眼中倒映著小火鍋下的火光，黑色大衣不是高領的，冷風陣陣打在他的脖頸上。

雲厘將毯子解開，從他的身後裹過去，他的手接過，繞回到兩人的身前，打了個小小的結。

毯子下兩人的身體緊靠著彼此，雲厘悄悄地摸了摸傅識則的手背，他順勢反握回去，向上摸索按捏著她的手腕上端。

周圍熱鬧非凡，其餘人談笑不止。

雲厘卻感覺，整個世界只剩下毛毯中的他們。

他的溫度、手上的力道，清晰地傳遞給她。

來到此處之前，雲厘以為全程她只需要和傅識則待一起，不用和其他人有交集。

十幾個參與活動的人輪流進行自我介紹。現場只有他們一對情侶，唐琳笑問道：「你們是怎們在一起的啊？」

雲厘看了傅識一眼，應道：「就是認識了……」

另外一個女生問：「然後兩情相悅嗎？」

雲厘：「不是，追的。」

「誰追誰？」

雲厘不憚於承認自己追的傅識則，還未來得及說話，傅識則道：「我追的。」

她看向傅識則，他還配合地捏住她的手指，話題一瞬帶過。其餘時候，她和傅識則像兩隻與世隔絕的生物躲在毯子裡，兩人默默地盯著眼前的小火鍋。

雲厘聽著隔壁的人討論之前參加過的徒步活動，她頭朝向那邊幾次，想說點什麼，又始終沒有勇氣。

有人來主動找他們搭話。是隊伍壓隊的男生，和傅正初同一個社團。

「我叫顧愷鳴。」男生拎了瓶酒，用紙杯各倒了一杯給他們，往常傅識則會拒絕，這次他卻沒有。

雲厘打了個招呼，顧愷鳴大大咧咧地在他們的野餐布上坐下。

「你女朋友很漂亮啊。」這話顧愷鳴是和傅識則說的，他點點頭：「謝謝。」

「你別害羞，大家人都很好。」顧愷鳴注意到雲厘的緊張，朝她笑道：「我跟妳介紹一下其他人吧。」

雲厘看向傅識則，他點點頭，自己對此卻不感興趣，待在原處玩那個小火鍋。

老社恐一枚，雲厘卻也嚮往能融入這樣的集體。她跟在顧愷鳴身旁，不太會說話，卻能鼓起勇氣，在別人的帶動下融入話題。

回頭看傅識則的時候，他在原處百無聊賴，嘗試和他聊天的人沒說兩句便被他的淡漠逼退。

他的目光始終跟在她身上。

這充滿支持的目光為雲厘打了劑強心針，等她再回過神看傅識則，已經過了一個多小時了。

他還坐在原處，那邊的手電筒已經被其他人拿走了，隱匿在黑暗中的模樣略顯落魄，雲厘頓覺得有些內疚，和其他人打了聲招呼便跑回他身邊。

「我過去太久了。」她坐下，剛才她過去時傅識則讓她帶上毯子，此刻他身上已經冰冰涼涼的，雲厘用毯子把他圍了兩圈。

他待在這，整個人的狀態就像塊冰，雲厘莫名覺得好笑，問：「還冷不冷？」

傅識則：「嗯。」

雲厘將毯子收緊了點，覺得他是認真的：「那怎麼辦？」

他盯著她：「需要熱源。」

雲厘：「……」

「走吧。」他起身，將雲厘也裹在毯子裡，拉著她往樹林裡走，這時大部分的人都散了，他們的離開沒有引起其他人的注意。

他們兩人走到一塊草地附近，這是塊低地，草地不大，三面環著石頭。是個很隱蔽的地方。

雲厘還在觀察這個地形，沒注意到下陷的地，絆了下往下倒。摔到軟草叢上，倒是不疼，動作卻有些狼狽。毯子裡的傅識則也被她拖到地上。

他還笑了聲。

雲厘有些無語，剛想起身，他的雙手穿過她手臂間的縫隙，撐在地上，身體前傾靠近她，雲厘節節後退，順勢倒在草地上。

光線黯淡，看不清他的五官，氣息卻極為熟悉。傅識則的呼吸慢慢加重，雲厘此刻的反應是先看看四周。

他輕扣住她的下巴，讓她直視自己，笑道：「關鍵時刻總是不專心。」

「萬一被人看到了……我在幫我們排除隱患。」雲厘辯解道。

「隱患？」他湊到她耳邊：「在妳面前。」

不等她有反應，傅識則的唇落在她臉頰，逐步移到她的唇上。雲厘看著那雙垂著的眸，還有天上遍布的星星，她費勁力氣翻了個身，將傅識則壓到身下。

他身體一僵，眸色漸沉，控制著自己的呼吸。

雲厘先碰了碰他的唇角，第一次用這個姿態親吻，她臉色泛紅，喘著氣道：「我想讓你也看一下星星。」

傅識則才注意到她身後的星海，她的雙眸明淨，和他說話時軟軟的，剛才的動作極其單純沒有其他意思。

他的欲念還在，抬頭想親她，雲匣避開，推了推他的胸膛：「你看看嘛。」

語氣聽起來有點嫌棄。

「好。」

他順從地直接往地上一倒，雲散盡，漸變的青灰色天空染上點點白光，還有一串透明的薄霧。

不只是星星，是銀河。

她認真而執著地想讓他見到，她見到的美景。

傅識則忽然笑了起來，完全不克制笑意。

「看見了。」他笑道：「還看見妳。」

托住雲匣的後腦，將她往下壓，另一隻手箍緊她的腰，濕熱的唇又貼在一起，他毫不掩飾此刻的心動，將無法收斂的情感一次性釋放。

兩人平躺在草叢上，肩膀併著肩膀。晚風輕蕩，鼻間是輕微的泥土味，四周一片寂寥。

雲匣首次見到大片的星星，銀河像魅影佇立一角，感受到手心的溫熱，她彎彎眼角。

想偷看傅識則，她轉頭，卻撞進他眼眸中，雲匣怔了下：「你不看星星嗎？」

「不想看。」傅識則側著身，用手枕著頭，靠近了點，雙眸看著她，「不是來看星星的。」

回到帳篷，傅識則將手電筒掛在上頭。營地偏僻，沒有洗手間。她不方便和傅識則一起做這些事，和唐琳約著找了個小角落。

唐琳性格外向，和其他人已經混熟，剛才他們一起去看星空。

「雲厘，妳都沒看見啊，妳男朋友說追妳的時候，周圍的人好羨慕啊。」唐琳做了個誇張的表情，模仿當時其他人的神態，「不過也確實是啊，妳男朋友那個性格，我還以為是妳倒追他。」

「他這麼冷，應該愛妳愛得死去活來才下決心追的吧。」

雲厘沒想過唐琳說的這些，他們的感情就像正常的情侶般穩步發展。

有時候她會想傅識則為什麼喜歡自己，但她並非喜歡自討苦吃的人。

傅識則看起來是挺喜歡她的。

不過，愛得死去活來，應該也沒到那個程度。

唐琳繼續道：「其實我也好羨慕妳，妳男朋友真的他媽太帥了，又帥又酷又只對妳一個人癡心啊，啊，我也想要。」

被她拉回神，說到癡心，雲厘想起傅正初交過四五個，問道：「妳是在追傅正初嗎？」

「Yes！」唐琳有些沮喪：「不過他有點冷淡欸，我加了他好友，回得不太熱情。」

和印象中傅正初的人設不符，雲厘沒說話。

「他今天好像和妳男朋友講話了，他們認識嗎？」

雲厘淡定道：「我男朋友是他舅舅。」

「……」

唐琳嘴角一抽：「妳男朋友看起來沒這麼老啊。」她壞笑道：「熟男也不錯的，能照顧妳。」

「我男朋友和我同歲。他們只是輩分不同。」雲厘解釋了下，唐琳沒怎麼聽進去，眼睛發光：「那你們和傅正初不就很熟？我家開寵物店的，要不然你們叫上傅正初一起來吧？」見雲厘猶豫，她晃了晃她的手臂，撒嬌道：「拜託了，全部免單，妳男朋友那麼帥，一定喜歡狗的！」

雲厘頓時有些無言，這二者好像並無關連。

不過，那天在加班附近，傅識則特地買了魚蛋去逗弄小狗。

那幕畫面令她印象深刻。

她只說自己要回去問問，沒給唐琳准信。

「不過啊，妳男朋友那麼帥，妳得看緊點，我之前男朋友也很帥啊，衝動和我在一起了，過了新鮮期就很冷淡了。」唐琳用礦泉水沖了沖手，「最好早一點確定關係。」

確定關係？

雲厘面露疑惑，唐琳用眼神回答雲厘，就是她想像中的那個確定關係。

她一時語噎。

回帳篷後，雲厘還想著唐琳說的話，心中隱隱的不安在見到那張臉後煙消雲散。

盯著那張臉，雲厘越來越滿意。

她靠緊他：「他們說有你這個男朋友，我很有面子。」

傅識則在帳篷裡待了一陣子了，隨意道：「妳覺得呢？」

雲厘：「我一百個贊同。」

他揉揉她的腦袋，放鬆地滑著最新的科技新聞。

「我做了甜點給你。」雲厘從包裡拿出幾個小份的蛋糕盒子，「要不要也送一盒給傅正初？」

傅識則：「讓他自己來拿。」

雲厘：「那你現在吃嗎？」

傅識則：「嗯。」

她拆了一盒，傅識則卻一動也不動，手機螢幕上快速地滑過一篇篇的文章。

雲厘直接將蛋糕放到螢幕前。

傅識則懶懶地往後一靠：「沒有手。」

他環著雲厘，另一隻手拿著手機，雲厘無語，用勺子挖了一口。

他勾著唇吃掉。

吃完甜點，兩人到外頭洗漱後，傅識則回來將睡袋鋪好。他帶了兩個睡袋，並不是雲厘想像中的情侶睡袋。

鋪開後，雲厘盯著他，他沒有按照之前說的裸睡，只是脫了外套和毛衣直接鑽了進去。

雲厘有些失落。

她是個蠻保守的人，本不該有過多的想法。

可能是由於之前的鋪墊，讓她對這個夜晚有過想像。此刻現實和理想存在差距，她心裡免不了失落。

留意到她的表情，傅識則摸不清她的想法，忽然問她：「妳想看？」

他從睡袋中出來一半身體，坐直，頂著她的視線，雙手捏著衣服下擺，開始慢慢地往上提。先是一小寸白皙的皮膚露出，隨後是他的腹部。

雲厘呼吸一滯，連忙抓住他的手，小心地幫他把衣服復原。

他盯著她的動作，覺得好笑，兩人還沒繼續周旋，傅正初的身影在帳篷前晃了晃。

拉開鏈子後，傅正初接過雲厘遞給他的蛋糕盒子，餘光瞥見帳篷裡分開的兩個睡袋，他嘆息著搖了搖頭。

回到自己的帳篷後，他拆開蛋糕，是抹茶口味的，點開和傅識則的聊天室。

傅正初：『小舅，你居然帶了兩個單人睡袋。』

傅正初：『你是不是不行！』

手機響了，是一個簡單的顏文字，內容是放大了的「哦」。第一次看見傅識則用顏文字，傅正初眨眨眼睛，差點被蛋糕嗆到。

周遭的燈陸續熄滅，傅識則用小鍋煮了點開水，灌到熱水袋裡。雲厘的睡袋還是一片涼意，熱水袋放進去後，她才感覺腿間暖和了許多。

他們都是下半身包在睡袋裡，雲厘坐在傅識則旁邊陪他一起玩手機。

「你的生活還挺單調。」雲厘看了看他的應用軟體，除了數獨和二〇四八以外沒有其他娛樂，平時他用手機只是看看新聞查查資料。

傅識則看向她放在一旁充電的手機。雲厘解了鎖，她的螢幕五顏六色，充滿了各式各樣的程式，作為直播主的她也會定期解鎖新的技能，比如編繩、折紙之類。

她現場折了個花燈球，見他還挺感興趣，她便拿了兩張新的紙，一步一步教他。

傅識則：「動作不對。」

雲厘露出困惑的表情，低頭看著手中折了一半的東西，「是對的。」

不需要她進一步理解，傅識則從睡袋裡鑽出來，挪到她身後，將她拉到自己懷裡。

讓她坐在自己兩腿間，從後環住她，下巴靠著她的右肩。

這樣他可以從她的視角看折紙的過程。

還可以抱一抱。

原本只是想教下他怎麼折紙，這時他的呼吸反覆撲到她的鼻尖。

折紙是個高度專注的過程，可此刻，雲厘的思緒卻被他侵占。

她不知不覺想起兩人從剛認識到現在的畫面，貼身的溫度似乎在告訴她——

他們已經親密無間了。

想起唐琳說的話，雲厘發呆片刻，她停下動作，被傅識則的話拉回了神，「在想什麼？」

「在想雲野過來南蕪的事情。」雲厘扯了個謊，低著頭繼續擺弄手上的紙球。

傅識則從側面盯著她，感受到她的不安，「厘厘。」他按停了她用來掩飾的折紙動作：「說實話。」

雲厘發了一下呆，反覆玩著紙球，語氣中帶點不自信：「你是不是一時衝動才和我在一起的？」

「……」

傅識則懷疑自己聽錯了，他壓著笑說：「我表現得不夠喜歡妳？」

「你還笑。」雲厘的失落被他這一笑撇到九霄雲外，她吐槽道：「那也可以解讀成，你表現得很有經驗。」

傅識則：？

「不像第一次談戀愛的人。」

「……」

她氣定神閒地說出這兩句話後，傅識則沒受刺激，摸了摸她的耳垂：「那以後可能會覺得我不是第一次。」

「……」

大晚上開車，帳篷裡的空間不大，更顯得氣氛旖旎，雲厘紅著臉道：「你不能總是說這種笑話。」

傅識則對自己的言語毫不掩飾，懶洋洋道：「本性難移。」

「……」

玩笑歸玩笑，傳識則沒有忘記雲厘的顧慮。

兩人繼續將紙球折完，傳識則用紙球碰了碰雲厘的鼻尖。

她笑著躲開，傳識則環著她，湊在她耳邊一字一句道：「厘厘，我已經很久沒像今天這麼開心了。不是因為露營，也不是因為星辰。」

他攬住她，「是因為妳。」

入睡時已經凌晨一點了，雲厘側身朝著傅識則的方向，黑暗中看不見他，但是，他在那裡。

察覺到她沒睡，一隻手伸過來撫了撫她的臉。雲厘迷迷糊糊的，貼著他的手睡著。

被風聲吵醒時，雲厘直覺地感覺傅識則不在身邊。她用手機打了個燈，旁邊空蕩蕩的。

凌晨四點。

她有些茫然，他的手機還在帳篷裡。在原處等了一下，雲厘換好衣物。

風中摻了涼意，雲厘摟緊外套，往夜晚和他一起待的那塊草叢走。一路無聲，鞋子踩在枝椏上作響，還有一點距離，雲厘便看見那個熟悉的身影。

他坐在不遠處湖邊的石墩上，穿著好幾層衣物，背影仍瘦削，指間夾著菸。

吐煙霧時，空氣中擴散開灰色的氣團。

他似乎在出神，雲厘走向他的途中發出不少聲音，他都沒發現。

站在旁邊，雲厘才看見石墩上放著他的卡夾，翻到某一張學生證。

這麼久以來，雲厘沒有問過他以前發生的事情。

讓傅識則變得如此沉默寡言和休學，她只覺得那必然是非常難過也無從提起的事情。

雲厘不知道他承受了什麼。

但肯定不是輕鬆的事情。

傅識則才回過神她來了，他掐滅菸頭，自然地拉過她的手讓她坐在旁邊。

男人身上濃濃的菸味，雲厘看了菸盒一眼，敞開著，只剩幾根了。

傅識則解開自己的外套，讓雲厘縮到他懷裡。

這個時間山頂上零下一度，雲厘不清楚他在這邊待了多久。湖面微光粼粼，水浪呈鈍角慢慢移動。

她看了那個卡夾一眼，能看清是那張花了一半的學生證：「我上次看到你卡夾了，好像有一張別人的學生證。」

傅識則沉默須臾，「嗯」了聲。

雲厘等著他進一步的回答，卻只等來了寂靜。這種沉寂彷若海裡的冰山橫亙在二人間，讓她意識到他們之間的隔閡。

雲厘反覆數著他的心跳，良久，他捏捏她的臉，問：「睡不著嗎？」

他沒有問，吵醒妳了嗎，而是問，睡不著嗎。

他已經出來一段時間了。

「沒有，我被風吵醒了。沒看見你。」雲厘掩住心中的失落：「你最近是失眠情況加重了嗎？」

傅識則：「還好。」

「如果你睡不著，要不要和我說說原因？」她解釋道：「你和我說了之後，可能心情會好一點。」

傅識則也不太記得剛才發生了什麼，他做了個夢，在控制學院的大樓前，道路陰濕，暴雨不止，他穿著Unique的隊服，渾身濕透，雲厘在雨中，並未淋濕身體，給了他一把傘。只有傘骨和傘柄，沒有傘面。開傘後，雨倏然帶著侵擾的力量重重打在他們身上，眼前的人也被淋濕。

夢到這裡停了，他醒過來，雲厘睡得正酣。

他一直湖邊發呆，冷風襲來，但他不想動。

從第一次見面到現在，雲厘的頭髮長到了肩胛骨處，染的色也褪去了。他垂頭，手指捲了捲她的髮，感受到木然的心重新找回溫度。

良久，他才說道：「胃不太舒服。」

「啊。」雲厘信了他的話，手隔著衣服貼在他的胃上，「這裡嗎？」她蹙起眉，「我記得奶油沒過期，蛋糕胚也是現做的，難道是那杯酒！」

雲厘想起顧愷嗚給的那杯酒，她推理的模樣像隻在滾輪上思考的倉鼠，傅識則覺得好笑，思緒集中到她身上，說道：「不是那個位置。」

「那這裡？」雲厘的手往下挪了挪。

「不是。」

「這裡？」

「不是。」他淡道：「隔著衣服摸不準。」

「……」

雲厘心急火燎，顧不上他是不是故意的，將打底衣服掀了條縫，手鑽了進去。摸到他熱意爆棚的腹肌。

她往上探了探，停在胃的位置，「這裡？」

她的指尖細嫩，貼在他身上時宛若點燃一簇簇火花，明明是大冬天，他卻全身燥熱起來，看著她的鎖骨，點了點頭。

他不自覺地反覆玩弄她的髮絲，雲厘忽然道：「要不然我們一起住吧？」

「……」

她的語氣裡沒有別的含義：「等下學期開學，我可以租個兩房的，這樣你一日三餐可以規律點，幫你養養胃。」

傅識則用毫無波瀾的語氣開玩笑：「那睡眠可能更不規律了。」

雲厘：「……」

盯著他那張素淨的臉，笑時眉眼間的冷銳帶點柔和，誘人犯罪。雲厘試圖打消他的顧慮：「你放心，我不會有非分之想的。」

傅識則笑了下：「我可能會有。」

雲厘：「……」

雲厘無奈道：「我可是很認真和你商量這件事情。」

聽了她的話，傅識則思忖了一下，態度認真道：「那我修改一下剛才的回答——」

「一定會有。」

雲厘：「……」

被他欺負多了，雲厘不甘示弱道：「我很有經驗，我和三名男性同居過……」她話沒說完，便感受到傅識則驀然靜默。

「不過呢。」雲厘沒打算這麼氣他，話一出口就想解釋，傅識則捏了捏她的鼻尖，「想讓我吃一隻狗的醋。」

雲厘：「……」

她爸、她弟，還有她家的狗。

雲厘覺得，自己的那點小伎倆在傅識則面前簡直是，無所遁形。

天亮後，幾人收拾好行囊便準備返程了。

傅識則一宿未眠，模樣睏極了，一路上沒怎麼說話。

快到七里香都時，傅識則接了通電話，簡單溝通了幾句，隨後開車精神便不太集中。

雲厘自己也開車，能感覺到他現在踩油門和剎車比剛才急一些。

「我外婆住院了，過去陪幾天。」傅識則沒有外露情緒。

往常他會送她上樓，雲厘能感受到他的焦急，她靠近了點，拉開駕駛座的車門，俯下腰抱住他的脖子。

「有事情你可以和我說。」她親了下他的臉頰，才鬆開。

傅識則點了點頭。

雲厘回去補了個覺，醒來時已經十點了，傅識則傳訊息告知她已經到醫院了，他外婆的情況還算穩定。

草草聊了幾句，想起露營的事情，雲厘心裡有些憂慮，打了個電話給鄧初琦。

鄧初琦已經等了一天：『聽傅正初說你們一起去露營了？』

「嗯。」

『過夜了？』

「嗯……」雲厘解釋道，「我們住帳篷，更何況黑燈瞎火的能發生什麼。」

鄧初琦忍不住笑，激動道：『就是黑燈瞎火才能發生什麼啊！』

她的語氣充滿期待，雲厘在紙上畫圈圈，嘆了口氣，「不是啦琦琦。」

『這是怎麼了？你們吵架了？』

「不是……」雲厘不知道怎麼準確描述這種隔閡感，「這一個月我們每天都很開心。」

她聲音小了點，「但就是，他不和我說事情。他的性格很好，所以我們可以相處得很愉快。」

『他的性格很好嗎？看不出來啊。』鄧初琦的關注點在後面半句話。

「……」

『那你問過他了嗎？』鄧初琦瞭解雲厘的性子，覺得她的提問也不會太直接。

「我問了……他不想回答，我也不想繼續問……」

商量了一下，沒有得出解決方法。鄧初琦安慰她：『談戀愛開心就好啦，不就是吃吃喝喝玩玩樂樂，到分手才考慮不開心的事情，妳不要想那麼多。』順帶跟她講了一大堆戀愛經驗，但都套不到她頭上。

聊完天已經十點半了，雲厘心情好了點。家裡沒有礦泉水，她下樓到附近的超市買了兩瓶，提著往回走。

雲野：『雲厘，我期末考年級第六。』

雲厘：『哦。』

雲野：『？？』

她之前答應雲野如果他保持住成績，就幫他買機票。但這時傅識則不在，雲厘並不想自己和尹昱呈一起監督兩個小孩子談情說愛。

她還杵在原地想這事，側邊突然傳來陣流裡流氣的笑聲。

「小妹妹。」

雲厘轉過頭，兩顆樹之間站著個人，體格不明顯，像是拿東西裹成團。她警惕地繃緊身體，男人往前走了一步，在路燈底下，嘩的一下將裹著的東西敞開。

她表情明顯呆住，這個反應讓男人滿意，他猛地往雲厘的方向撲。

雲厘本能性地將水丟向他，轉身往七里香都跑去。

跑到腿都要斷了，她才停下腳步，樹葉碰到她肩膀，她以為是男人追上，驚恐地往後一躲。

身後一片平靜。

除了恐懼之外，雲厘一陣反胃，那又肥又膩的肉團，還有男人浪蕩無恥的笑聲。

是很久以前何佳夢說的那個變態嗎？

她回了公寓，將門反鎖，顫抖著手掏出手機打電話給傅識則。

剛撥出去，她又冷靜下來。

電話已經接通了，他的聲音有些疲倦，柔聲喊了喊她。

『厘厘。』

聽到他的聲音，雲厘的淚水差點奪眶而出，她控制住情緒，小聲問：「什麼時候能再見面？」

傅識則聲音有些沙啞，一夜未眠，應該到那邊後一直沒休息：『過幾天吧。』他頓了下，『想我了？』

「嗯……」

她沒再說話。

傅識則走到比較安靜的地方，注意到她的沉默，輕聲問：『怎麼了？』

他也有事情，雲厘不想讓他擔心，語氣故作輕鬆：「沒有啦，就是你不在，不太習慣。」

她恍惚了一下，她確實不太習慣。

自從遇到藍毛的事情後，她不太會在深夜出門。這一個月因為傅識則的時刻陪伴，她篤定了一切都是安全的，才會在十點鐘獨自出門。

就像他離開的後遺症。

她覺得他一直在自己身邊。

她盯著桌上他留下的折紙，鼻子發酸，她希望他此刻在這裡，希望他能陪著她。

她一直以為，自己受過足夠多的教育，對這種事情不會羞於啟齒。可此刻，她卻很難開口。

她這才發覺，她覺得很羞恥，很丟人，她怪自己當時沒有足夠多的勇氣反抗那個變態，也怪自己看見了不潔的東西。

第二天雲厘去警察局報了案，由於人身安全沒有受損，事發區域又處於監視盲區，員警只能叮囑她夜間不要單獨出門，再遇到類似事件即刻報警。

今年過年早，學生大多已經離校。傅識則短期內不會回來，雲厘有些害怕，幫雲野訂了兩天後來的機票。

翌日在ＥＡＷ結束實習後，她收拾好東西，遇見守在徐青宋門口的林晚音。

一出門，雲厘收回自己的目光，加快腳步往外頭走。

後面的人撐住沒關上的門，她回頭，林晚音也出了EAW。雲厘站在原處，等林晚音先走了，才鬆了口氣。

又路過上次那個地方，雖然是白天，雲厘還是心驚肉跳，加快腳步。

安全路過，雲厘才澈底放鬆。

迎面走來一個男人，身上穿著規規矩矩的運動裝，戴著副金框墨鏡。男人盯著她，雲厘腳步一僵。

趁雲厘沒反應過來，他快速解開褲子。

手機已經緊急報警，男人還試圖靠近她，雲厘腳步一動，轉身想跑，旁邊有個人影和她擦過。

林晚音揹著小提琴，日系的著裝造型和長相讓她看起來文文弱弱。

她氣勢洶洶地走上去，冷笑道：「你想給我們看什麼？就這麼一丁點。」

事發突然，男人和雲厘都沒反應過來。

林晚音的動作幅度不小，將小提琴往下一帶，一副要和他拚了命的樣子。男人首次遇到這麼反抗的，臉色一變提起褲子就往後跑。

受到褲子的約束，男人的速度並不快。林晚音沒放過他，脫下鞋子追著他打，等他腳步方便了跑遠了，便將鞋子往他逃跑的方向扔去。

「別再讓我見到你，傻子，下次直接拔掉！」她對著那個背影大喊，女孩子的聲音清亮，穿透方圓幾百公尺。

第十八章　林晚音

林晚音撿起鞋穿上，往雲厘的方向走來。

拋卻之前的事情，雲厘在心裡對她豎了個大拇指。

報警電話已經接通，雲厘簡明講述了發生的事情，她上班時見過男人的背影，只不過看清臉時才認出來是昨天晚上見到的那個。看起來是一直在附近遊蕩。

「妳第二次遇見了？」聽到她的電話內容，林晚音問道。

她拍拍手上的灰整理一下自己的著裝，除了說話時表情略顯跋扈，看起來確實會讓人覺得是個文弱安靜的高中生。

「嗯，我已經報警了。」雲厘實誠道，「妳很勇敢……」

「我們有兩個人。」林晚音沒接受她的讚美：「一個人我才不追，我又不傻。」

語畢，兩人對視，林晚音從上往下把她打量了一遍，皺著眉頭道：「兩個人妳也不敢追，妳是不是太包子了點。」

「……」

「還讓我一個未成年去追。」

雲厘不太贊成，不知道男人會不會有偏激行為，她還是會選擇離開現場後報警。

不過，林晚音說的也是實話，確實是把變態趕走了，雲厘忍氣吞聲道：「知道了，下次換我去追。」

「我走了，妳自己注意安全。」她心情不佳，不想再此處多逗留。轉身回家。

走沒兩步，發現林晚音跟在她身後。

雲厘只覺得這兩天的生活一團稀爛，她快步回了家，反鎖，在沙發上坐了好幾分鐘。

起身回到門前，她透過貓眼，發現林晚音在門外徘徊，站了一下後，靠著樓梯中間的牆坐下。

應該是在樓下偷看她停留的電梯層。

對這個傅識則的外甥女，雲厘此刻只覺得自己的身分怪怪的，有點像長輩，又有點害怕這個麻煩。

她將門開了條小縫。

林晚音騰地從地上跳起來。

「我告訴妳一件他的祕密，你們出門能讓我跟著嗎？」林晚音擔心被拒絕，小聲道：「我是網紅，我之前在平臺上說他是我男朋友。」

她話鋒一轉，「我不指望他真的喜歡我，你們就在網路上幫我圓一下夢。」

「……」

「徐青宋不也挺帥的嗎？」

「阿則是升學考狀元耶，別人就會說我有個高富帥學霸男朋友。」林晚音已經構想過自認為最完美的一切。

雲厘無語了。

林晚音哀求她：「拜託，妳就幫我撮合一次，妳以後說不定還是我舅媽。」

雲厘：「我幫妳撮合了還能是妳舅媽嗎？」

她拒絕的意思很明顯，雲厘覺得自己被時代淘汰了，不太能理解年輕人想幹什麼。

林晚音拿出和傅識則說話的語氣：「妳如果這樣，我就告訴外公外婆，妳絕對進不了他們家的門。」

雲厘平靜至極地盯著她，慢慢道：「那時候你舅舅會自己進我家的門。」

「……」

意料不到的反擊，林晚音眼睛轉了轉，不甘示弱：「我和阿則認識了十七年了，你們才認識多久？」

「半年多吧。」雲厘配合道：「可惜是我這個只認識了半年多的成了他女朋友。」

「……」

兩人就像小學生一樣站在門邊吵架，雲厘莫名被她帶動了情緒，吵累了，她嘆了口氣道，「妳舅舅不在這裡，妳在這待著沒用的，回家去吧。」

「我知道啊，曾祖母生病了嘛，阿則在那邊陪著嘛。」林晚音繼續道，「不過妳為什麼沒跟著去呢？阿則從小跟著曾祖母和曾祖父長大的，曾祖父已經去世了，他現在肯定很難過。妳真是個不稱職的女朋友。」

「……」

剛才沒吵贏，現在見到她的表情，林晚音不禁解氣地笑了：「妳不會連這些都不知道吧？妳完全不瞭解他，和他談什麼戀愛？」

雲厘不說話，林晚音更加囂張了：「哦，我知道了！你們談的是短期戀愛吧？」

雲厘沉默了一下，才回應道：「這些我都知道。」

而後，雲厘極度不悅地帶上了門：「快回家去。」

雲厘傳訊息給徐青宋告知他林晚音的行蹤。坐回沙發上，她失神地拿起桌上的折紙。

她確實什麼都不知道。

心裡有些委屈，也有對自己的怪責，是她沒勇氣開口問，也是她給了別人指摘的機會。

想起今天和林晚音的接觸，她心中有說不出的滋味。

林晚音嬌氣蠻橫，極為強勢，絲毫不隱藏自己的情緒，也不在乎影響對方的心緒。她對著傅識則卻一直唯唯諾諾。

窩在沙發上糾結了一陣子，雲厘拿上包，穿鞋出門。

她聽傅識則提過老人家在南大附一醫院，只知道是心血管科。找到了科室住院部後，她在外頭的長椅上坐著。

正常情況下雲厘不會做這樣的事情，總覺得有些唐突和冒失。可她想著，這個時候，他可能會需要陪伴。

她不喜歡有隔閡的感覺，她想當那個瞭解他以及陪伴他的人。

病房內，傅識則在病床前坐著，傅東升和陳今平兩個人在他身邊沒停過嘴，床上的老人已經耳背了，目光和善地看著這個場景。

傅東升語重心長：「兒子，爸爸來陪床就好了，你回去陪女朋友吧。」

陳今平附和道：「爸媽這段時間都沒事，你去談戀愛吧。」

兩人自從看見林晚音的動態後，便反覆和傅識則確認，但都沒有得到他的回覆，他向來不和他們說自己的事情。

時間久了，他們便懷疑這個女朋友是不是真的存在，但凡見面便開始瘋狂試探。

傅識則當沒聽到，靠在床邊，輕拉著老人布滿紅黑斑點的手。

「不願意跟我們說也罷，但你別晾著人家女孩子。」傅東升勸道，「剛才我們進來，就有個女生坐在外頭，是不是在等你？」

「……」話說得越來越離譜了。

傅識則：「不認識。」

不想聽他們掰扯，傅識則起身想去外頭抽根菸，走到門口，看見窈窕熟悉的身影窩在長椅上，低頭看著手機。頭髮垂在兩邊擋住了耳朵，露出的臉頰白皙柔軟，秀氣微翹的鼻頭下方，淡粉色的唇微潤。

傅識則推門出去，目光變得柔和，走上前拉起雲厘的手，在她額上貼了一下：「我等等就出來。」

傅東升還有話想跟他說，跟在他身後，直接見到這一幕。

「……」

傅識則回來穿上外套，對他們兩個道：「你們照料一下。」

「那個女生是你女朋友嗎？爸爸媽媽可以出去和她打個招呼嗎？」

傅識則不語。

「爸爸知道這個話有些越界啊，你別在意，那女生剛剛真的是在等你嗎？人家女孩可不是隨隨便便的。」

「……」

「兒子啊，親了別人要負責任的。」

陳今平震驚地捂住嘴巴：「親了？」

傅東升慷慨陳詞：「我親眼看見的。」雖然是親額頭上了。

傅識則戴上那條灰色圍巾，懶得理他們，直接出了門。

雲厘在這等了一下，見到他便站起身來。

「我想來陪陪你，看看有沒有什麼可以幫你的。」她聲音軟軟的，帶了些安撫的意味。

傅識則牽過她的手，雲厘才注意到跟在他身後的兩個人。

她立刻意識到是傅識則的父母。

兩人穿著得體，看起來平和良善。陳今平禮貌而客氣道：「妳好，我是識則的媽媽，這是我先生。」

傅識則看了他們一眼：「……」

陳今平主動邀請雲匣到樓下的咖啡廳，傅東升沒跟著一起，老人有一對一的看護照顧，他們離開一下問題不大。

雲匣緊張侷促地跟在傅識則身邊，他看起來很平靜，對這件事的發生並不意外。

兩人五官雖然相似，但說起話來神態卻截然不同。陳今平講話時聲音柔和，拉著她簡單地聊了聊她的情況。

倒是和母親楊芳有點像。

在位子上沒坐多久，傅東升拿著個禮盒袋子過來了。他坐到陳今平旁邊，鬢角發白，但看起來神采奕奕。

傅東升面向雲匣問道：「雲匣，妳有小名嗎？」講話的語速很慢。

「其他人都喊我匣匣。」

「匣匣。」傅東升切換得很快，將禮物遞給她，「這次見面倉促，沒有提前準備禮物，只能開車去買了一個，希望妳不要介意。」

兩人沒和雲匣聊太多事情，只是殷切地邀請她下次到家吃飯。

終於有了獨處的機會，傅識則帶雲匣逛了逛住院區，他已經兩宿沒睡，見到雲匣時還以為自己出現幻覺。

「外婆年紀大了，經常住院，不嚴重。」傅識則簡單和她說明了情況，勾起唇角，「但我挺高興的，妳特地過來。」

自己的到來沒搞砸事情，雲厘露出笑容。

閒逛的過程中，雲厘正在幫自己做心理建設。

她在一旁糾結了半天，身旁的人輕笑了聲，摸摸她的耳垂：「等了半天了，還不說。」

「我見了你父母了。」雲厘慢吞吞說道，「我們的關係，應該算是更進一步了吧。」

「嗯。」

「那——」雲厘捏了捏他的衣角，「我對你的瞭解好像還沒到那個程度。」開了個頭，一切似乎順暢了很多。

「我自己的性格不太會去問。但是我不太喜歡這種不瞭解你的感覺。」

「我想當那個最瞭解你的人。」

傅識則等著她的下文。

說完這兩句話，雲厘改不了本性，又糾結道：「你會不會覺得我控制欲很強？」

「不會。不過——」傅識則笑了：「我喜歡被控制。」

「……」

明明語氣很正常，雲厘卻莫名其妙想到了別處，她戳戳他：「那你和我說說小時候的事情。」

傅識則「嗯」了聲。

見他湊近，雲厘用手抵住他，保持安全距離：「這麼說就行。」

「不行。」他抓住她的手，湊到她臉頰邊，壓低了聲音慢慢地說著自己的事情，說一下還要親一下她唇角。

沒有她想像中的複雜，他的父母是西科大教授，因為工作原因近幾年才常回南蕪。他從小和外公外婆住一起，一個月見父母一次，所以和父母不太親近。

講完這一段，傅識則仍意猶未盡，垂眸說：「繼續問。」

雲厘被他親得思緒全不在正事上，推開他，不打算接著問了。不過好在——看起來是因為她自己不去問，他是願意和她講的。

「我還有件事情想和你說，昨天不想你擔心。」雲厘斷斷續續地把遇到變態的事情說了一遍，肉眼可見的，傅識則眼角噙著的笑意褪去。

雲厘繼續道：「我已經報了警了，我能照顧好自己，但就是……我挺害怕的，我幫雲野訂了明天過來的票，可是，」她的聲音漸漸發顫：「我挺想你在身邊的。」

她說這些話的時候讓自己的語氣儘量平靜，傅識則看著她強逞的笑，沉默許久。

「有沒有受傷？」

雲厘搖搖頭。她當時覺得噁心，遇到林晚音後整個事件又帶了點喜劇色彩，現在她更多的情緒是再次遇見的恐懼。

他將雲厘攬到懷裡。

「厘厘，搬到我那吧。」他看向她，「今晚就過去。」

傅識則回病房拿了鑰匙，將陪床的事情交給父母。

想起雲厘打給他的那一通電話。

心中說不出的滋味。

她當時應該很害怕吧。

無以言說的自責感砸到他身上，他捏緊鑰匙，靜默地拉著雲厘到停車場。

啟動車子後，熱氣迅速布滿車廂，傅識則平復不下心情，又熄了火。

「厘厘。」他側過頭，良久，才輕聲道，「對不起，厘厘。」

對不起，我不在妳身邊。

一路上雲厘和傅識則聊了聊之後同居的事情，江南苑的房子是大三房的，地處南蕪市老城區中心，旁邊便是市政府，治安全市最佳。

他們分兩個房間住。

全程傅識則回應得很平靜，雲厘卻覺得他在想別的事情。

「以後遇到什麼事情，」傅識則忽然開口道，「第一時間通知我。」

雲厘「嗯」了聲。

到公寓拿了套換洗衣物和睡衣，傅識則將她接到江南苑，幫她騰了個空房間。

傅識則不讓她去陽臺，其他地方都可以去。

客廳裡一絲不苟，沒有什麼生活的痕跡，甚至桌上連包紙巾都沒有放。

雲厘對其他區域不感興趣，直接跟著他到了房間，書架上全是書和無人機模型，牆角擺著張床，放著深藍色的被褥。

「等搬過來後，我把七里香都的房租給你吧，原本也是打算拿來租房子用的。」雲厘不太想占他的便宜。

傅識則瞥她一眼：「不用房租。」

雲厘想了想：「那當做你的生活費。」她盤算了下，「以我現在的收入，應該也是可以養得起一個男人的。」

「……」

「明天雲野來了，我還是要回去住的，年後再正式搬過來。」

很合理的建議，有點睏了，傅識則帶著鼻音「嗯」了聲。

語畢，雲厘回房間稍微收拾了下。

兩天沒闔眼，這時看到床睡意無法遏制，傅識則背對著床倒下，用手背遮住燈光。

過了一陣子，雲厘回到他的房間，趴在他面前搖了搖他：「我現在還是客人，你得好好招待。」

傅識則睏得不行，將她拉到自己懷裡，轉身環住她：「在這招待可以嗎？」

這裡？

床上？

床上！！！！

雲厘不是小孩子，該有的畫面如數呈現在腦海中。她認真地思考了這個問題，他們在一起的時間太短了。雲厘用沒得商量的語氣說：「以後再招待吧。」

「……」

傅識則已經闔上眼，她這麼一說，他又睜開了眼睛，頭埋進她的髮中：「不僅是招待，以後我要好好對妳。」

他摟著懷裡的人，腦中不斷重播她遇事的場景，難以言喻的窒息感籠罩。睏意很盛，傅識則卻睡不著。他乾脆起身去洗澡。熱水沖在身上的時候，他想起傅東升特地跑去買禮物給雲厘。

那是一件稀鬆平常的事情，很多人初次見到男方父母，對方都會送見面禮。只是這樣一件事情，讓他意識到，類似的再正常不過的事件，以他過去的狀態是很難給雲厘的。

他可能會頻繁的傷害她，本質上與那個變態狂沒有差別。

洗完澡，傅識則才發覺自己沒拿衣服進去，他皺皺眉，用浴巾圍了一下。回房間時，雲厘還在，正端詳著床頭那個香薰。

「……」

他忘了這件事。

「你洗好了，這個香薰……」雲厘轉過頭，見到他赤裸的胸膛，水珠順著他的髮滴在身上和地板上，男人的眉眼沾了濕氣，寡淡中帶點柔和。

「那人被員警抓了，我順帶去要回來了。」傅識則泰然自若道，走到衣櫃前拿了套睡衣。

雲厘半天沒回過神，盯著傅識則的後背，水凝珠沾在白得過分的皮膚上，他側過頭，浸潤的髮貼著頰，雲厘直勾勾地盯著那一滴水順著脖頸滑到鎖骨側，再往下滑到胸膛、腹部，止於白色的浴巾。

「還沒看夠？」他拿著睡衣，話中帶著蠱惑，「靠近點看。」

雲厘失措地用手擋住眼睛：「我現在出去。」

看完了才擋眼睛，也只有她才做得出來。

「不用。」他說了後，雲厘定在原處，轉過身，身後傳來他換衣服的聲音。

雲厘心如擂鼓，沒多久，他遞了條毛巾給她，自己坐到床上。

「幫我擦一下頭髮？」

雲厘在他身後，從上往下可以看見他敞開的領子，她慢慢地擦著他的髮，正人君子道：「你釦子沒扣好。」

「今天下午五點一十七分，有人說要當最瞭解我的人。」傅識則淡定地複述她的話，將她的手拉到自己的衣領上，「現在不需要瞭解了嗎？」

「……」

雲厘比他還淡定，從後方將他的第一個鈕釦扣好。

她慢慢地擦拭著他的頭髮，動作很輕，傅識則的視線被毛巾擋住，感受到她在身後的溫度。房間裡安靜，方才的無限旖旎轉瞬變成溫馨。

他垂頭，向上拉住她的手，帶到自己的唇邊吻了下。

雲厘的心情不錯，幫他擦乾後，指著那些無人機問：「這些都是模型嗎？」

「不是，都是真的。」見雲厘感興趣的模樣，他放任的語氣說道：「可以拿去玩。」

每一個看起來都蠻貴的，雲厘也不敢玩，想起那個機器人影片被標成了搞笑影片，她現在的標籤還多了個搞笑網紅。

學的是理工科，雲厘偶爾還是會想出一些科技類影片，便問道：「可以借這些無人機做一期影片嗎？可能需要你幫一下忙。」

「嗯。」傅識則摸摸她的下唇，「有報酬嗎？」

他真是絕不錯過任何一個機會，雲厘彆扭道：「也不一定需要你幫忙。」

他微勾唇，裝作沒聽到這句話，雲厘理解他的意思，掙扎了一下：「我弟出鏡都不用報酬……」

也不是沒見過姐弟倆相處時雲厘的強勢，傅識則不禁說道：「他不敢要。」

「……」

「所以，有報酬嗎？」

「……」

兩人也做過不少親密行為，雲厘衡量了下，不虧，便隨口答應：「那也行。」

「能預付嗎？」他指了指自己的唇，「親這。」

「……」

親暱了許久，雲厘想起他剛才說的話，試圖維護自己的形象：「我對我弟也沒那麼專制。」

傅識則玩著她的頭髮：「妳不專制。」想起下午在醫院的對話，雲厘問他問題前都要反覆確認，和對雲野截然不同的模樣。

覺得對她不太公平，他頓了一下，才說道：「厘厘，無論妳做了什麼，說了什麼，我對妳的喜歡都不會因此改變。」

雲厘抬頭看他。

「妳可以對我專制點。」

他的目光平和，給了雲厘無限的鼓勵，等待片刻，她慢吞吞問道：「上次我問你的那張學生證，是誰的？」

「……」

傅識則玩弄髮絲的手指一僵。

氣氛瞬間僵滯。

雲厘敏感地感受到，她問了一個不該問的事情。

「我從小到大的朋友的，他去世了。」他的語氣毫無波瀾，繼續玩著她的頭髮，試圖讓自己轉移注意：「所以不太想提他的事情。」

雲厘聽到的時候，渾身一僵，她立馬坐直身體，結巴道：「對不起，我沒想到，我不該……」

「厘厘。」傅識則打斷她的話，拉拉她的手，「不用道歉。」

他繼續道：「妳本來就該知道的。」

雲厘覺得自己不識相地揭了他的傷疤，低著頭沒說話。一隻手覆上來，安撫地揉了揉她的腦袋，剛洗過澡，他的手比以往燙。

雲厘卻紅了眼眶。

在陌生的環境裡，雲厘難以入眠，她輾轉許久。她想起了自己的性格問題，害怕與陌生人打交道，遲疑不決，對別人的一言一行總是過度敏感。

也不是說不好，畢竟這麼多年她也是這麼過來的。只不過，大多數時候，都沒有好的結果。

尤其是今晚。

眼淚掉到枕頭上，她覺得自己傷害了傅識則。

雲厘沒有過分沉浸在這種自怨自艾的情緒中，大半夜的開起了直播。

粉絲中有不少夜貓子，很快觀看人數漲到了幾百人，她挑了些留言。

「為什麼大半夜的直播——想家人們了。」

「鹹魚幾萬年沒更新了——都被叫做鹹魚了，找個機會再翻身吧。」

「和咖啡廳哥哥和好了嗎——戀愛著呢，勿念。」

這句話掀起驚濤駭浪，留言一堆『啊啊啊啊老婆沒了』，雲厘看著覺得搞笑：「放心，主播暫時還是家人們的老婆。」她頓了頓，「以後就不一定了。」

沒有忘記自己的初衷，雲厘清了清嗓子：「家人們，想拜託大家一件事——」

「主播想鍛鍊一下自己的社交能力，家人們來和主播聊聊天吧。」

這個互動還蠻詭異的，不少粉絲自告奮勇上了麥。粉絲們說起話來比她還畏畏縮縮，她反而被迫成了那個主動對話的人。

一個小時下來，難得從交際中獲得點成就感，雲厘才安然入睡。

傅識則的失眠沒有改善，兩點鐘醒來，他便睡不著，拉開抽屜，裡面有好幾種安眠藥。想起雲厘，他無言地關了抽屜。

自知睡不著，他到陽臺收拾之前遺留的菸頭和酒瓶。

父母傳了很多訊息，上面一堆大多是好好吃飯、好好照顧自己。只有最近一則是，有女朋友了，照顧好自己才能照顧好她。

墮落的生活已經將近兩年了，久到，他不知道正常的生活是什麼樣子。

過去一個月和雲厘一起，他為她做飯，和她成天待在一起，才知道的，原來他的生活也可以回歸正軌。

他也想照顧好她。

他想給她正常的生活。

像是給自己的回答，他拿起手機，回給父親一個『嗯』字。

和父母的關係一直很淡，深處都有對彼此的愛，傅識則卻沒有和他們溝通的習慣。

遲疑了一下，傅了自己和雲厘的合照給他們。

六點出頭，傅識則到樓下的二十四小時便利商店買了早餐。

雲厘醒來的時候傅識則正坐在客廳，桌上放著牛奶吐司煎好的荷包蛋。

陽臺窗簾和落地窗大開，日光透進來，陽臺上乾淨明亮。

看了下手錶，八點半了。

「我還說要照顧你的一日三餐……」

傅識則將荷包蛋用微波爐熱了一下，放到她面前：「誰照顧誰，都是一樣的。」

「對了，叔叔阿姨給我那個禮物，是條項鍊。」雲厘喝了口牛奶，「有點貴重，我不太好意思收。」

「我爸媽喜歡妳，收著吧。」傅識則替她將吐司撕成小塊，雲厘覺得自己像個巨嬰，有些抗拒：「我自己來——」

「叔叔阿姨怎麼說的？」能得到對方父母的認可，雲厘心裡還是蠻開心的，傅識則道：「說妳挺好，讓我照顧好妳。」

隨後怕被搶了功勞似的，又補充了句：「不過，我想照顧好妳，和他們沒什麼關係。」

吃過早飯後，傅識則帶著雲厘到江南苑附近逛了逛，他從小在這裡長大，每個店鋪十幾年來的模樣他都十分熟稔。

在外頭吃了頓飯後，兩人回江南苑待著，手機震了震，雲厘拿起來看了一眼。

尹昱呈：『雲厘，下午我去接妳弟弟吧。』

尹昱呈：『我這裡有兩張今晚七點的電影票，雲禕晚上要去補習班，不用的話有些浪費。』

雲厘猜他想當面瞭解下雲野的情況，便說道：『那我問問雲野想不想去吧。』

尹昱呈：『這部電影我還挺想看的，妳願意一起去嗎？』

雲厘怔了一下。

這個意思……雲厘再捋了捋，越發覺得他就是那個意思。

她仔細回憶了下，確定他去年是見著她和傅識則的。

她對著螢幕發了一下呆，傅識則留意到，看向她。雲厘主動地把手機遞給他，他掃了兩眼，淡道：「打算撬牆角？」

「我先回了吧。」雲厘拿過手機，輸入『不了。』

「等一下。」傅識則阻止她的傳送，將手機拿回來，在螢幕上敲了幾下，點了傳送。

『我男朋友不同意我和男生單獨出去，不好意思。』

『上次你見過我男朋友的。』

看著這個聊天畫面，雲厘覺得極為尷尬。

以往對雲厘表示過曖昧傾向的男性都被她刪除了，輪到尹昱呈身上，她卻有些糾結。

她問傅識則：「我要不要刪了他，感覺好尷尬。」

傅識則瞥她一眼：「刪。」

她都點到刪除鍵了，又按了取消，轉過身問傅識則。

「可是雲野暗戀他妹妹，我這麼刪了，他們會不會覺得我不好相處。」

「……」

「遷怒到雲野身上，那我不是毀了他的幸福嗎？」

「……」

「而且他可能沒那個意思，只是想找個人陪他看電影。」

「……」

尹昱呈沒回訊息，雲厘坐在原處糾結了一陣子，同時說了幾個聽得過去的理由。

她在那自言自語了半天，旁邊的傅識則靠在沙發上，懶懶地看著她，突然笑了聲，語氣沒什麼溫度：「可以。」

雲厘抬頭：？

「刪我好友就這麼乾脆。」

「……」

萬年前舊帳被翻出來，雲厘陷入茫然狀態，她強裝鎮定地喝了口水，訕訕道：「原來你知道啊，你怎麼沒和我說過。」

傅識則不留情面地睨了她一眼。

所以，他知道，沒揭穿，但現在心裡不平衡了。

「我也沒那麼乾脆。」雲厘乾巴巴地解釋，傅識則環著胸，等她下文。

她仔細地回想了一下，才說道：「當時也是糾結了一陣子才刪的……」

「……」

傅識則被氣笑了。

恰好尹昱呈回了訊息：『不好意思，我誤解了些事情。那讓傅識則送妳去接雲野吧，電影票可以給你們。』

「挺大方的。」傅識則評價道。

雲厘此刻還處於高度戒備的狀態，小心地問他：「那好友還要刪嗎？」

傅識則看著也沒生氣：「不用。」

話雖如此，一直到下午，傅識則都沒怎麼說話，相處起來和平時沒有太大差別。

雲野下午三點到南蕪，見到接機的兩個人後差點石化。

他對雲厘的戀愛狀態還停留在追人失敗的階段，怎麼一個期末過去就脫單了。

雲厘和雲野說了一路的話，傅識則充當著合格的司機。到公寓後，雲厘用投影機放了部電影，自己到廚房切蘋果。

雲野跟上去，終於有姐弟倆獨處的空間，他鬱悶到不行：「妳怎麼談戀愛了都沒和我說？」

「少管大人的事。」

雲野：「跨年妳是和他跨的？」

雲厘瞅他：「是又如何？」

雲野想起跨年時擔心雲厘孤身一人在外，特地去廣場買了煙火放給她看，還被雲厘匆匆掛了電話，他氣不打一處來。

「見色忘弟！」雲野搶她手機，「把跨年紅包還給我。」

「你做夢。」

兩人在廚房爭搶，傅識則在外頭聽到動靜，倚到廚房門口。

「哥哥。」雲野收斂了行動，喊了聲，便跑到客廳去。

她穿了圍裙，有好長一段時間是傅識則做飯，上次看這個背影還是幾個星期前的事情。

傅識則關上廚房的門，湊近雲厘，驟然清晰的體溫，屋裡頭還有雲野看電視的聲音，雲厘擔心他會進來，小聲道：「我……」

他雙臂環在她的腰間，帶點懲罰地親了下她的臉：「怎麼了？」

雲厘：「……沒。」她噤了聲，在砧板上切蘋果。

「刪了我，」被晾了一路，他話裡有點氣惱的笑，「現在還這麼不主動。」

雲厘全神貫注留意著門外的動靜：「我弟在外頭……」

傅識則：「那把弟弟用飛機運回去吧。」他的臉蹭了蹭她柔軟的髮，唇瓣邊緣輕蹭她的臉頰和脖頸。

手裡的東西都要拿不穩了。她努力地對抗，專心致志地切著蘋果。

傅識則的唇擦過她右耳廓，呢喃：「厘厘……」

啊啊啊啊啊。

她要瘋了。

雲厘受不了了，停下手中的事情，打開水龍頭洗了下手，特地沒有關水。轉身，對上他柔和的眸，她的氣焰不那麼足了，剛想粗暴地親他一下，瞬間又怕了。

她的目光從他的眸。轉向他的鼻翼，最後停留在他的唇上。

雲厘咽了咽口水。

她被撩得心癢癢的，無意識地仰起頭，他輕抬她的下巴，唇覆上去，客廳裡投影機的聲音飄得很遠，雲厘側過身勾住他的脖子，不自覺地往前走了兩步，將他壓到牆邊。

將他逼到牆角，她的眉眼間全是情意，他的領子被她弄得凌亂，兩人努力控制自己的呼吸聲。傅識則的唇染上血色，在她耳邊輕聲道：「現在還挺強勢的。」

雲厘已經醒了神，想起這段時間發生的事情，不自覺道：「我想要對其他人也這麼強勢。」

想在人際上不再內斂和退卻。

傅識則親了親她的額頭：「會做到的。」撫撫她的眼角，他繼續道：「現在也做得挺好。」

雲厘被他誇得有些飄飄然，傅識則低笑一聲，認命般地靠著牆，「繼續吧。」

「……」

雲野坐在沙發上發著悶，螢幕上場景不斷變化，他的目光卻投放在廚房的門口。看了眼時間。

切個蘋果也要那麼久。

腦袋中閃過一個可怕的念頭，他們不會在裡面做一些奇怪的事情吧？不會吧？姐夫看起來不像那麼流氓的人啊。

雲野將節目反覆暫停和播放，試圖引起廚房裡兩人的注意。在沙發上坐著，他甚至有種自己本不該存在的感覺。

好在廚房門開了，雲野將目光定到投影的畫面上，兩個大活人坐到他身邊，一言不發。

雲野用餘光偷瞟傅識則，他正垂眸看著雲厘。留意到雲野的視線，傅識則將果盤推到他面前。

接著，自己幫雲厘叉了一個，遞到她嘴邊。最讓雲野崩潰的是，雲厘還直接吃了。太古怪了。

從小到大，雲厘最親近的男性動物，第一是家裡的狗，第二就是他了。雲野心裡泛起輕微的感傷，問道：「哥哥，你和我姐在一起多久了？」

雲厘沒管這問題的對象是傅識則，主動答道：「一個月吧。」

傅識則：「二十九天。」

雲厘：「……」

雲野的嘴唇動了動，過了半天，才含糊地冒出一句話：「你要對我姐好點。」

「……」

雲匣敲了敲他的腦殼：「你姐哪還需要你來操心。」

「……」

「我會對她好的。」傅識則正經道，完全沒有因為年齡原因而怠慢他說的話。雲匣愣了下，直接往雲野嘴裡塞了塊蘋果，「雲野你是被老爸附體了嗎？」

對她的粗暴動作感到不滿，雲野埋怨道：「妳就不能像姐夫一樣，溫柔一點。」

雲匣理直氣壯道：「我不會，讓你姐夫餵你吧。」

看著他們拌嘴，傅識則覺得好笑，他不介意，問雲野：「你剛才喊我什麼？」

雲野有些不好意思，喊道：「姐夫……」

傅識則將叉子往他那邊遞了點：「要餵你嗎？」

雲匣把叉子推回去：「不行！」

三人同坐在沙發上看電影，雲野絲毫沒感覺到自己的燈泡屬性，趁傅識則去洗手間，雲匣無語道：「你怎麼不去房間待著。」

「電影還沒看完……」雲野沒反應過來，他看得正入神呢，雲匣推了推他，表情充滿了脅迫的意思。

雲野氣憤道：「雲匣，姐夫比妳更像女人！」

「還改口得挺順的。」雲匣不客氣道：「這麼快就站你姐夫那邊了。」

「姐夫又高又帥脾氣又好。」雲野嫌棄地看了雲匣一眼，死活不肯動。

「不過啊，」雲野正色道：「要是被爸知道了怎麼辦？」

「……」

雲厘皺了皺眉：「我都多大年紀的人了，談個戀愛還……」她想了想，直直地看著雲野，「算了，你別告訴他。」

因為她私自跑到南理工讀研究所，雲永昌的氣還沒消，要讓他知道自己在南蕪交了男朋友，坐飛機來打斷她的腿都有可能。

「姐妳現在當網紅收入怎麼樣？」

「幹什麼？」

「妳多存點錢。」雲野冷靜地給了個建議，「爸知道了可能會把妳掃地出門，妳要幫自己謀個出路。」

「……」

看完電影後，雲厘送傅識則到樓下開車，她滿腹心事，雲永昌向來對她有全方位的掌控欲，從念書、生活到社交。

雲厘還記得，以前每一次見到生人、或者是接電話，雲永昌都會數落她說的話不對、做得不夠好。再加上她由於左耳聽不見的原因，在校園裡受到欺凌，她的性格慢慢地變成當今的模樣。

也反過來讓雲永昌覺得，她沒有獨自在外生存的能力。

可她——能養活自己，能在陌生的城市獨自居住這麼久。

雲永昌不相信，也不接受。

她斟酌了半天，才鼓起勇氣和傅識則說：「我一直沒和家裡說戀愛了的事情，我爸脾氣不是很好，你可能要有心理準備。」擔心傅識則介意，她又委婉為他辯解：「我爸其他方面都挺好的，只是不太會愛自己的孩子。」

「我不是在和他談戀愛。」傅識則不在意道，旋即，神情自若地問她：「要見老丈人了嗎？」

「……」

「我提前和你說一下，他管得比較多，我講不過他。還有我父母都是大專學歷，我家的經濟條件也普通。」雲厘一時有點難以說下去。

談戀愛的過程很開心，她很少考慮到這些現實的情況。

「但我現在已經能養活自己了，等我畢業後全職工作了，會更好的。」

她的模樣，是迫切地想要在他面前證明自己。傅識則心裡不是滋味，也不知道自己什麼時候給她的安全感這麼少。

他將她拉近了點，正經嚴肅地說道：「厘厘，我只在乎妳是什麼樣子。其他的，都無關緊要。」

上樓的時候，雲厘才想起來，傅識則確實從來沒有過問她的家庭情況，也間接表明了，他不在意這些。

在成年人的世界中，他給了她一段，與現實無關的愛情。

他的鍾愛，只與她有關。

尹昱呈覺得自己被雲野坑了。

幾天前尹昱呈把手機給尹雲禕，讓她和對方聯絡一下，那時候雲野還沒訂票。昨天他來了電話，說自己是下午的飛機。

把手機給了尹雲禕，讓他們自己聊天。回頭尹雲禕告訴他，雲野說雲厘現在是單身。雲禕和他說過姐弟倆親密無間，正如他和自己妹妹一樣。他也沒懷疑過雲野話裡的真實性。

尹昱呈本來就覺得傅識則不好相處，他們分了合情合理。第一眼便看上的小學妹，他不想再錯過了，才貿然行動。

回雲厘的訊息時，尹雲禕還不讓他暴露雲野。

感情上頻頻受挫，他不打算拿尹雲禕當擋箭牌了，將她送到遊樂場後，作為人際交往的老油條，此刻他也難得感到尷尬，強撐著笑和雲厘打招呼。

傅識則還特地搖下了車窗，朝他點了點頭。

「……」

這真的是他這輩子最丟人的事。

將雲野放南蕪遊樂場後，雲厘和傅識則也不當電燈泡，開車回江南苑。

南蕪遊樂場裡沒什麼特別的東西，少年少女按照導覽圖一個個設施玩下來，途中不少小孩拿了霜淇淋。

好不容易走到甜點鋪，雲野：「妳等一下。」

他小跑過去，等甜點的過程中，接了雲厘的電話。

雲厘：『哦，你和暗戀對象相處得怎麼樣？』

雲野：「放心，沒問題，一切ＯＫ。」

雲厘語氣懷疑，長長地拖了一聲：『是嗎——？』

雲野：「呵，可能妳弟天生有戀愛天賦，她還等著我呢，掰掰。」

拿著兩支冰淇淋回來，塞了一個給尹雲禕。他們國中在同一所學校，算起來兩人認識也有五年的時間了。

雲野和她聊天時沒什麼不自然的，害羞的情緒都留給寫明信片的時候了。

「之前班裡寄給我的那些明信片，好像都是同樣的筆跡，你知道是誰負責寫的嗎？」

「……」

雲野舔了舔冰淇淋，睜著眼睛說瞎話：「回去幫妳問問。」

「……」

少年沒有承認，兩人之間滋生出一陣莫名的緊張。

尹雲禕羞赧地在包裡翻了翻：「我有個禮物想給你，我只能做比較小的，我爸媽管得比較嚴。」

她從小包中拿出五公分的小盒子，上面用清秀的字寫著——「給雲野」。

和他準備的禮物上，同樣的寫法。

用隱晦的方式告知彼此的心意。

雲野的心跳驟然加快，冰淇淋融化了一部分沾到他的手上，他若無其事地接過盒子。

「你期末考了第幾？」尹雲禕主動問，「我考了年級第十。」

「哦，那挺好的。」雲野面上沒表情，卻開始反覆墊腳，「我第六，妳想考哪個學校？」

「我挺喜歡西伏的，我這個成績，應該可以去西科大。」

雲野看著藍天白雲，聽著背景歡樂的音樂聲，忍不住笑了笑：「我也挺喜歡西科大的。」

下午五點左右，兩人遊玩結束，尹昱呈將雲野送到七里香都附近的超市。

雲厘和傅識則正在買東西，見到她，雲野傻乎乎地笑著，殷勤地幫她拎袋子。

「雲厘，我要告訴妳一件事。」雲野尾巴都要翹到天上去了，「尹雲禕知道那些明信片，都是我寫的。」

雲厘：？

雲野：「妳懂嗎，別人默許了。」

雲厘：「趕在白天最後一刻，這夢做得真不錯。」

「……」

一路上雲野來回蹦跳著，滿臉春風得意，雲厘受不了，語氣不善：「正常點，別把我的雞蛋砸了。」

「哦。」雲野規矩了點，問她：「今晚只有我們嗎？」

「你姐夫去外頭買水果了。」雲厘將手裡的東西全塞到雲野懷裡，打了個電話給傅識則，對面接通時，她的聲音柔軟了許多。

雲野雞皮疙瘩起了一身，小聲問：「雲厘，妳說話能正常點嗎？」

「……」

回到家後，雲野指定了幾道菜，雲厘掌廚，傅識則幫她打下手。

雲野覺得，這兩人挺般配的，待在一起時不怎麼說話，卻經常有默契地看著對方。就連擇菜的時候，都能看著對方笑出來。

「姐夫，你覺得我姐做飯好吃嗎？」雲野問傅識則，「我同學都對我姐做的菜讚不絕口。」

傅識則想了想：「應該挺好吃的。」

這語氣好像不太肯定。雲野面露疑惑。

「他沒怎麼吃過。」雲厘解釋道，「之前我摔了一跤，手擦到了，你姐夫來做飯，就一直是他做飯了。」

雲野：「哦……所以是姐夫做家務嗎？」

雲厘努力回想了下過去一個月的情況：「你這麼一問，好像確實是。」

「……」

雲野支吾了半天：「談戀愛，都是男的做家務嗎？」

這問題，雲厘也答不上來，她推了推傅識則，他不假思索道：「你姐姐說了算。」

雲厘彎了彎唇，埋著頭吃飯。

在南蕪待了兩天，雲厘和雲野啟程返回西伏。今年過年早，再過兩天便是除夕。

在機場和送機的尹雲禕碰了一面，她帶了一頂鴨舌帽給雲野作為臨別禮物，說夏天就要來了。

另外三人在遠點的地方圍觀，尹昱呈沒了最初的尷尬，由衷地感慨道：「雲禕一直纏著我，說今天要過來機場。妳弟真的會追女孩子。」

他試圖搭話，傅識則卻沒給面子，提醒他：「我們這有三個人。」

「……」

尹昱呈識相又委屈地獨自找了個咖啡館待著。

將他打發走，傅識則才問雲厘：「訂了回程的機票了嗎？」

「還沒。」

「早點訂。」傅識則親親她的側臉，改了口：「——早點回。」

轉眼間到了除夕，各處張燈結綵。

當年陳今平在除夕夜中生下傅識則，她還記得耳邊劈里啪啦響著煙火聲。

吃過晚飯後，傅識則沒有像往常一樣上樓，而是替他們將碗筷收拾好。

「上次厘厘說她是西伏的。」傅東升挑起話柄，「她好像是碩士在讀對吧？」

陳今平附議道：「兒子啊，你這學歷會不會太低了點。」

傅東升：「配不上別人女孩子啊。」

「……」

兩人東扯西扯，硬是沒回到正題上，陳今平仔細看著傅識則的表情，一如既往的一潭死水。

她嘆了口氣，遞了杯茶給傅識則：「已經休學快兩年了……」

原本今年就該博士畢業了，有著大好前程。

她話裡的暗示很明顯。

陳今平柔聲道：「沒拿到學位的話，爸爸媽媽不會對你有成見，但其他人可能會有。我們不想催促你去面對這些，只是擔心拖到某一天——你會覺得自己做不到。」

「厘厘不會在意這些。」傅識則應了聲，便直接回了房間。

他開了冷水，用手撥了撥，想洗把臉，看著鏡中的自己，想起了雲厘倚在身邊的模樣。唇角帶笑，拉著他竄出湖底深處。

只有她的存在，能令他感到不那麼窒息。

下一次見面是在年後，傅識則心裡有些焦躁，他想每日每夜都和她在一起，一分一秒都不要分開。

等了一個多小時，吃完年夜飯的雲厘終於打來視訊電話。她那邊漆黑一片。

幾秒後她的身後燈光熠熠。

她對著鏡頭，表情緊張，語速極慢，一切準備就緒卻依舊沒有避免慘劇的發生：『——阿折。』

雲厘硬著頭皮說下去。

『生日快樂。』

第十九章　無人機

雲厘沒想到這時又平翹舌不分了，她還事先練了十幾分鐘。

見他沒什麼精神，雲厘板著臉說：『你看起來沒有很開心。』

傅識則覺得好笑：「我很開心。」

雲厘不滿：『如果開心的話，你要表示一下。』

「怎麼表示？」

鏡頭前，雲厘將食指和中指合攏，指腹貼在唇上，向上輕擺，朝他做了個飛吻的姿勢。

演示完，她盯著他：『就這樣表示。』

「……」

傅識則不知道她怎麼想到這麼浮誇的動作的，見她執意盯著自己，扯了個理由拒絕：『名字都沒喊對。』

「……」

被說中了點，雲厘窘道：『我多做練習，爭取明年說對。』

傅識則：「明年還說不對呢？」

『那每年我都幫你過生日，總有一年能說對的。』雲厘正色道，『你不要小看我——』

傅識則還以為她要說自己發音，雲厘卻笑道：『我能和你在一起一輩子的。』

所以應該，還有很多機會。

『我回去再幫你補過個生日，做個蛋糕給你。』雲厘昨天才知道他生日在除夕，匆忙準備了燈束遠端祝賀。

「都是次要的。」傅識則不在意道，面上故作鎮定，語氣中卻帶了點催促：「早點回來。」

在南蕪見過尹雲褘之後，雲野的假期在讀書中度過。姐弟倆每日三餐碰個面。雲永昌和楊芳的假期沒有學生長，年過了家裡就剩姐弟倆。

想著傅識則胃不好，雲厘便趁著寒假學了些煲粥的花招，E站上發表了一連串煲粥影片。

自從下定決心矯正自己的性格後，雲厘每天晚上都會直播半小時，內容大多是就某個話題和粉絲聊聊天。

逐漸的，固定觀看的粉絲越來越多。

中間有個粉絲引起她的注意，這個 efe 從來不上麥，卻經常在留言上回覆她。

比如說，雲厘：「——主播是糾結王，和其他人說一句要考慮大半天。」

efe：『老婆心思細膩。』

雲厘：「——主播在不熟的人面前說話總是冷場。」

efe：『老婆一針見血。』

雲厘：「——主播有點社恐，收快遞和外送的時候都讓弟弟接電話。」

efe：『老婆心思縝密。』

「……」

真是山雞都能吹成鳳凰。

然而，這段展示自我的話引起不少共鳴，粉絲們紛紛表示自己也不喜歡接聽和撥打電話，尤其當對面是陌生人的時候。

那些她一度用以評判自己的事件，在很多人身上都會發生。她一直以來自卑的事情，在此刻顯得平淡無奇。

是她總活在自己的世界裡。

擅自把自己歸類成特殊的人群，蒙住雙眼自顧自地自卑難過，這又何嘗不是一種自負。

不少粉絲講述自己的內向經歷，有的是和親戚間的，有的是和同事間的，包含著不少社死故事，期間留言也有不少其他人的支持鼓勵。雖然是不相識的陌生人，但都願意用溫暖的語言相互安慰。

雲厘看著，心裡一暖。

話題逐漸走偏。

『老婆，弟弟呢啊啊啊啊！』

『今天鹹魚的社交訓練結束，給弟弟開個展覽會吧。』

『弟弟媽媽愛你！』

早期雲厘錄製影片的時候，雲野頻頻入鏡，四年以來不少老粉見證了他的成長，而她看了十六年。從他出生時開始，雲厘就有記憶了。

一步步看著他從牙牙學語的二尺娃娃長成現在歡脫的少年。雲厘陷入思考，以後她真的留在南蕪的話，和雲野見面的機會就很少了。

雲厘關了直播。

今天吃完飯後雲野說自己肚子疼，雲厘還調侃楊芳做的菜下毒了。他這時窩在被子裡睡覺，雲厘進去盯著他的睡顏，揉了揉他的腦袋。

雲野醒了，見是她，把臉一別：「走開，我要睡覺。」

本來想當一下合格的姐姐，雲厘這下氣不打一處來：「走就走，我明天就回南蕪了。」

雲野立馬坐了起來，「我讓妳走開又沒讓妳走。」

他皺皺眉，「這才八號。」

雲厘道：「回去幫你姐夫補過生日。」她故意道：「哦，我弟可能不能理解，畢竟我是談戀愛的那個。」

莫名其妙被餵了狗糧，雲野無語地把被子一套。雲厘拍拍手起身，身後突然傳來雲永昌冷冷的聲音，「和誰談戀愛？」

「……」

家裡隔音不太好，雲厘和傅識則打電話時大多只能悄聲說話，一直沒被雲永昌發現她在談戀愛。

雲野從被子裡探出頭，露出同情的目光，雲永昌剜他一眼：「行啊，翅膀硬了，跟你姐一起騙我們。」

「……」

寂靜的夜晚醞釀著湧動的怒火。

「什麼人？」

「我同事。」

「談了多久？」

「一個月。」

「家在哪？」

「南蕪……」

雲永昌的臉色瞬間沉下去：「不僅跑去南蕪讀書，還打算嫁到那邊去了是吧？我們西伏沒男人了嗎？」

早預料到會演變成這個結果，雲厘好聲好氣道：「爸你能不能多給我一點戀愛上的自由……」

「給什麼自由！妳去南蕪被人欺負了，我們不在那邊誰幫妳出氣？」他和以往一樣，直接拍板道：「回去就和那男的分手，妳才幾歲，要找也要找西伏的。」

雲厘心裡被扎了一下。

「我不需要人幫我出氣，我自己能保護我自己。」她火上心頭。

她不明白，她從小到大謹小慎微的也沒麻煩雲永昌什麼事，他卻總是覺得她無能。為什麼總有父母覺得子女應該按照他們設定的人生軌跡行走。

「我見過他父母了，他父母也不是不講道理的人，都是西科大的教授。」

原本想讓雲永昌能多接受他們一點，這句話出來後反而火上澆油，他氣得罵了幾句，直接甩門而去。

雲厘冷著臉回去收拾行李，想著他說的那幾句話，心裡難受到不行。

——妳還偷偷見了父母？

——妳眼中還有沒有我？

——妳現在是嫌我學歷低想去攀高枝了嗎？

雲永昌不講道理，雲厘沒有像以前一樣屈從。恰好親戚辦周歲宴，父母兩人去幫忙，一大早便出了門，雲厘趁他們走了，也拖著行李箱往外走，抬眼，看到雲野恰好從房間出來。

似乎是剛洗漱完，雲野髮梢蓬亂，帶著水珠，臉側還有一道淺淺的睡痕。他垂著眼皮，問：「真的走了？」

雲厘「嗯」了聲。

雲野手插口袋站在原地。

走道狹窄，燈光晦昧。

少年眉目漆黑，長得高，套了件寬大的棒球外套。

離別總是會產生點不知名的情緒，氣氛被沉默與暗光大肆渲染，憑空增添了另一種本不存在的意味。

結合空蕩蕩的房子，雲野在此刻似是多了重身分。

——大齡不良留守兒童。

雲厘躊躇須臾，嘮叨地道：「爸媽後天晚上才回來。這兩天你自己一個人在家，就在外面吃點。」

雲野看她：「哦。」

雲厘：「或者點個外送。」

雲野：「哦。」

雲厘：「再不然去小姑家吃點也行。」

雲野：「哦。」

「……」接連的三個單字，彷若帶了情緒。雲厘不明情況，卻難得好脾氣地問，「怎麼只有這反應，你對姐姐有什麼意見嗎？」

「沒有，」雲野說，「就覺得像放假了。」

雲厘：？

雲野側頭，慢慢重複：「外面吃點、點個外送、小姑家吃……」他停頓了下，問：「神奇吧？」

雲厘沒聽懂：「什麼？」

雲野聳肩：「妳走了我反而不用下廚了。」

雲厘：「……」

突然被他這麼明嘲暗諷，雲厘說完，雲野接過她的行李箱，走向玄關。

雲厘是真的沒想過，讓雲野煮了兩頓泡麵，就能讓他有如此深厚的怨恨。

下樓後，雲厘看了手機一眼。轉頭，對幫忙拉行李箱的雲野說：「好了，我走了。你回去寫作業吧，我去車站就幾步路。」

「妳坐公車？」雲野把行李箱放下，「妳還拖著行李箱。」

「也不重。」

「妳不累嗎，我送妳去機場。」

「怎麼送？」雲厘好笑，「跟我一起坐公車啊？」

「怎麼可能。」雲野囂張地挑了下眉，從口袋裡掏出車鑰匙，在手裡掂了兩下，「我開車。」

「……」

這話聽起來讓人感動。

但如果能換成，雲野是個成年人的前提，雲厘覺得自己應該會更感動。

她不敢置信地敲了下他的腦袋：「你上哪弄來爸爸的車鑰匙？」

這一下猝不及防，雲野皺眉：「就在桌上。」

「那就讓它好好待在桌上，」說著，雲厘忍不住又敲了他一下，「它是朝你招手了嗎你非得拿它。」

「妳能不動手嗎？」連挨兩下，雲野壓著火，「我又不是不會開。」

雲野這話說的不假。

雲父雲永昌在駕訓班當了十幾年的教練，他有事沒事就往那邊跑。耳濡目染了這麼多年，早就會開車了。

接下來的一路，雲厘擺起姐姐的架子，認真教育著雲野。試圖讓他明白，在他這個年紀，什麼事情能做，什麼事情不能做。

雲野全程一聲不吭。

走到車站，雲厘也教育完了。瞥見雲野面無表情的臉，她不禁反思自己是不是說的太過了。

雲厘嘆了口氣：「我也不是想罵你，只是擔心你的安全——」

還沒說完，雲野忽然伸手，攔了輛計程車。

雲野沒應話，打開後座的門，先把她塞了進去。而後自顧自地跟司機說話：「司機，麻煩開一下後行李廂。我們到西伏機場。」

有陌生人在，雲厘立刻安靜下來。坐在靠左的位子，她不自在地拿出手機，傳訊息給雲野：『？』

雲厘：『？？？』

很快，雲野放好行李，上了車。

雲厘：『你幹什麼。』

雲野：『我出車錢。』

雲厘：『那我自己過去不就好了，你一來一回車費多虧啊。』

雲野：『我坐公車回來。』

一路上雲野沒再傳訊息，送她到檢票口了，他才說道：「妳就留在南蕪吧，真的不順心了再回西伏。」

想了想，他自己補充道：「不過，和爸待一起才最不順心吧。」

「……」

剛到出站口，雲厘便見到傅識則站在旁邊。兩日的憂鬱突然得到緩解，她拉著行李跑過去，撞進他的懷裡。

傅識則一下子沒站穩，後退了一步：「輕點。」

雲厘笑道：「多吃點肉，不然別人會說我的男朋友嬌氣。」

「嬌氣？」傅識則重複這個詞，雲厘一開始僅想開個玩笑，見他如此在意，剛想解釋，便被他拉到人少的地方。

雲厘：「光天化日的，你不能……」

她沒說完。

傅識則已經抬起她的下巴，黑眸中攢動著蝕骨的掛念。他續上她的話：「不能談戀愛嗎？」

「……」

上車後，傅識則：「特地今天回來的？」

雲厘：「嗯……」

幾盞舊路燈橫在路邊，前側頻繁亮起車燈，雲厘沉默地坐在副駕座上，與雲永昌吵架的畫面還在腦中翻騰。

「先去七里香都收拾東西嗎？」傅識則看了她幾眼，雲厘心不在焉地點點頭。

兩個星期沒見，雲厘見到他卻沒有如預期的欣喜，傅識則將車停到七里香都樓下，問道：「發生什麼事了？」

「沒，剛下飛機有點累。」雲厘回過神，看著他的臉，忽然問道：「我們在一起多久了？」

傅識則：「四十六天。」

不到兩個月。

似乎還沒有到該為這種事情發愁的時候。

回公寓後，雲厘只打包了些必須的生活用品和衣物。

「房東說退租要扣三個月押金，相當於只省了兩個月的月租，我就想把這個公寓留下，如果有早課的話我們可以在這邊睡。」

「回頭你也拿些衣服過來吧，雖然變態狂還沒抓到，有你在的話他應該不敢出現。」

雲厘妥當地安排好這些事情，卻見傅識則坐在沙發上看她，雲厘停下動作：「怎麼了？」

傅識則：「這裡只有一張床。」

雲厘：「我沒讓你睡沙發。」

「……」

傅識則頓了半晌，緩緩地問道：「我們睡同張床？」

雲厘有點猶豫地點了點頭，她相信傅識則的為人，而且在這邊留宿的機會應該不多。剛上車，便聽他問道：「什麼時候有早課？」

「……」

他問這話時表情無比正經，雲厘後知後覺地臉色泛紅，低聲道：「還沒選完課。」

到江南苑後，傅識則自顧自地去冰箱裡拿了肉解凍。他做菜已經很嫺熟了，無需雲厘的幫忙便做好了晚飯。

雲厘想喝點酒，傅識則開了瓶威士忌，倒了一小杯加雪碧給她喝。

餐桌上亮著小夜燈。

傅識則全程看著雲厘，她在想事情，反應時常慢半拍。兩小杯下肚，雲厘臉色不變，但眸裡已經濕潤。

「……」

夜晚還沒開始，傅識則並不想就這麼結束了。

他伸手去拿雲厘的酒杯，雲厘卻發了脾氣：「你平時喝那麼多，你現在要是不讓我喝，我就、就……」她結結巴巴沒說出下句。

傅識則毫無醉意地看著她：「就怎麼樣？」

「就刪你好友！」

「……」

這句話果然有威懾效果。他沒繼續攔她，雲厘盯著他平靜的臉，產生了極強的破壞欲，她拽著他的領子，將他拉到沙發上。

「你為什麼總是這個表情？」她惱火道。

傅識則：「應該什麼表情？」

雲厘以前不喝酒，從不知道自己不僅酒量差，還酒品不好。兩人僵持了一下，她沒想到答案，頑固道：「反正不能這個表情。」

沙發上的人任她拽著領子，輕笑了聲。

彷彿從他的笑聲中聽出了蔑視，雲厘直勾勾地盯著他，伸出手肆意地捏他的臉。

「這裡是你家。」捏夠了，雲厘直起身子，環視了一圈，傅識則否認：「是我們的。」

等她累了，他才從身後拿出個小盒子：「禮物。」和之前送她的螺鈿盒類似，雲厘沒繼續發酒瘋，接過盒子。

她歪歪頭：「是我生日嗎？」

傅識則：「……」

雲厘將盒子翻開，是一對冰藍水晶耳墜，她拿起來瞅了兩眼，納罕道：「我好像是來幫你過生日的。」

而後，她拿出耳墜，鄭重其事在傅識則的耳垂處比劃了下道：「你過生日，這禮物應該給你。」傅識則沒有耳洞，顯然無法讓他戴上。

傅識則無奈：「我的禮物都是妳的。」

雲厘有樣學樣：「我的禮物也都是你的。」

醉鬼說的話沒幾句能信，聽到雲厘這話，傅識則還是笑了。他取過雲厘手中的耳飾，問：「能坐著不動嗎？」

雲厘點點頭。

撩開她耳側的髮，她的耳廓發紅發燙，傅識則捏了捏她的耳垂。

第一次幫女生戴耳環，他不熟練，總覺得皮膚細嫩的耳垂脆弱無比。

傅識則的動作謹慎，他全神貫注地盯了許久，提心吊膽地穿了一陣子，耳飾總算掛在她耳上不動了。

雲厘安安靜靜的，即使戴好了，也依然聽從他的話一動也不動。

「我只幫你訂了蛋糕。」雲厘的神智像是醒了一下，「我沒送禮物給你。」

她不敢相信地又重複了一遍：「我沒送禮物給你。」

「不是把自己送回來了？」傅識則應付著她的話，雲厘眨了眨眼，問：「你喜歡嗎？」

「嗯。」

有敲門聲，應該是送蛋糕的。傅識則正打算去拿，雲厘卻緊拽住他的領子，順著剛才的話繼續問：「——你喜歡我嗎？」

這動作他沒辦法移動。

傅識則失笑，試圖將她的手指掰開，掰開一隻她便負隅頑抗地扣回上一隻。徒勞無功後，他放棄了，倒靠著沙發。

「嗯，我喜歡妳。」

雲厘喃喃道：「我也喜歡你。」

傅識則：「我知道。」

直到睡著，雲厘都沒鬆開傅識則。將她抱到床上，傅識則才注意到自己被她扯開的領口。鎖骨處被她抓出幾道紅印。

這個房間以前是外公外婆住的，已經很多年沒有人住過了。

原本空寂的房間，有了她的存在。

傅識則留了一盞小燈，幫她卸了妝摘掉首飾。

雲厘翻身將被子弄開，傅識則幫她掖好被子。她臉上沒有喝酒的痕跡，捲翹的睫毛乖巧地擋住上眼瞼，他摸了摸她的眼窩，問：「可以要個生日禮物嗎？」

雲厘蹙了蹙眉，臉偏向他。

濕潤的唇像是在召喚他，傅識則湊近了點，自語道：「就當妳同意了。」

親眼見到蛋糕時，是第二天的清晨。

雲厘渾渾噩噩地醒來，頭隱隱作痛。她把昨晚的事回憶了遍，記憶的結尾是在他的懷裡睡覺。

總不會，特地跑回來幫他過生日，結果連生日蠟燭都沒吹吧。

想像著那淒慘的畫面：傅識則一個人孤零零坐在沙發上，自己點了兩根蠟燭，瞅了旁邊睡得一塌糊塗的人一眼——雲厘心中升起負罪感，她就不該，因為心情不好，喝了那兩杯酒。

打開冰箱，蛋糕不是完整的，切了兩塊。

她鬆了口氣。

應該是幫他過了生日，傅識則總不會刻意把蛋糕偽裝成這樣。

「睡得好嗎？」傅識則走到她身旁，從冰箱裡拿出牛奶和雞蛋。

他醒了好一陣子，睡衣的鈕釦鬆了幾粒，能看見鎖骨上的紅印。

雲厘不敢相信自己的眼睛。

「嗯，挺好的。」她規規矩矩回覆他的問題，猶疑地問他：「你鎖骨那……是我弄的？」

傅識則：「不記得了？」

「……」

「我問個問題，」雲厘艱難道：「怎麼弄的？」

傅識則將熱牛奶放她跟前，隨口道：「可能咬的吧。」

「……」

雲厘繼續在記憶中檢索，他們兩個到底進展到什麼程度。隱約有點印象，她睡著後，舌尖努力地和什麼東西進行著抗爭。她伸手反抗，後來雙臂便陷入軟軟的床單不能移動分毫。

她還混沌著，傅識則不在意道：「沒關係。」

這事超出了雲厘的認知範圍，唯恐麻煩上身，她脫口而出：「那就好。」

傅識則笑了聲。

雲厘以為這事就此結束，傅識則煎雞蛋的時候，忽然回頭看她：「有點疼。」

「……」

親得唇都疼了，雲厘才被鬆開。吃早餐時看了手機一眼，她看見雲野昨晚傳的訊息：『替我祝姐夫生日快樂。』

雲厘：『收到。』

雲野：『過了十二個小時了雲厘，妳昨晚幹什麼去了？』

雲厘：『約會>>。』

雲野：『呵呵。』

雲野：『親情提醒：老爸說要去南蕪送被子給妳，時間不詳。』

雲厘：『靠！』

喝了口牛奶壓驚，雲厘被這訊息嚇得汗毛都豎起來了。冬天都快結束了，來南蕪審查未來女婿還差不多。

吃過早飯後，兩人開車到附近的超市進行採購。

雲厘看著購物車中一堆常見的日用品，比如牙刷、杯子、拖鞋之類都買了兩份，按理來說買她那份就可以了，疑惑道：「之前家裡沒有嗎？」

傅識則數了一遍：「情侶拖鞋、情侶杯子、情侶睡衣……」

見她表情木愣，他垂眸問道：「有問題？」

他推著車繼續往前，雲厘慢半拍地露出個笑，跟上他，挽緊他的手臂。

「我們買些冷凍食品吧。」雲厘走到冷凍區，「可以多買點餃子，煮著快。」

傅識則鮮少吃冷凍食品，疑惑道：「不是都是自己做嗎？」

「現在都是你做飯嘛。」雲厘實誠道：「我想幫你減輕負擔。」

兩個人剛同居，這事好像就板上釘釘了。

聽起來厚臉皮了點，雲厘又補充道：「你做飯做累了，我可以幫你煮冷凍餃子。」

「……」

傅識則淡定道：「『閒雲滴答醬最新動態：影片《熬粥給男朋友吧——怎麼做螃蟹鮮蝦砂鍋粥》』」

「淮山排骨粥、牛肉滑蛋粥、干貝蝦仁粥、黑豆糙米粥……」傅識則憑著記憶陸續念出那一連串中的幾個名字，偏頭問她：「我好像是妳男朋友？」

雲厘扯了扯唇角：「是你……」

傅識則無表情地笑了笑：「我不記得自己吃過。」

「……」

雲厘自覺地走到糧油區，往購物車裡丟了幾袋糙米和燕麥，又走到乾貨區丟了幾袋海鮮乾貨。

逛完超市，傅識則換了身衣服去上班了。

南理工尚未開學，雲厘和方語寧說了下，提前回公司。

在EAW的實習已經滿三個月了，雲厘大多時間都在打雜。

實習生工作不固定，她去不少部門幫忙過，對於公司業務有了粗略的瞭解。

她計畫四月份離職，趕在這之前，雲厘主動和方語寧申請負責春招的工作。

這是一項以前的雲厘，絕不可能主動去申請，也絕不可能做好的工作。可近期急切地想改變自己的性格，雲厘破天荒地想嘗試一下。

除了一起上下班之外，雲厘和傅識則的日常生活平平淡淡。

偶爾她會想起雲永昌要來南蕪的事情。

還沒收到確切消息，雲厘自我催眠地當做無事發生。

「閒雲老師。」何佳夢休了年假，回公司後特地來和雲厘打了招呼，「同事說妳最近變了很多欸？」

「啊？」雲厘從文件中抬起頭，「什麼變了？」

「更喜歡說話和更喜歡笑了。」何佳夢笑嘻嘻道，「沒想到和冷冰冰的人談戀愛，閒雲老師反而更喜歡笑了呢，是不是被傳染了？」

雲厘笑了笑：「可能是被傳染了。」

兩人沒聊多久便到了下班的時間，雲厘收拾好東西，到門口等傅識則。

今天是情人節，雲厘和傅識則約好一起拍無人機的影片，主題是講經典款無人機的發展史，傅識則會替她擬定和配音文案。

將收藏的無人機找出來，雲厘借用書架前的空位錄製外型。眼角餘光瞥見櫃子裡一本黑色牛皮相冊，她拿出來翻了翻。是傅識則以前的照片。

從繈褓時期開始，不少照片中有個男孩和他一起，應該就是先前提過的從小到大的朋友。兩人笑起來相似，雙眼皮褶子明顯，有一張是男孩揹著他們兩人的書包，牽著傅識則走到江南苑的門口。

傅識則看起來不過四五歲。

雲厘蹲在那翻閱著，傅識則進了門，問她：「無人機……」

他的話音戛然而止。

「我剛才不小心翻到這本相冊，我看到好多你小時候的照片。」雲厘起身，想把相冊遞給他。

傅識則看了一眼，將相冊闔起，問她：「現在拍影片嗎？」

他把相冊放到床頭。

雲厘的心不安地咚了下，半晌才反應過來，「哦，好。」

雲厘隨著他到室外，架好相機後錄了些室外無人機的場景。操作相機時，雲厘默然地抬眼望向他。

他神色淡淡，瞳中倒映著染藍的天。

黑色大衣的男人和那個穿著 Unique 隊服的少年重疊在一起。又涇渭分明地分開。

在一起前，傅識則如鑾荒中的玫瑰，獨處不群，她也同樣，遙遙地看著。

相機裡的畫面幾經定格，他的動作幅度很小，只有無人機在空中穿梭。

雲厘想起了露營的那個夜晚，反光的湖面，孑然的背影。她分明近到能感受他的體溫，卻依舊存在不可避免的隔閡感。

「厘厘。」

雲厘回過神，傅識則正看著她，無人機已經回到他的手中。

「拍好了，我們去吃飯吧。」雲厘不自在道，傅識則「嗯」了聲，幫她收拾好相機。

二月中旬，氣溫仍在零下三度，傅識則幫雲厘圍好圍巾，牽著她的手放到自己的口袋。他的手心有點涼，沒多久便捂熱了。到門外後，冷風砭骨，雲厘裸露的皮膚凍得失去知覺，唯有手心傳來的那點熱。

她悶了一天的心情終於好了點。

傅識則提前訂了西餐廳，在江南苑附近的商場內。

從地面停車場出去，長長的通道後是斑駁陸離的節日燈光，沿途有人提著籃子賣玫瑰花。

傅識則停下腳步，從裡面拿了一朵。

小女孩果斷道：「一百。」

雲厘：「……」

她還沒來得及阻止，傅識則已經直接付了錢。

是別在手上的款式。

他抬起她的手腕，將她的手從緞帶環穿過。

「是挺好看的。」雲厘抬起手端詳了一下，雖然那不是她的錢，但從傅識則腰包裡出去的，她也心疼。

她抿抿唇，繼續道：「就是像被收了智商稅。」

「……」

這話說出來，雲厘或多或少覺得自己有點不識好歹，她找了個合理的理由：「在談戀愛中，智商為零，理科狀元也不能倖免。」

傅識則：「……」

一點點小浪漫被雲厘擊破得七零八落，傅識則不發一言往前走。

進商場後傅識則去了下洗手間，出來時，卻看見雲厘手裡多拿了一朵玫瑰。

雲厘幫他戴上，他沒反抗，似笑非笑道：「剛才有人說這是智商稅。」他頓了頓，「還說我智商為零。」

「你太記仇了。」雲厘評價道，「這事都過去五分鐘了。」

「……」

傅識則沒吭聲，輕拉過她的手往樓上走。

兩朵玫瑰還在兩人的手腕上，偶爾相觸。

吃完飯後，兩人回江南苑，傅識則先去洗澡。

雲厘自己回了房間，貼著牆坐在床上。

應該……一切正常吧？

雲厘發了下呆，還想著下午那本相冊的事情。

不想沉浸在這種情緒中，她趴到床上打了個電話給雲野。

少年秒接，一臉臭屁地跟她炫耀新收到的明信片。

雲野：『我在傳訊息給歪歪。』

歪歪——雲厘自動地和尹雲褘名字首字母yy聯繫起來，她皺皺眉：「她不是沒手機嗎？」

雲野：『她哥弄了個老年機給她，只能打電話傳簡訊的那種。』

雲厘見他摸著下巴思索了許久，半天都沒傳訊息，不禁道：「你傳了什麼？」

雲野：『一。』

雲厘：「什麼？」

雲野解釋道：『怕她爸媽查手機，我早晚傳個一，代表早上好和晚上好。』

雲厘笑了聲：「厲害了。」

她毫不留情地嘲諷：「傳個一能傳那麼久。」

雲厘：「你和尹雲褘待在一起不會覺得自卑嗎？」

雲野困惑地看了鏡頭一眼。

雲厘補刀：「她比你好看那麼多。」

『自卑我就不會追了，幹什麼自討苦吃。』雲野不耐煩道，抓了抓自己的頭髮，將鏡頭拉遠點：『自己看，我配得上她好不好。』

「……」

雲野的回覆打在雲厘的痛點上。

見她一臉鬱悶，雲野愣了一下：『姐夫欺負妳了？』

雲厘重重地嘆了口氣：「我和你姐夫有點距離感，很多事情他都沒和我說。」

『哈？』聞言，雲野起身去洗手間，沒把這當一回事：『妳去問他不就好了。』

「問了……」雲厘的表情充滿為難，「我不知道怎麼說，你姐要習得性無助了。」

『不會吧？』雲野看向鏡頭，略帶諷刺地笑了一聲，像是有點生氣：『雲厘，妳別在家裡有骨氣，在外頭受委屈。』

他垂著眼，毫不在意她的反應，一臉欠揍的模樣：『如果是這樣的話我要站在老爸那邊了。』

「……」

雲野已經在刷牙了，牙刷將他一邊的臉捅得比平時大一倍，他含糊道：『妳走之前給我的冷凍紅燒肉有毒，我今天吃了反胃。』

吐掉泡沫，他埋怨道：『感覺不太對勁。』

雲厘心裡亂糟糟的，直接反駁道：「你是休息不好，少熬夜寫明信片給尹雲禕。」

雲野猜到她心情不好，陪她聊到睡覺的時間。

掛掉電話後，雲厘開了直播，事實證明她不該逞強，粉絲很快發現她不在狀態，情緒低落，她只好草草關了直播。

她心情不佳，睡得極不安穩。

半醒半睡中，屋內帶進了點夜光。

雲厘背對著門睜眼，傅識則一直站在門口，過了一陣子走到她身後。

雲厘閉上眼睛裝睡。

她等了一陣子，再度進入半夢半醒的狀態。

手背傳來冰涼而又柔軟的觸感，一路向上，停在那朵玫瑰前——她捨不得摘下來。

她迷迷糊糊睡著，不知道他待到了幾點。

南蕪大學開學早，雲厘代表ＥＡＷ負責到大學裡進行春招宣傳。

第一次在這種公開場合演講，雲厘緊張了幾天，好在傅識則陪著她排練了兩三個夜晚。

等宣傳會結束的時候，已經是下午三點多了。

手機有幾通未接來電，都是雲永昌的。

雲厘盯著螢幕許久，才回了電話。

雲永昌沒怪她沒接電話，聽起來很冷靜：『我帶了床春被給妳，在妳租的房子門口。』

「……」

來得猝不及防，雲厘甚至沒收到雲野的通風報信。

『哦……我剛下班，我搭個車過去二十分鐘。』雲厘惴惴不安地傳訊息給傅識則。

父女倆見面沒有想像中的勢如水火。

雲永昌提著個大袋子，裡面裝了兩床被子。

雲厘咕噥道：「我又不缺被子……」

「春被和冬被，南蕪比西伏冷。」雲永昌板著張臉道，見雲厘發呆，他硬邦邦道：「站著幹什麼，開門！」

對父愛的感動只維持了幾秒，雲厘開了燈倒了杯水給雲永昌，他語氣生硬：「還和他談著？」

雲厘點了點頭。

雲永昌握了握拳，語氣不容置疑：「讓他今晚來，出去外面吃飯。」
雲永昌堅持要自己搭車出行，彷彿坐傅識則的車就是占了他的便宜。
他冷冷道：「我在西伏不缺車。」
雲厘知道他接受不了傅識則是南蕪人這件事情。
在計程車上，雲厘心裡亂成一團，她來來回回寫著給傅識則的訊息，想讓傅識則多說點會到西伏工作的話，卻又覺得不妥。
雲厘：『我爸爸比較希望我回西伏。』
她有一絲難以明說的羞恥。
她不想讓傅識則覺得，雲永昌是難以相處的人。
一旦有了這樣的考慮，她所有語言和行動都瞻前顧後起來。
傅識則訂了南蕪市一家著名酒樓的包廂。
雲厘剛下計程車，傅識則沒在包廂裡，而是在門口等他們。
他的神態平靜自若。
她忽然放鬆了點。
雲永昌自始至終都沒什麼表情，客氣地問著傅識則的話。
飯桌上的氣氛還算和諧，直到雲永昌突然問道：「沒在上學了？是什麼學歷？」
雲厘放下碗筷，搶先回答：「他在西科大讀大學。」
雲永昌「哦」了一聲，繼續問：「不接著讀了嗎？」

傅識則平靜道：「在西科大讀博士。」

雲永昌聽說在西科大讀博士，表情好了點，畢竟超過半數的西科大畢業生都留在了西伏。沒被糊弄過去，雲永昌指出最怪的地方，「你和我女兒同歲，現在還沒畢業吧？怎麼沒在學校？」

「……」

「我休學了。」

他的語氣平淡，並非在意的口吻。

雲厘能明顯感覺到，休學兩個字一出，雲永昌的表情僵硬了。

她覺得一陣窒息。

雲永昌拒絕傅識則送他們回去，也拒絕了他的禮物，態度非常明確。

回程的車上，雲永昌冷漠道：「妳找的是什麼男朋友，連書都讀不下去。」

「是只看中他的皮相了？」

見雲厘不吭聲，他深吸兩口氣：「他父母是教授，我沒什麼本事，但至少我教出來的孩子還能把書讀完。」

雲厘受不了他這麼貶低傅識則，但又不想在外頭和他爭吵，咬著唇不說話。

「我見過的人比妳吃過的飯還多，這個男孩看著就是心理有問題的。」雲永昌絮絮叨叨說了一路，「妳不要管他家裡條件怎麼樣人長得怎麼樣，他連書都讀不下去啊。」

在雲永昌那一代人的眼中，生活就是苦的苦，甜的甜，再怎麼都要繼續。

他不能理解有什麼問題可以逼到一個人休學。

雲厘受不了說了一句「爸你在外頭能不能安靜一點」，雲永昌才閉嘴。

司機聽了一路，下車時和雲厘說：「妹妹，這種事情有時候還是要聽聽長輩的意見，別被愛情蒙了眼。」

回去後，雲厘沒有和雲永昌爭吵，無論他說什麼，雲厘只咬定兩句話——

「我和他談戀愛是我的自由，你別管。」

「他休不休學，待南蕪還是西伏是他的自由，你別管。」

她難得表現出如此銅牆鐵壁刀槍不入的模樣，雲永昌說了幾句後，怒氣滿腔直接訂了當晚的飛機回去。

雲永昌來去匆匆，留下遍地凌亂。

他關上門的那一刻，雲厘才緩過來。

有一種劫後餘生的感覺。

雲厘並不害怕雲永昌的反對，她也不在乎傅識則休不休學。

最糟糕的結果就是雲永昌不喜歡傅識則，她熬個幾年，雲永昌被逼無奈也只能鬆口。

坐在沙發上，慢慢地，難過的情緒籠罩了雲厘。

她打開手機，從晚飯後，傅識則一直沒傳訊息給她。她輸入幾個字，又逐字刪掉。

最終只傳了個訊息告訴他雲永昌走了。

時鐘減速行走，到了將近十點鐘，她才聽到開門的聲音。

兩人視線交匯，傅識則在門口站了一下。

他慢慢走到她的身邊，俯下身，手托住她的後腦帶到自己懷裡。

第二十章　兩地兩心

青橙味洗衣精的味道。

明明是該最依戀、最具有安全感的懷抱。

雲厘鼻子一酸，眼前逐漸模糊。

她不理解雲永昌為什麼要如此霸道蠻橫，當面給傅識則臉色看，連基本的尊重都沒有。

她也不理解傅識則為什麼直白的說自己休學的事情，明明蒙混過關就好了。

他這麼說，好像完全不在意雲永昌的看法。

就好像不在乎他的反對一樣。

傅識則的聲音沙啞：「厘厘……」

「我爸他脾氣不太好，比較封建，一直想要我留在西伏。」雲厘沒有打算為雲永昌辯解，吸了吸鼻子：「我爸不該這樣子，他不瞭解你，太不禮貌了。」

她猶猶豫豫道：「休學的事情其實你可以不說的……」不想讓他覺得她在指責他，雲厘故作輕鬆道：「因為很多人不瞭解你，但我覺得你很厲害。」

傅識則看著她，點了點頭。

「我高一的時候看過一個關於你的影片，是你參加比賽時拿獎的。升學考後我還特地跑去西科大找你了。」提起自己的糗事，雲厘不太好意思，「但我沒見到你。」

明明是風華正茂的少年。

支撐她度過了高中最艱難的時光，也曾是她夢寐以求的未來。

「你等一下。」雲厘的心情好了許多，找來筆電，播放那個收藏許久的影片。

在他們重逢後，這段影片她反反覆覆看了許多次。

影片是多年前拍的，像素並不高，分辨出曾經的隊友並不難。

傅識則看著這些畫面，瞬間被抽空了。

他回到了那個舞臺，臺下人頭湧動，人聲鼎沸，燈光刺目，轉眼這些畫面被切割成碎片。

他看見那個在宣布獲勝後，激動得歡呼，從後抱住他的人，驀地別開了眼睛。

「不要看了。」

雲厘怔了下，關掉影片。

她覺得他可能是因為雲永昌反對的原因心情不好。

她無措道：「我崇拜著你好長一段時間，當時把你的照片掛在牆上，每天都對著寫作業……」

她執意地想要告訴他，他們很早便有了淵源。

她七年前仰慕他，七年後喜歡上他。

她不想兩人好不容易在一起，卻因為雲永昌的反對而分開。

傅識則收了收下顎，沒有被觸動的模樣，心不在焉地聽她講這些事情。

他像全然不在乎。

他不會因為她七年前崇拜過他而受到觸動。

像不喜歡她的人才會有的表現。

雲厘說得興致乏乏，良久，她說道：「我們回江南苑吧。」

兩人一路無話。

長期的壓抑滋生出了憤怒，到江南苑後，目的性極強的，雲厘走到他的房間，拿起那本相冊繼續翻。

一直翻到最後一張照片。

她一點都沒看進去。

他那麼聰明，他總是掌控著一切，他明明知道自己想瞭解的東西。雲厘無力地握了握掌心，輕聲問：「你不打算和我說些什麼嗎？」

傅識則側頭問她：「說什麼？」

「……」

傅識則毫無情緒：「妳想要我回學校，變回以前的模樣？」

誠然，雲厘確實想要他回到學校。她不想他沉溺在無邊的黑暗中，曾經的光芒萬丈變得晦暗無比。但明明她現在想問的不是這件事。

雲厘語氣僵硬：「對。」

傅識則環著胸，靠著牆壁靜默地看著她。許久，他不置可否，只是淡淡道：「我知道了。」

他這種語氣和眼神和他們第一次見面時一樣，充滿疏離。

雲厘等著他的下文，等著他告訴她發生過的事情。

他卻始終靠在牆邊，沒有靠近，也沒有說話的打算。

深埋著的定時炸彈爆開。

雲厘的無力感越來越強，兩人間的隔閡似乎永無消除之日。

為什麼她總是被他隔絕在外，努力了那麼多次都無法走進他的內心，彷若她是可有可無的。

他不需要她的參與和分擔。

她感受不到他對兩人關係的重視。

雲厘將相冊用力闔上，猛地放回原本的位置。

她從來不知道自己在傅識則面前會這麼粗魯，毫不拖泥帶水的，她紅著眼睛往外走。

傅識則拉住她的手腕。

雲厘正在氣頭上，沒說話，直接將他的手掰開。

回到房間後，雲厘花了很長時間才冷靜下來。她難過地坐在床邊，看著自己的房門。

水聲停了，浴室內霧氣騰騰，傅識則將毛巾往髮上一置，水珠滴落，他極慢地擦拭了下髮。

雲厘已經睡了。

他搭了車到附近的酒吧，徐青宋已經在那等了好一陣子，見到他嗤笑了聲：「怎麼沒帶上雲厘。」

自從傅識則談戀愛後，徐青宋已經不記得多少次喊他出來玩都沒成功了。

傅識則不吭聲，將黑色風衣脫掉放一旁，身上僅剩件白襯衫，袖子挽到一半。

徐青宋抬眼：「吵架了？」

見他不說話，徐青宋腦中試圖重現兩塊木頭吵架的場景，不禁道：「真是難以想像。」

「……」

傅識則垂眸看著酒杯裡的威士忌，連喝了幾杯卻不發一言。

在他來ＥＡＷ後，徐青宋和他的接觸才多了一點，休學的事他也知道，或多或少聽別人說過他的性格變了不少。

印象中，傅識則完全不在意別人對他的看法。

似乎怎麼活都是自己的事。

旁邊的人盯著空空的酒杯，語氣酸澀：「以前的我，比較好吧。」

「她喜歡的也是以前的我。」

憑著這兩句話徐青宋已經能猜到大概。

徐青宋和雲厘不熟，只是覺得，這種事情也是人之常情。

但凡見過他的風華正茂，只會覺得和現在的陰影突兀不和。

徐青宋默了一下：「你現在是覺得失望嗎？」

「……」

「談不上失望，只是覺得對不起她。」傅識則自嘲道，晃了晃酒杯：「不是那個她喜歡的人。」

傅識則不是沒想過這種可能性。

畢竟現在的他，有什麼好的。

雲厘醒來才六七點，她翻身下床，腳套進拖鞋裡。

是傅識則買的情侶拖鞋。

她心裡掙扎了一下，走到外頭洗漱。

以往，每天睡覺最大的盼頭就是，醒來之後可以見到傅識則。

可以在客廳裡看見他的身影。

他會站在廚房門口，手裡端著早餐，問她：「醒了？」

她到洗手間洗漱，看到傅識則的兩則訊息，是凌晨四點多傳的。

『早飯放在微波爐裡保溫。熱一分鐘再吃。』

『外婆病重了，我回去陪床。』

雲厘輸入幾個字，卻停了下來。

『外婆還好嗎？』

她刪掉這句話。
在雲厘看來，兩人昨晚吵了一架，感情岌岌可危。
她害怕這是傅識則迴避她的藉口，她不敢開口詢問或求證。
她希望他能多說兩句。
即便她自己也不知道，想聽到他說什麼。
她情緒低落地將微波爐調至一分鐘，叮的一聲在空蕩的房子內響起。
心裡空落落的，雲厘坐在餐桌前，盯著這份早餐發呆。
雞蛋和吐司，還有一杯牛奶。
雲厘猶豫著，還是打算傳訊息給傅識則問一下情況。
一大清早，鄧初琦突然傳了個影片過來，還說道：『傅小舅好幼啊。』
雲厘打開影片，是一段錄影。
背景似乎是北山楓林，畫面的第一幕是傅識則的眉眼，看起來不過十四五歲，比現在青澀許多。他眼睛向下瞥，鏡頭隨之晃了晃，似乎是在調整角度。
放穩後，傅識則轉頭問身旁的人，語氣無奈：「能不能不拍？」
「不行，今天是阿則生日。」站他身旁的男生比他高出幾公分，輪廓有些熟悉，他笑著把傅識則拉到沙發正中間，旁邊似乎是傅識則的母親，幫他戴上了生日帽。
畫面中還有另外幾個長輩，應該是傅識則的親人。
男生將蠟燭點燃，有人關了燈，畫面中只剩下燭火。風讓畫面一明一暗，幾人開始唱生日歌，傅識則雖然一開始表現得抗拒，但吹蠟燭時，還是忍不住揚起唇角。

男生將手機拿起，鏡頭對準傅識則，問他：「阿則今年有什麼生日願望？」

傅識則的臉上不知被誰抹了一道奶油，他一臉無語，盯著鏡頭看了一陣子，最終卻笑了起來：「有——」

「明年別弄了。」

語畢，他笑著用手擋住鏡頭。

最後幾秒畫面旋轉了一圈，錄影便中斷了。

鄧初琦：『這是夏夏傳給我的。』

鄧初琦：『不得不說，傅小舅以前還有點可愛。』

鄧初琦：『現在這麼冷，就像被人魂穿了一樣。』

雲厘將錄影拉回到十秒前，停留在他笑著伸手擋鏡頭的畫面。

他半張臉被手擋住，但笑得彎起的眼尾告訴著世界，那是他完全不需要掩飾自己情感的時候。

雲厘回憶起和傅識則在一起的時光，他不常說話，即便是笑的時候，也大多是極為內斂和約束的。

就像他永遠被一層淡淡的陰影籠罩。

她試圖一步步走進他的內心，她做了許多努力，接近他，靠近他，但她每一次，都被迫止步。

他不願讓她走進去。
她想起昨晚他冷漠地靠在牆邊，她宛若一個陌生人，無所適從。
原來，他也會這麼看著她。
這就是他的喜歡嗎？
習慣了屋子裡有兩個人，雲厘吃著吐司，無邊的孤獨感湧上心頭。口中的吐司有一部分浸了水，口感受到很大影響。
雲厘回過神，拿紙巾擦掉臉龐上的淚水。
她意識到，他可能本來就沒那麼喜歡她，昨天又見識到雲永昌的模樣，可能也沒有特別強的，和她走下去的欲望了吧。
沒通知傅識則，雲厘自己搭車回七里香都。
直到下午，她才想起來回傅識則：『好。照顧好自己。』
她逃避的不再去想他們之間的問題。
好像把頭埋起來，這個事情就不會更加糟糕。
筆電裡還有錄製的無人機影片和音訊，雲厘花了幾天的時間剪輯，將成品上傳到E站。
傅識則會傳訊息給她，大多是交代一日內發生的事情。
他傳一句，她回一句。
有時候半夜情緒上來了，雲厘很想不顧一切和傅識則傾訴自己內心的掙扎、對這段感情的懷疑，但她輸了一大段文字，最終都會刪掉。

她不想再來一次，讓她反覆確認，他其實沒有那麼喜歡和在乎她。

傅識則打電話給她的時候，他們會陷入很長時間的沉默。

他們都想說些什麼，卻都沒有說。

戀愛不只是甜的。

戀愛中會有很多摩擦、難過、猜忌和顧慮。

也並非所有人都能在戀愛中學會愛人。

房間中僅有偶爾響起的儀器聲。

傅識則望著床上的老人，兩鬢花白，臉上的褶皺代表歲月的痕跡，斑點遍布的手毫無力氣地握住他的。

他坐在原處，直至監控儀器變為一條橫線。

傅識則幫老人捋好被子。

「我不想參加葬禮。」

留下這句話，他直接出了門。室外氣溫三度，傅識則忘了披上外套，身旁經過的人像行屍走肉，他自己也是。

外婆的離世是早可以預料的，用儀器強行延長了壽命。

只是，從小看著他長大的人，如今一個也不剩了。

傅識則從出生起便沒有關於父母的印象，長大了稍微記事點，知道父母在西科大教書，除了睡覺以外幾乎都窩在學校的實驗室裡。

父母無法給予陪伴，他從小由外公外婆撫養。

江淵和陳今平同日出生，這個淵源促使陳今平認為兩家人很有緣。

他最早的記憶是三歲的時候，那時候江淵七歲，擔心他走不穩，牽著他去買路邊小攤的石榴。

他買了兩個，給了他一個。

傅識則從小並不安分，性格有點痞，補習班上太多了，但凡有閒置時間就拉著江淵四處遊蕩和闖禍。

被外公外婆發現了，年長的江淵會攬下所有責任。

江淵的性格溫柔，會用甜言蜜語去哄外公外婆，他們經常笑著和傅識則說讓他多學點。

他和江淵讀同一所小學、國中，他比江淵小四歲，跳級到國中部後，比同級人都小許多，身高也同樣。

兩人向來同進同出。那天江淵家裡有事，他自己回家，高年級的學生被家裡說比不上他這個十歲的跳級生。

傅識則從小不怕事，沒有管對面是四個人，提著書包直接往前走。

幾個學生揍了他一頓，把他包裡的東西全翻出來，扔到旁邊的水溝裡。

其實他還挺無所謂的。

反正等江淵回來，二打四，應該比一打四穩妥點。

那是傅識則唯一一次被人欺負，他沒立刻告訴江淵。

別人傳訊息和江淵說了這件事，他直接從家裡跑回學校，把那幾個人推到水溝裡。

那也是江淵鮮少的發脾氣，冷漠地指責他：「阿則，你現在大了，出了事不和我說了是不是？」

在那之後，傅識則什麼事情都沒瞞過他。

高中時父母要將他接到西伏實驗中學，他拒絕了。

留在南蕪唯一的理由，就是想和江淵上同一所高中。

後來，兩人去了同一個大學，讀同一個科系。

他是在江淵的保護下長大的。

從小父母不在他的身邊，外公外婆又與他有代溝。江淵像他的哥哥，教會他如何處理日常瑣事，如何與人相處，如何愛人。

時間久了，他和江淵越來越相似，對方是他的哥哥、玩伴、好友。

升學考考前，外公去世了。

兩年前，江淵和他說了再見。

江淵離開後，這兩年的時間，就像是不存在的。

傅識則希望，它確實是不存在的。

今天，外婆也離開了。

所有愛的人離去時，都下著雨。

南蕪，為什麼總有這麼多雨。

麻木地啟動了車子，車海人流，四周的資訊高度模糊化，雨在玻璃上粗暴地炸開。

他不能，也不想再失去了。

他想要到她的身邊。

他不想給空口無憑的承諾。

只是想要，雲厘給他一點時間，他會變回以前的傅識則。

停了車，傅識則喘著氣，渾身濕透走到七里香都的門口，抬起手時，就那麼一瞬間，他突然想起來。

哦，她不喜歡他這副模樣。

他不該用這幅落魄的模樣來見她。

傅識則離開七里香都後，開車到了南蕪市公墓地，烏雲密布，下午三點便像夜晚。

黑黢黢的路上只有傅識則一人。

按照熟悉的路線，他走到他常待的那個位置，照片上的人笑容若初。

「外婆走了。」

江淵不會給他答覆。

「我還有厘厘。」

他想起去西伏的那天，時隔一年半，他回到控制學院的實驗大樓，他去到江淵的辦公室，發現他的座位已經被替換掉了。

上面工工整整擺著其他人的電腦、筆筒、筆記本、外套。

明明以前有無數次，他進去的時候，看見的是江淵的外套。

沒有人記得他了。

他呆滯地走下樓，他看不太清楚眼前的路，只覺得黑暗綿延不斷，剎那間他看見了盡頭。

她的臉凍得通紅，眼中帶光，將卡夾遞給他。

原來黑暗裡面，也可能會出現光啊。

傅識則重複了一次：「我還有厘厘。」

語畢，他又自嘲地笑了聲：「厘厘七年前見過我。」

他垂眸，背靠著石碑，將自己蜷起來：「她想要的，喜歡的，是那個傅識則。」

「我不敢告訴她。」

「那個傅識則，回不去了。」

「我不敢告訴她。」

他喃喃自語，雨水進到眼中。夜闌不醒，他在夜幕的包裹下，忘記了時間的流逝。

發著高燒，傅識則回江南苑一倒下就睡了兩天，半睡半醒間總是見到雲厘。

傅識則是被疼醒的，腹部痙攣，如刀割一般，他額上密密麻麻的汗，眼前是醫院病房雪白的天花板和白燈管。

因昏睡兩日的斷食，兩年不規律的飲食和酒精在一夜間回報了他。

傅東升見他醒了，連忙起身：「你別動，躺著躺著。」

傅識則皺眉：「怎麼回事？」

「胃穿孔。不是大問題，爸媽幫你安排好了，下午做手術。」傅東升安慰道，「兒子你別怕啊，小手術，睡一覺就好了。」

「……」

傅識則頭很重：「葬禮結束了嗎？」

傅東升點點頭，安慰他道：「難過是正常的，老人家年紀到了，我們要接受這個事情。之前你傳給我的和厘厘的照片啊，我給外婆看了。老人家應該沒什麼遺憾了。」

傅識則默了一下，問：「現在幾點了？」

傅東升看了手錶一眼：「下午一點。」

隱隱約約記得倒下前是凌晨，傅識則問道：「今天幾號？」

「二十六號。」

——過了兩天。

兩天沒有跟雲厘聯絡。

傅識則唇色發白，問他：「我手機呢？」

「兒子，能不能先治病……」

「手機。」

傅東升無奈地去旁邊的包裡翻了翻，拿出他的手機。開機要等十幾秒。

等待的過程，傅識則的五指掐進自己的腹部。

開機了，他立刻切到和雲厘的聊天畫面。

昨天早上的訊息。

雲厘：『我弟生病了，我現在回西伏，你能陪我一起回去嗎？』

沒有新的訊息。

「爸，手術晚點做吧。」傅識則抿著唇試圖起身。

撐直身體的時候，劇烈的疼痛讓他全身再度弓成一團。他的身體往一旁側倒，點滴被他扯到地上爆裂成碎片。

這兩天南蕪下了大暴雨，黑壓壓的雲悶得人喘不過氣。雲厘宅在家裡，寫著她看不懂的題目。

南理工已經開學了，這學期的課比較多，也比較難，第一週的課程她就有些跟不上。

如果傅識則在的話，應該會好很多。

雲厘寫題寫累了，盯著旁邊的空座位，發了下呆。

下雨這兩天，雲厘沒有收到傅識則任何訊息和電話，她主動傳了幾則訊息，傅識則也沒有回。

她心裡難受，但也覺得很正常。

就好像，一切就應該這麼發展。

傳識則沒有來找她，應該是想分手吧。

她不知道一段戀愛走到盡頭是什麼樣子的，畢竟她沒有試過。

她也沒有主動找他。

她好像也有點累了。

雲厘吸了吸鼻子，繼續寫題目，她努力地維持自己的生活正常，似乎就能欺騙自己，一切都是好的。

楊芳打電話給她的時候，雲厘正絞盡腦汁在和一道題目搏鬥。

楊芳的語氣焦急：『妳弟弟昨晚開始發高燒，三十九度，吃了藥都沒好啊。』

她的脾氣軟，遇事也不會處理。聽這語氣，雲厘也沒太當回事，她自己每隔一兩年也會發一次燒：「他這年齡了還能燒成這樣，趕緊去醫院吊個點滴退燒。」

『燒得稀裡糊塗的，話都說不好了，一直在數數，一直咕噥著一一，』楊芳的語氣著急，『我讓妳爸趕緊回來吧，我架不起妳弟弟。』

雲厘安撫她幾句，雲永昌便到家了。

雲厘掛了電話，放下手裡的筆。她的思緒停住，想起之前幾次電話，雲野皺著眉說身體不太舒服。

不過半個鐘頭，雲永昌傳了訊息：『回家。』

簡單的兩個字，沒有任何解釋，更像是沒有時間去解釋。

雲厘不由自主地顫抖起來，從椅子上站起來，屏著呼吸顫著手點開訂票軟體，頻頻按錯幾次後，訂了最近一班飛機。

載入的時間緩慢，訂票的每一道程序都像被無限拉長。

雲厘拿上證件，其餘什麼物品都沒帶直接出了門，冷風沒有為她帶回絲毫理智。

無論兩人之前鬧了什麼矛盾，這種大事發生的時候，雲厘還是希望傅識則在自己身邊。

雲厘連著打了幾通電話給傅識則，都沒有接聽。她匆匆寫了訊息傳過去，便搭車到南蕪機場。

無以言說的恐懼籠罩在雲厘的心頭。

明知道現在應該理智，她的腦中卻不停地閃過各種可怕的可能性，還不停地出現雲野和她說話的場景。

直到上飛機，傅識則都沒有回訊息。

飛機落地的時候，雲厘重新連上了網路，見到雲永昌的訊息，雲厘大腦一片空白。

『簽了病危通知書。』

『慢慢過來，不要急，現在在人民醫院急診室。』

雲厘到醫院的時候，雲野已經轉到了住院部。醫院只允許一人陪床，楊芳哭得厲害，醫院破例讓雲永昌和楊芳在裡面待著。

雲永昌出來告訴雲厘，是膽囊炎轉急性胰腺炎，緊急手術安排在明天傍晚。楊芳還不能接受現實，不肯出來。

雲厘坐在醫院的長廊，茫然地看著來回走動的人，眼眶裡持續湧出的淚水讓她視線模糊。她有種不真實的感覺，總覺得雲野現在應該還在學校裡，而不是躺在裡面的病床上。

她突然想起雲野和她說過了。

雲野說了覺得自己不對勁。

她沒有在意。

她明明可以更早發現的。

以前每次她稍有不舒服，雲野都會拽著她去醫院。

極大的負罪感和無助感湧上她的心頭。

吃飯時間，雲厘去樓下買了便當，送給雲永昌和楊芳。雲永昌看起來老了十歲，眼眶通紅：「回家待著吧，明天手術再過來。」

「爸，我知道了，有什麼事情你們打電話給我。」

「嗯。」雲永昌應了聲便回了病房。

從住院部大門這邊能看見雲野的房門，雲厘想像著雲野會突然好起來，自己走出來，還會毫不客氣地嫌棄她的沮喪臉。

然而都是陌生人的影子。

雲厘忍不住上網查這個病，看到死亡率有百分之十的瞬間，她崩潰地伏在膝蓋上。她不敢想像最壞的情況，也不敢回家，擔心半夜雲野病情加重，她連最後一面都見不到。

從來沒想過，雲野會跟死亡二字沾上關係。

縮在醫院的長廊上睡了一晚。

擔心錯過訊息，她手機一直開著聲音。

西伏不冷，但夜間十度左右的氣溫也滲得人難受。雲厘半夜醒來的時候，看著長廊的燈，周圍一個人都沒有。

她翻開自己和傅識則的聊天畫面。

突然間，雲厘很難過，兩人冷戰了這麼久，感情瀕臨破裂。可她現在，真的迫切的希望傅識則能在自己身邊。

第二天清早，尹昱呈打了電話給雲厘，她不想接，對方卻堅持不懈打了好幾通電話。

接通後，說話的是尹雲禕：『姐姐，雲野以前每天都會傳簡訊給我，這兩天他沒傳，也聯絡不上他。我想問一下，雲野最近有什麼情況嗎？』

雲厘沉默。

沉默通常代表著壞消息。

『可以告訴我嗎？』尹雲禕聲音帶了哭腔，『姐姐，我們說好了暑假要見面的，他是不是出什麼事了……』

她情緒失控，電話被尹昱呈接過，他問道：『是發生什麼事情了嗎？』

雲厘簡短說了下雲野的情況。

在醫院的走廊驚醒的時候，雲厘才發覺自己已經睡了一段時間。尹昱呈傳訊息說他們下午兩點到西伏的飛機。

兩人到的時候，尹雲禕的眼睛已經哭得紅腫，念著雲野的名字，雲厘失神地揉了下她的腦袋。

雲厘無言地坐在角落的椅子上。

尹昱呈走到她面前蹲下，安撫道：「不要太擔心。急性胰腺炎是很常見的病，送醫及時，手術會順利的。」

雲厘沒聽進去他的話，她低聲道：「你陪著雲禕吧。我想自己待著。」

尹昱呈沒再多說，放了瓶水給她，便坐回尹雲禕身邊。

雲野的手術如期進行，做手術過程中雲厘收到傅識則回覆的訊息。

『厘厘，我這裡有些事情，過幾天去找妳。』

雲厘心裡緊繃著一根線，等待著手術結束。

手術順利，雲野人還未清醒，但醫生說已經擺脫了生命危險，雲厘鬆了口氣。

第二天白天才能探視，尹雲禕不願意去酒店過夜，堅持待在醫院等著。

雲厘坐在椅子上。

往旁邊看，尹雲禕頭枕在尹昱呈的腿上，女孩覺得冷，身體縮起來，蓋著尹昱呈的外套。

雲厘訥訥問道：「雲褘過來，叔叔阿姨知道嗎？」

「怎麼可能。」尹昱呈摸了摸腦袋，「她在我面前哭好久了，我心疼我妹妹，和父母說是帶她去民宿玩了。」

「從小雲褘養尊處優，沒想到為了妳弟弟這麼能吃苦。」尹昱呈瞥了鐵製的椅子一眼。

她和雲野甚至不是情侶，只是彼此有好感。

緊繃的那根線斷了，雲厘有些崩潰，她起身，走到長廊的盡頭，是樓梯間。裡面沒有光，她走進去，傅識則這個晚上打了十幾通電話給她，她守著雲野的手術，都沒有接到。

雲厘回了電話。

對面立刻就接通了，是久違的，卻讓她感到極為陌生的聲音：『厘厘。』

他的聲音很輕，似乎沒什麼力氣。

為什麼，他不能像尹雲褘一樣，直接來找她。

為什麼，一直以來，他就不能多喜歡她一點。

眼眶濕透，長久以來的積怨試圖找到爆發點，她有滿肚子的不滿、難過和痛苦想要讓他知道。

但最後她什麼都沒說。

她不打算指責。

她只說了一句——「我們分手吧。」

『……』

電話對面是長久的沉默。

每一個字，都透過電話，重重地打在傅識則的身上。

似乎是雲厘的錯覺，他的聲音中若有若無的顫抖，傅識則問她：『是因為我沒有過去找妳嗎？』

雲厘硬著心腸說道：「有這個原因，也有別的。」

『……』

靜悄悄的，只有偶爾傳來的風聲雜訊。

雲厘以為他會進一步追問。

但良久，只有微不可聞的一聲——

『好。』

新舊矛盾累積在一起，雲厘口不擇言，在打電話前完全沒想過要說什麼，那更像是她一時衝動下做出的反應。可她沒有想過，傅識則會直接同意。

雲厘木楞地掛掉了電話。

她走回長廊，尹雲禕醒了，一抽一噎地說著自己做了噩夢。

雲厘也感覺自己也像是做了一個很長很長的噩夢。

尹昱呈看了雲厘一眼，將自己的圍巾遞給她：「妳也休息一下吧。」

雲厘搖了搖頭。

她一夜無眠。

等到半夜，她被走廊的腳步聲驚到時，她後知後覺地反應過來。

她和傅識則，分手了。

雲野一大早就醒了，從發病到手術的整個過程，他幾乎沒有印象，茫然地看著自己所處的地方。

尹雲禕進來探望的時候，眼眶仍是紅的。雲野故作輕鬆，把關注點全放在上次收到的明信片上。

見雲野還算有精神，雲厘放鬆了一些。

他還需要住院一週，尹昱呈和尹雲禕回了南蕪，雲厘來陪床。

雲野年輕，恢復得快，過兩天便讓楊芳把家裡的練習題拖過來寫，雲厘有些無語：「你就不能好好休息。」

雲野和她相互嫌棄：「我要考西科大，別煩我。」

雲厘看著他：「別再生病了。」

雲野已經聽說了過程的凶險，低著眼道：「知道了。」

少年寫題目的時候，雲厘撐著下巴出神，不自覺地去想在南蕪的傅識則。

雲厘拎著楊芳送的粥回去時，雲野正嘗試下床。

雲厘將他往床上一按：「待著。」

「靠，我都要長痔瘡了。」雲野不滿道，抬頭看見雲厘憔悴的模樣，又閉上了嘴。

雲厘拆開飯盒，是粥，還滾燙著。

她舀了一勺，吹了吹遞到雲野唇邊。

「……」雲野嫌棄地往後退，「雲厘妳是我姐，不是我媽，我自己喝。」

雲厘忍了幾天了，見他的臉色好得很，往他腦殼上不留情地敲了一下，又開始絮絮叨叨。

「雲厘。」雲野打斷了她，「妳什麼時候回南蕪？」

「幹什麼？」

「吵死了，妳去姐夫那嘮叨，我需要安靜的環境康復。」雲野話一出，雲厘的臉色就沮喪了下去，他愣了下，問：「妳怎麼了？」

雲厘故作不在意道：「和你姐夫……前姐夫分手了。」她強笑道：「沒多大事，你照顧好自己就行。」

「哦。」雲野過了半晌才反應過來，「分手？誰提的？」

雲厘：「我提的……」

「哦。」雲野的勺子在便當盒裡敲了幾下，過了一下，他不可置信地問道：「妳不是追了人家七年嗎？」

「以前的哪能算，追人歸追人，分手歸分手，這是兩碼事。」

「為什麼分手？」雲野滿臉不理解，「姐夫不是對妳挺好的嗎？」

他補充道：「對我也挺好。」

「……」

「你別管。」雲匣不耐道，「他沒那麼喜歡我。我們的問題也不是一天兩天了。」

話說到這，胸腔就像是被重重打了一拳，她聲音小了點，紅著眼睛試圖說服自己：「感情分分合合很正常。」

她抬眼望向雲野，控制著自己的表情，手背擦拭著臉頰邊不受控流下的淚水：「很正常的，對嗎？」

時間太短了。

短到她覺得，情緒還未消化半分。那些痛苦，還歷歷在目，像是昨天剛發生過的事情。

雲野也沉默了。

雲厘是姐姐，在他面前一直很強勢，在外頭保護他時也從未軟弱。這種時候，他不知道怎麼安慰。

他像小時候一樣拉住雲厘的手，安慰道：「姐，不要難過了。」

「妳還有我呢，妳和尹雲褘並列第一。」

長時間沒回南蕪，自動餵食器的魚糧空了，幾條小金魚也離開了人世。

兩人的聊天記錄停留在那一通分手電話。

雲厘：『我明天下午兩點到江南苑取一下我的東西。』

聊天畫面上，一直呈現「輸入中」，幾分鐘後，卻只有一個字：『好。』

到江南苑，雲厘只帶走了和傅識則完全無關的東西。

離開的時候，陽臺乾淨，孤零零地放著一把椅子，她把鑰匙留在上面。

她刪除了所有和傅識則有關的聯絡方式，刪除了他們的合照。

EAW的實習也結束了。不顧押金，雲厘退掉了七里香都的公寓。

這個公寓裡有太多回憶。

打包行李的時候，雲厘才留意到，很久以前塞在沙發裡的合照，觀眾席上，他望向她，滿臉不馴，而她侷促不安。

莫名地，她將這張合照塞到了筆記本裡。

床頭那個兔子氣球已經沒氣，癟癟地垂落在地板上。

回想起那個萬聖節，他將她拉到自己身後，她好像重新看見了那雙眼睛。雲厘鼻子一酸，看了最後一眼，便帶上了房門。

鄧初琦趕上最後一批申請，收到了英國某個學校的碩士offer，她提前到英國做研究助理。

這個契機也讓雲厘想起自己的導師曾經說過的話。

海外交流的手續很順利，經導師張天柒搭橋，她將去英國的大學交換一年。

一如既往，雲永昌反對，她好聲勸說無效後乾脆置之不理。

雲厘在南蕪待到七月份。

偶爾快遞員敲門時，她會產生一瞬間的錯覺。

也許他和其他人問到了她的新住處。

也許他來找她了。

七月中旬，雲厘到英國後租了個房子。

鄧初琦和她在不同城市。

她獨立的在這個陌生的城市與各種陌生人打交道，她心中仍有恐懼和抗拒，但並無退卻。

在異國他鄉生活不易，她常會打開直播和粉絲聊天。

粉絲換了一輪又一輪。

幾個死忠粉會定時出現，包括先前看見的那個 efe。

鬼使神差的，雲厘打開了 efe 的主頁。空空的，標示著無性別狀態。

時間久了，兩人慢慢成了朋友，efe 也伴她度過了在異國最難熬的一段時期。

幾個月後，efe 說要寄明信片給她。

她陸陸續續收到，明信片都來自西伏，她一眼辨別出不是傅識則的筆跡，而且他應該在南蕪。

也是呢。

距離他們分手都半年了。

雲厘覺得自己異想天開。

雲厘早出晚歸，全部的精力都放在學業和 E 站的影片更新上。

那天從實驗室回家，雲厘把飯盒拿到微波爐加熱。
等待的時間裡，雲厘還在看當年那個風靡一時的論壇文章。
近期它重上了熱榜。
是很久前的文章了，但還有源源不斷的新留言。
她看著影片裡的少年。
不知不覺，雲厘點開了回覆欄。
遲疑半天，終於下定決心，開始字字斟酌，敲下一行字。
像在安慰其他人，又像在安慰自己。
——「所幸我足夠勇敢，至少與月亮碰過面。」

第二十一章 西伏

天色熹微，熱浪伏滿地表。七八月份正處西伏最熱的時候，適逢近幾年最高溫，雲厘樓上樓下來回奔波，身上黏糊糊的全是汗。

今天是雲野上大學的日子。

距離雲厘從英國回來，已經過了兩個多月。

雲厘擦了擦額上的汗，將雲野的行李扔到後車廂。堆堆興奮得直搖尾巴，跟著姐弟倆前後奔跑。

雲厘數著清單上的東西：「應該沒缺什麼了吧？」

「我去上學，又不是逃難。」雲野忍不住吐槽，雲厘幫他收拾的東西足以讓他去荒野求生了。

見她嘟囔著「好像沒奶粉」往屋裡頭走，雲野連忙把她拽了回來。

「我們快點，別讓歪歪他們等。」雲野把雲厘推到駕駛座旁，自己往副駕駛座走。

他眼一瞥，往前走了兩步，又停下。轉頭，問她：「妳就這麼出門？」

「嗯。」雲厘鬆嘴，低頭隨意掃了自己的穿著一眼，「怎麼了嗎？」

「沒怎麼。」雲野聳肩，「尹雲禕她哥也在。」

雲厘這才察覺自己只穿了緊身短T恤和超短褲，這一年，她的穿衣風格有了極大的變化。

她慢一拍地「啊」了聲，隨後把牛奶袋遞到雲野的面前：「拿著。」

雲野沒動靜。

雲厘催促：「快點。」

雲野稍稍皺眉，神色略顯不耐，但還是接了過去。她看不慣他這模樣，盯了他三秒，忽地用力敲了下他的腦袋。

這一下猝不及防，雲野有些惱了：「妳幹什麼。」

雲厘沒吭聲，又給他來了一下。

「……」沒事找事，聖人都忍不了。但瞥見她面無表情的臉，雲野忍了忍，還是決定讓步，「妳有什麼事情？」

安靜片刻。

雲厘表情舒展，收手：「沒什麼。」

雲野唇線抿得很直。

雲厘眼角下彎，理所應當道：「把你打回原形。」

「……」

回到房間，雲厘翻了翻衣櫃。家裡的衣服不是她從英國打包回來的性感風格，就是實習階段穿的，古板得很，她勉強找了件中規中矩的白T恤。

卻還是不太滿意。

雲厘換了衣服，重出房門。

雲野不爽地把牛奶袋遞回給她：「拿走。」

「唔。」雲厘含糊應了聲，盯著他身上的短袖外套，語速慢吞吞地，「你這衣服誰買的？」

雲野沒回答。

對視三秒，他懶得跟她對峙，朝她抬了抬下巴。

雲厘往他袖子上摸了一把，琢磨須臾，冷不防說：「脫下來。」

雲野：？

雲厘：「讓我試試。」

「……」

從家裡開到西伏機場的這一段路，沿途蓋了不少新建築，上次開經過這還是一年半前她去機場接傅識則。

轉眼間雲野都上大學了，今天是西伏科技大學的新生報到日。

雲厘六月底從英國回來的時候，雲野和尹雲褘剛出分數。

少年少女的夢想成真，兩人的分數都超了西科大的標準不少，申請了通訊學院。

雲野一直噙著笑玩手機，雲厘瞅他一眼：「你告白了沒？」

「呵，妳弟才不需要告白。」雲野臭屁道。

「老爸今天怎麼不送我去？」雲野問道。

雲厘「呵呵」了一聲：「你還有臉說。」

填報志願後，雲野打著學車的名義跑到南蕪去，在那邊待了一兩個月，和尹雲禕兩人一起拿了駕照。

雲永昌開著那麼大一個駕訓班，雲野明面上應允著過去，私底下學著當年雲厘的做法來了個先斬後奏。

雲永昌被他氣得半死，覺得下一步自己兒子要給別人當上門女婿了，委屈了好一段時間。

雲野在南蕪逍遙自在，日子過得莫不美好，將這爛攤子留給了她。她每天實習累得半死，回家還要對著雲永昌的臭臉。

夏日的西伏鍍了金光，矗立的高樓星羅棋布，熱氣綿延至無盡。

雲厘停好車，雲野一解開安全帶就想往外衝。雲厘拽住他往便利商店走：「去買水。」

雲野嫌棄她耽誤時間：「妳在家不是喝了？」

「買給我未來弟妹的。」

雲厘也不知道從什麼時候開始，她學會處理這些人情世故。在英國無依無靠，她的語言不行，生活上有許多不方便的地方，大多時候是與當地的留學生抱團。

與他人相處的習慣都是照搬傅識則的，按照他的套路來便不會出錯。

譬如買水，以前每次出門，傳識則都會幫她備一瓶水放在杯架上。

雲厘一開始沒留意，分手後才想起這些細節。

在出站口見到兄妹倆。尹昱呈提著兩個大行李箱，穿著休閒西褲和白T恤，尹雲褘一身白色長裙，燙了微捲，化了淡妝。

上次見尹昱呈是去年七月份的事了。

當時，雲野事先拜託了尹雲褘，讓尹昱呈送她到南蕪機場。

尹昱呈走到她旁邊，和她打了個招呼。

上車後，雲厘駕輕就熟，導航到西科大。

這一段路她曾開過。

她走了一下神。

尹昱呈坐在副駕駛座上，問她：「回來多久了？」

雲厘隨口應道：「兩個多月。」

「是明年畢業嗎？最近不用回學校？」

雲厘：「實驗做完了。我在這邊把畢業論文寫一下，明年再回去答辯。」

「以後打算留西伏工作了？」

雲厘愣了一下，「嗯」了聲。

她的家人都在西伏。

她好像也沒必要去別的地方了。

說來好笑，她總是在反抗雲永昌的命令，甚至到幾千公里外的英國去留學，最後卻還是自願的，回到了西伏。

兩人有一搭沒一搭聊了一陣子，尹昱呈望向雲厘。

她套著件寬鬆的短袖，看起來像個大學生，說話柔和自然，褪去了當初的侷促和靦腆。

「在英國過得怎麼樣？」

雲厘微微握緊方向盤，平靜地回應道：「挺好的。」

順著指示牌，雲厘開到了報到處，在西科大的體育館。

兩側停滿了車，四處是拉著行李箱的學生和父母。

「你們去報到吧，我找個地方停車。」

尹昱呈遲疑了一下：「我陪妳去停吧，現在車多路窄，不太安全。」

「沒事。」雲厘笑了笑，禮貌而客氣地拒絕：「雲野和雲禕可能不太知道路，你陪著他們吧。」

尹昱呈沒強求，等他們都下車後，雲厘沿著體育館的外圈緩慢地開著。

路旁立滿迎新的介紹看板和帳篷。

饒了一圈沒找到停車位，雲厘正準備換個方向，餘光瞥見旁邊的招生看板，心跳忽然停了一下。

淺藍底板印著深藍介紹字樣，頂端用放大的黑色字母印著——Unique。

她順著看板往前看。

幾頂普通的帳篷，是手機卡辦理業務。

雲厘收回視線，車子已經換了檔，她盯著中控臺看了一下，又忍不住，扭頭往外看。

在側邊有一頂藍帳篷，幾人穿著黑色短袖，胸前佩戴著月亮型徽章。

其中一人高高瘦瘦，倚著桌子。其餘幾人圍著他說個不停，他垂眸操作著手裡的無人機，偶爾側頭應兩句。

說著說著，他笑著抬頭，半空無人機的光影掠過他的臉。

雲厘下意識把車窗搖上去。

她怔怔地看著那個方向，是影片中的少年，長開了的五官更為硬朗銳利，氣質依然溫潤。

小粉絲找他簽名，他隨手一簽。旁邊的人起鬨，他扯開一抹很淡的笑。

「嗶——」

後車按喇叭催促。

雲厘回過神，將車調頭駛離，心中像是積了些情緒，她六神無主地在校園裡兜圈。

終於找了塊空地停下。

片刻，她才發現車子還在震動，自己忘了熄火。

是他。

分手之後，雲厘逼著自己從早到晚工作，才能在深夜時即刻入睡。

不必再想起他。

一年半過去了，記憶中的人臉、溫度、觸感逐漸模糊。

以為再也不會見面了。
雲厘盯著杯架中的水。
真好啊。
他又恢復了以前的模樣。
心中湧出點點酸澀。
而她，只是在他從神壇跌落的那段日子裡，碰巧遇見了他。

雲厘沒有步行回體育館。
她思忖一下，重新啟動了車子，打開空調。炎炎夏日，往來的人流在她眼前穿梭。
待在車上，這樣就不用碰見他了。
似乎也沒有見面的必要。
雲野打電話來催了，手機震動了許久，雲厘才回過神接聽。雲野那邊很吵：『妳怎麼還沒過來？我們都報到完啦！』
雲厘草草打發了他：「等一下，我開車過去。」
深吸一口氣，她將車子往回開。
瞥見路邊尹昱呈的身影，雲厘停下車子。
他先鑽到副駕駛座上，才過了半個多小時，能看見酷熱下他額上出的汗。
尹昱呈接過她給的紙巾，擦了擦汗：「外頭太熱了。雲禕和雲野少拿了份文件，等一下吧。」

「嗯。」雲厘漫不經心地應了聲。

雲厘的指腹在方向盤上擦了擦，她傳訊息給雲野催促了一下，有些焦躁地往後靠著。

察覺到她的異常，尹昱呈問道：「怎麼了嗎？」

「沒什麼。」她笑了笑。

一抹紅黑交加的影子迅雷般從她眼前穿過。

接著，另一架無人機像吸滿血的蚊子一樣，慢悠悠地在擋風玻璃前漂浮著。

「……」

剛鑽進後座的雲野看見這無人機有點茫然：「姐，妳撞了別人的無人機嗎？」

「……」

雲厘輕按了下喇叭。

那無人機似是接收到了指令，慢慢地往右側飛。

雲厘心裡越著急，這無人機故意似的飛得更慢。

她的視線跟隨者無人機的身形，只想等它飛到安全區域便立刻開車逃離這個地方。

抬眸的瞬間，離得很遠，她和傅識則的視線對上。

僅一刹，雲厘別開目光，啟動車子揚長而去。

雲厘沒有告訴任何人遇見傅識則的事情，也沒有刻意去打聽。

回去後，她發了一下呆，又投入到工作中。

生活的忙碌不允許她將心思耽溺在過去的事情上。

更何況，現在，於他們而言，只不過是諸多陌生人中，匆匆的一瞥罷了。

自從實習後，雲厘的生活簡單得離譜，早八晚五，回來吃個飯洗個澡處理一下影片便可以入睡。

『我不是補選上了兩門控制學院的通識課嘛，教材要自己買，我寄到家裡去了，今天上課就要用啊，在快遞站，妳幫我送過來唄？』

雲野打這通電話的時候，是雲厘難得的調休。

她嘆了口氣：「雲野，你能不能成熟點？」

「能不能不要壓榨你姐了？」

話雖如此，雲厘還是去快遞站將這個包裹拿上。假期被打斷，她心裡不悅，恰巧雲野又頻頻傳訊息來。

剛坐進車裡，她皺著眉打開手機。

雲野：『這個實驗大樓我不熟，妳到教學大樓E棟，我們要上課了。』

雲野：『我的座位在裡頭，不好出去啊。』

雲野：『妳還沒來嗎？』

雲厘忍著火回覆：『你五分前才通知我。』

啟動了車子，雲厘直接驅車前往西科大，剛到學校裡頭，雲野又傳訊息。

雲野：『算了，我問一下助教怎麼辦吧。』

雲野：『我在群組裡加了助教啊，我把他的帳號傳給妳，妳幫我給他。』

雲野傳了好友帳號給她。

——F。

雲厘的表情一僵，打開聯絡人訊息看了一眼，她現在只想將時間倒流回出發前。

毫不猶豫而又十分抗拒地回雲野：『添加失敗，算了，下次你自己拿吧。』

雲野：『別啊，我把妳的帳號給助教了。』

「……」

雲野：『ＯＫ，助教說加妳了。』

靠。

聯絡人裡果然多了個小紅點，對方打招呼的內容簡單：『我是「控制工程基礎」的課程助教。』

雲厘在原處僵持了大半天。

她看了自己大頭照一眼。

嗯，換過了。

暱稱。

嗯，也換過了。

帳號。

哦，是初始生成的無序帳號。

應該，認不出是她。

雲厘原以為自己去英國磨鍊了一趟，處事方面能自如一點，這時她覺得自己又回到了以前侷促不安的狀態。

她垂眸，萬分無奈地通過了好友申請。

雲厘沒有主動傳訊息，事實上，她希望對面最好也別傳。

世事偏偏不如她意。

幾分鐘後。

F：『雲野讓我幫他拿一下書。』

雲厘反應過來，她在這裡傻乎乎糾結老半天，但是，傅識則知道雲野的名字啊。

搖下車窗，雲厘想吹風冷靜一下，迎面的熱意提醒她這是夏天。

他們分開的時候是初春，那天還是零下的氣溫。

最後一次見面極不愉快。

一通電話，兩人就徹底分手了。

雲厘第一個反應是推脫，她盯著螢幕看了一陣子，來來回回輸入拒絕的句子——

『不好意思，車拋錨了。』

『不好意思，忘記帶書了，雲野說他下次到家裡拿。』

在螢幕上反覆敲擊拒絕的語句時，雲厘想起去年，直至離開南蕪，她心底都隱隱幻想著有一天傅識則會重新出現。

一如既往抱住她，輕聲道，「厘厘，別不開心了。」

那時候她是很希望能再次見面的。

然而幻想終是幻想。

手機一震。

F：『我在控制學院門口。』

雲厘刪掉了拒絕的話語，拋開腦中那些亂七八糟的想法。

都是成年人了。

那些事情——只不過是這世界上的兩個人，在很短的時間內，存在過的糾葛罷了。

她沒必要那麼在意。

她深吸一口氣，告訴自己，她已經不在意了。

雲厘往控制學院的方向開，到最後一個轉角時，她找了地方停下。

低頭看了自己的著裝一眼，扯整齊了點，撫平衣褶。

將棚頂的鏡子拉下來，仔細理了理自己的髮型，抹了層日常的奶茶色唇膏。

車子四平八穩地接近控制學院，遠遠，一簇黑影立在路邊，隨著她徐徐靠近，光線漸進充足。

傅識則斜靠著燈杆，套著件短袖白襯衫，穿著藏青休閒褲。

她的車速更慢了點。

對方察覺到車子的到來，側過頭。

時隔一年半，眼前的人很陌生。

傅識則扯開淡笑，手插著口袋，慢慢地走到主駕駛座旁，從車裡能看見他的軀幹，輕鬆地立在那。

雲厘搖下車窗，被對面來車的燈光晃了一下，她闔了下眼，再睜開，對上他的視線。

他眼角微下彎，帶點笑意和張揚，眸中是屬於大男孩的澄澈。他低頭，喚道：「厘厘。」

聲線中的柔和與以前相仿，卻又有什麼東西截然不同了。

雲厘愣了下，將副駕駛座上的書遞給他：「麻煩你了。」

「嗯。」傅識則隨手接過，問道：「妳還好嗎？」

雲厘怔了怔，一時間分辨不出他問的是什麼，她抿了下唇：「我挺好的，在實習了。」

「嗯。」他的目光轉向一旁的咖啡小屋，「喝點東西？」

雲厘察覺到他是想要談一下。

從她刪了他、將他們所有的關聯都拋之腦後的那一刻起，在她的預設裡，他就是澈澈底底的陌生人了。

雲厘不想有其他接觸。

她客氣地拒絕道：「不了，我還有事情要忙。」

傅識則拿書的手一滯，沒有被拒絕的不悅，安靜地點了點頭。

他原本已經後退了一步，又開口問道：「教學大樓離這有點遠，能載我一下嗎？」

他揚了揚手裡的書：「趕上第一堂下課把書給雲野。」

「……」

雲厘看著他乾淨的雙眸，說不出拒絕的話。

確實是他們麻煩別人。

聽到車門解鎖的聲音，傅識則自若地上了副駕駛座，扣上安全帶，禮貌道：「謝謝。」

雲厘啟動車子，茫然地在學校裡開了幾百公尺，旁邊的人上車後便靠著座椅，神態閒散地看著前方。

一副她怎麼開都事不關己的模樣。

「……」

原本不想說話，雲厘不認路，只能說道：「你指一下路？」

「盡頭右轉。」

「第一個路口左轉。」

「盡頭左轉。」

「第二個路口右轉。」

雲厘先前沒發覺西科大有這麼大。

她順著傅識則的引導，開了好長的幾段路。

傅識則每過一下子，便淡定告訴她怎麼開，他語調懶散，聽不出撒謊的痕跡。

十分鐘過去，還沒到教學大樓。

雲厘有點懷疑了，忍不住問道：「大概還要多久？」

他側頭看了她一眼：「到了。」

外頭是一條長廊，上面全是建築。

雲厘停了車，等了好一陣子，他都沒下去。

雲厘不知他還待車裡幹什麼，提醒道：「到了。」

傅識則像個叛逆的少年，沒有聽懂她話裡的暗示。

「這麼久沒見了。」他把玩著手裡的書，抬眸望向她：「妳不想聊一聊？」

「……」

見她不吭聲，他笑了笑：「不想的話，就算了。」

雲厘一頓，遲疑片刻，問他：「聊什麼啊……」

問題反彈給傅識則，他的手指在書上敲了敲，似乎是認真地思考著這個問題。

時間一分一秒過去。

校園的音響播放了下課鐘聲。

聽到鐘聲，傅識則隨性道：「我也沒想好。找個時間再聚吧，我先把書拿給雲野。」

語罷，傅識則徑直開了車門，回頭和她對視一眼便走到教學大樓裡。

雲厘看著那個背影，她繃直的背鬆懈下來，如獲新生般貼在靠椅上。

片刻，她彎下身子，傅識則沒有絲毫不自然，把她當成了許久未見的老朋友。

他是真的放下了。

在車裡發了好久的呆，雲厘才想起今天是星期五，傳訊息給雲野：『書給你助教了，今天要回家？』

雲野：『回吧。』

雲野：『我還有四十分鐘才下課，妳等我一起回去嗎？我自己的話就明天坐公車回去。』

雲厘：『好吧。』

在學校裡也沒事，雲厘看了傅識則消失的方向一眼，開了導航，掉頭往控制學院開去。找了個地方停下。

雲厘按照記憶裡的路徑往大樓裡走，她頓足。

如她所想，門口的螢幕和海報都有傅識則的痕跡，與上次不同的是，都是近期發生的事情。

包括 Unique 戰隊在無人機設計賽上獲一等獎，以及他近期幾項重要的科研成果和專利。

她看著海報上的人，回想起剛才見到的他，產生了一種極不真實的感覺。

「我靠，隔壁實驗室那個傅識則又發了頂刊。」

「我聽說他是升學考狀元，學士到博士階段年年拿國獎的，好像是高知識份子家庭吧，沒辦法比的。」

「不過，也羨慕不來，他學弟說他是工作狂，每天六點半準時到實驗室，晚上十二點才走，週末也在的。能有這麼自律我早拿國獎了。」

「聽說是單身，我們實驗室的學妹想追。」

「哦，我實驗室的學長也想追……」

樓梯口有人在聊天，雲厘沒聽下去，轉身離開了學院。

看到的、聽到的話都像催化劑般，讓她回想起昔日的朝夕相處，那個和她親親抱抱說著情話的人。

雲厘的胸口悶悶的。

在教學大樓外側找了個角落停下，雲厘打了個電話給鄧初琦，一股腦將近期遇到傅識則的事情說了一遍。

「有種很不真實的感覺，就像換了個人一樣。」雲厘喃喃道，「與其說當下的他不真實，倒不如說，兩人相遇的那大半年，才是不真實的。」

她只是僥倖地偷走了他一部分的時光。

遠洋的鄧初琦正在吃午飯，語調上揚：『妳說得他好像被人魂穿了。他現在混得挺好的啊，妳沒想過復合嗎？』

「……」雲厘停頓了一下，欲蓋彌彰似的說道：「沒有，我不喜歡他了。」

鄧初琦長長地『哦』了一聲。

「……」

聽出她語氣中的懷疑，雲厘解釋道：「我和他不適合。而且這時候說復合，他可能會覺得我在巴結他吧。」

雲厘想繼續說，抬眼卻看見傅識則從樓上走下來。

她和鄧初琦簡單聊了兩句便掛掉電話。

車被草叢擋住，從她這個角度能看見教學大樓轉角的兩側，一側外面是校內湖，另一側往外走是校園馬路。

傅識則到一樓了，神情淡漠地往旁邊看了一眼，便走到長廊盡頭，環著胸倚著石柱，靜默地看著前方的湖水。

雲厘一眼看見他蒼白的肘彎。

視線移到他的側臉上，點漆的瞳仁冷然鋒銳，帶點血色的的唇輕抿著，白襯衫罩著的身形瘦削。

從頭到尾帶著與世隔絕的氣息。

傅識則在那待了二十多分鐘。

下課鐘聲響起的時候，學生嘈嘈雜雜、陸陸續續從另一個走廊走下去。沒有人留意到轉角形單影隻的他。

他像是聽不見外界的聲音，眼瞼下垂，從口袋中掏出幾粒碎石，拋到湖面上。

她還能想起剛才他下車時那隨性的一笑，與現在的畫面格格不入。

雲野打電話來催促她，雲厘來不及多想，直接發動車子開到馬路上。

雲野在人群中很突出，高二後他的身板倏地長到了一八二，而且和雲厘一樣，他的眼尾帶點英氣，不笑的時候會讓人感覺桀驁不馴。他將書包丟到後座，坐到副駕駛座上。

人群裡有幾個女生盯著他們的車。

「你還挺受歡迎啊。」雲厘隨口道。

「嗯，收了不少情書。」雲野看著雲厘，語氣誇張道：「妳敢相信嗎，有些是妳的老粉絲。」

「……」

「說這五年看著我成長。」雲野一想到就頭皮發麻，戳了戳雲厘，「妳能不能把有我的影片刪掉？」

「為什麼要刪？」雲厘沒理解。

「我不想被家暴。」

「……」

半天，雲厘才反應過來，雲野說的是尹雲禕，她已經不知是第幾次問這個問題了：「你們在一起了？」

「還沒。我想給她正式點的告白。現在課比較多，我們都不想落下學業，沒時間準備，就和她商量了遲一點告白。」

「……」

難怪這兩人能上西科大。

「你們什麼事都和對方商量？」雲厘忽然問道。

「對啊。」雲野垂著眼皮，打了個哈欠，「幹什麼？」

「沒什麼。」

車子開出西科大了，雲野閉眼睡覺。一路上，她想著剛才見到的身影，心神不寧，快到家了，雲野醒了，從書包夾層裡拿了塊鬆餅。

雲厘問他：「你知不知道你助教是誰？」

雲野一臉懵：「誰？」

雲厘：「我前男友。」

雲野：「哪個？」

「……」

雲厘氣不打一處來，抿著嘴不說話。

雲野仔細想了想，呆住了，只顧著吃手裡的鬆餅，又轉頭道：「真的是那個哥哥嗎？」

「……」

「群組裡只備註了助教，我今天沒見到他，他幫我把書放教室後頭了。要是知道是他我肯定不會……」雲野轉身和她辯解，說到一半，覺得沒有必要，直接改口問雲厘：「姐，你們都分了這麼久了，再見面會有什麼感覺嗎？」

雲厘憋了一下，才語氣很重地回答：「沒有。」

「哦。那不是挺好的。」謝天謝地沒有惹毛雲厘，雲野鬆了口氣。

車內陷入無比的寂靜，雲野說得對，也分了這麼久了。

雲厘沒再想傅識則的事情。

回到家後她滑了滑E站，寫了下文案。

直至睡覺前，她都逼著自己，不要想，不要想。

白熊效應，說的就是你讓一個人不要想一隻白色的熊，那個人便更無法克制在腦中想像白熊。

翌日醒來，雲厘衝到洗手間用冷水洗了把臉。看著鏡中自己的臉雙頰泛紅，只覺得離譜。

夢中口齒相融時的觸感都異常真實。

她安慰自己。

就只是夢。

不能說明什麼。

去冰箱裡拿了兩片吐司，雲厘才看見傅識則六點出頭傳給她的訊息。

F：『不好意思。』

F：『鑰匙好像落在車上了，藍色圓釦，能幫忙看一下嗎？』

雲厘將吐司扔到盤子裡，回去換了身衣服下樓。

在副駕駛座上找了一陣子都沒發現。

雲厘將座椅移到後面，才看見底下兩公分大的圓釦鑰匙，應該是不小心從口袋滑出去了。

雲厘：『在車上，讓雲野週一帶給你？』

F：『實驗室裡有機器在跑，方便的話我找妳拿？』

雲厘沒想太多，直接回覆：『那我送過去給你吧，你在哪？』

鞋。

回去洗漱後，雲厘隨便吃了點東西，便拿上車鑰匙出了門。

傅識則在昨天碰面的地方，他的衣服換了風格，淺藍色的襯衫，白色休閒褲，牛皮平底

日光正盛，傅識則手放在額前遮了遮，即便如此，刺目的陽光還是讓他的眼微瞇。

雲厘把鑰匙遞給他。

「謝謝。」傅識則將鑰匙收到口袋裡，自然地問道：「今天要上班？」

雲厘搖了搖頭：「今天週末。」

「那妳打算做什麼？」他眉眼稍抬，隨意地問道。

雲厘如實道：「還沒想好。」

聽到回答，傅識則繼續道：「妳幫我送鑰匙來了，我請妳喝點東西吧。」

「不了，我有事要忙。」雲厘完全忘了傅識則提前鋪墊的兩個問題，脫口而出地拒絕。

傅識則不在意地笑了下：「剛才不是說沒想好做什麼。」

「……」

被當面拆穿，雲厘有些尷尬，傅識則和她的情緒截然不同，表情帶點笑意和調侃，用鼻音輕哼了聲，似乎是在催促她回答。

雲厘面不改色地將車窗一搖停好車。下車後她神態自如：「去哪？」

她身上是件白色細肩帶和淺藍短褲，外搭了件從雲野那偷來的短袖外套，雙腿又細又長。

雲厘和他並排著，卻有意和他保持著距離，她表面鎮定，心裡已經是一團亂麻，只跟著

餘光中那抹淺藍移動。

本來的計畫是送完鑰匙就回去，也不認為兩人會有進一步的接觸。

驀地，她感覺自己的手腕被一陣冰涼貼住，便被他拉到他身旁。

兩人靠得極近，她能聞到他身上淡淡的青橙味。

她原先站的位置穿過幾輛小烏龜，是西伏這邊常見的電動車車型。

傅識則過了兩秒才鬆開她。

他垂眸，雲厘恰好抬眼看他，愣愣地說了聲：「謝謝。」

傅識則歪了下頭表示聽見了，便繼續往右走。

——《折月亮》未完待續——

高寶書版集團
gobooks.com.tw

YH 124
折月亮（中）

作　　者　竹 已
責任編輯　吳培禎
封面設計　虫羊氏
內頁排版　賴姵均
企　　劃　何嘉雯

發 行 人　朱凱蕾
出　　版　英屬維京群島商高寶國際有限公司台灣分公司
　　　　　Global Group Holdings, Ltd.
地　　址　台北市內湖區洲子街88號3樓
網　　址　gobooks.com.tw
電　　話　(02) 27992788
電　　郵　readers@gobooks.com.tw（讀者服務部）
傳　　真　出版部(02) 27990909　行銷部 (02) 27993088
郵政劃撥　19394552
戶　　名　英屬維京群島商高寶國際有限公司台灣分公司
發　　行　英屬維京群島商高寶國際有限公司台灣分公司
初　　版　2023年2月

本著作物《折月亮》，作者：竹已，由北京晉江原創網絡科技有限公司授權出版。

國家圖書館出版品預行編目(CIP)資料

折月亮/竹已著. -- 初版. -- 臺北市：英屬維京群島商高寶國際有限公司臺灣分公司, 2023.02
冊；　公分. --

ISBN 978-986-506-654-3(上冊：平裝). --
ISBN 978-986-506-655-0(中冊：平裝). --
ISBN 978-986-506-656-7(下冊：平裝). --
ISBN 978-986-506-657-4(全套：平裝)

857.7　　112000638